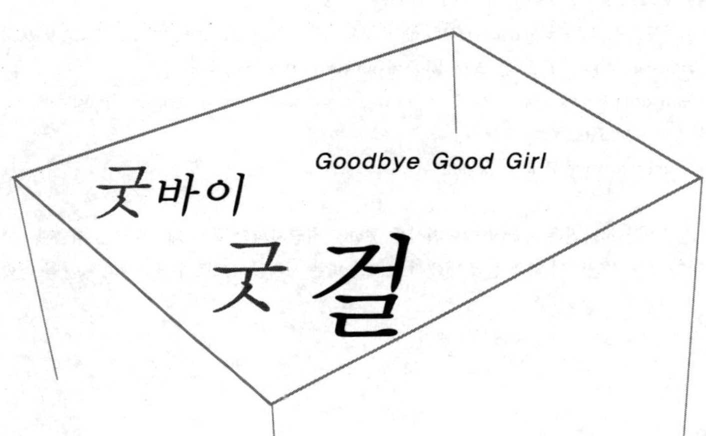

Goodbye Good Girl
굿바이
굿 걸

굿바이 굿 걸

초판인쇄 · 2001년 10월 25일
초판발행 · 2001년 11월 2일

지은이 · 수잔 슈바르츠 · 에일린 클렉 / 옮긴이 · 김미선
펴낸이 · 김종석
편집 · 신사강, 이혜선, 최희정 / 관리 · 이정애

펴낸곳 · 도서출판 아침이슬
등록 · 1999년 1월 9일(제10-1699호)
주소 · 서울시 마포구 연남동 509-13, 3층(121-240)
전화 · 02-332-6106 / 팩스 · 02-332-6109
인터넷 홈페이지 · www.21cmorning.co.kr
E-mail · webmaster@21cmorning.co.kr

값 9,000원
ISBN 89-88996-18-6 03840

* 잘못 만들어진 책은 바꾸어 드립니다.

굿바이 굿걸

Goodbye Good Girl

수잔 슈바르츠 · 에일린 클렉 지음

김미선 옮김

아침이슬

착할 때 그녀들은 아주 아주 착했다.

그리고 나쁜 여자일 때 그녀들은 훨씬 멋진 이야기를 했다.

착한 여자를 좋아할 수 없는 몇 가지 이유

굿바이 굿 걸이라니? 무슨 영화 제목 같기도 하고 노래 제목 같기도 한 이 책을 번역해 달라는 부탁을 받고 처음엔 저으기 망설였다. 명색이 외국 책을 우리말로 옮기는 일을 한다면서도 과연 책이 가르쳐준 대로 못된 여자가 되거나 착해지는 사람들이 몇이나 있겠는가, 또 굳이 외국 여자들의 경험담을 듣는 게 한국 사회를 살아가는 우리들한테 무슨 도움이 되겠는가 하는 생각이 들어서였다. 이른바 착한 여자를 별로 좋아하지도 않을 뿐더러 그 축에 끼고 싶지도 않았던 나는 스스로도 별로 착한 여자가 아니라고 생각하고 있었다. 그러다 보니 여지껏 나온 착한 여자 어쩌고저쩌고 하는 책들도 그저 표지나 대충 훑어본 게 전부였다.

하지만 책을 받아들고 읽어가자니 맞아맞아 그래그래 하는 생각이 절로 들었다. 어느 책이 그렇지 않으랴만은 이 책처럼 삶의 태도에 대한 선명한 메시지를 담고 있는 책은 번역자이자 독자로서 내 자신의 삶을 부단히 점검해보게 한다는 점에서 좀 피곤하기도 하다. 그러나 또 그러한 점이 이 책을 번역해보고 싶다는 마음이 들게 했다. 따라서 이 글은 책을 옮긴 사람으로서 책을 소개하는 것이라기보다는 독자로서, 한 여성으로서 이 책을 읽어가는 동안 느꼈던 이런저런 생각을 정리한 것이라고 하는 게 나을 성싶다.

요즘 들어서 자주 깨닫는 일이지만 피부색이나 머리카락 색깔, 사는 터전이 다르다 뿐이지 사람살이, 아니 여자로서 살아가는 일은 어디서고 별반 다르지 않은 것 같다. 영화 같은 데서 낭만적으로 그려지는 그네들의 추수감사절 풍경조차 우리네 명절의 뒤편에 깔려 있는 여성들의 가사노동 스트레스와 멀리 있지 않은 것이다.

이 책에서 주로 다루고 있는 베이비붐 세대는 우리로 치면 1960년대 이후에 태어난 세대와 비슷하다. 미국의 베이비붐 세대가 공황과 전쟁이라는 쓰라린 경험을 간직한 부모들의 전폭적인 지원과 지지를 받고 자란 사람들이라면 한국전

쟁을 거친 부모들이 악착같이 이룬 1970, 80년대 경제발전의 실제적인 수혜자들이 21세기를 살아가는 이삼십대다. 이 세대는 온 나라에 울려 퍼진 '하면 된다'라는 구호를 듣고 자란 한편 효녀 심청과 백설공주, 신데렐라의 신화를 철석같이 믿고 자란 세대이기도 하다.

그런데 바로 이게 문제였다. 한 세기를 훌쩍 뛰어넘어 새로운 세기를 살아가는 지금의 여성들은 역사상 그 어느 시대의 여성들보다도 무거운 짐을 지고 있다. 많이 배운 여자들은 여자들대로 배운 것을 풀어먹어야 한다는 생각에 시달린다. 또 그런 혜택을 받지 못한 많은 여성들은 진취적이고 당당한 여성상을 보며 몇 곱절이나 되는 절망감을 느낀다. 그러면서도 좋은 엄마, 아내, 딸, 며느리가 되어야 한다는 생각에서 자유롭지 못하다. 또 미디어가 만들어낸 미적 기준에 부합하지 못한 사람은 나태한 사람 취급을 받는다.

굳이 수퍼우먼 콤플렉스라는 말로 지칭하지 않더라도 착한 여자는 이 모든 것을 뭉뚱그린 의무와 욕구들에 시달리고 있다.

　사전적인 해석으로만 보면 good이라는 단어처럼 사람살이의 모든 미덕을 껴안고 있는 말도 없을 것이다. 그런데 착한 여자가 되지 말라고, 나쁜 여자가 되라고, 그것도 모자라 그 방법까지 친절하게 일러주는 책들이 지치지 않고 나오고 있다. 이럴 때 우리 여자들이 흔히 하는 대답이 머리로는 아는데 마음이 안 따라간다는 것이다. 일정한 수준 이상의 교육을 받고 비교적 트인 사고를 가졌다는 이들에게도 사회적 기대를 저버리고 나쁜 여자가 되기란 어려운 과업이다. 저자들도 밝혔듯 그러한 사고는 하루아침에 주입된 게 아니다. 착한 여자라는 가치관은 아주 어릴 때부터 주입된다. 우리들은 여자아이들에게 무심코 던진 말들이 하나의 가치관으로 각인됨을 경험적으로 알고 있다. 이 책은 그러한 가치관에 의문을 제기하고, 할 수 있으면 작별을 고하라고 말한다. 제목을 굳이 '굿바이 굿 걸'이라 한 것도 그런 이유에서다.

8

이 책에서 말하는 나쁜 여자는 엄밀히 말해 착한 여자를 벗어나는 과정일 뿐 최종목표가 아니다. 착한 여자의 가치관에서 허락할 수 없었던 일들을 굳이 나쁜 일이라고 지칭했을 때 그것이 진정한 자신을 찾는 데 도움이 되고, 나아가 진정한 의미의 착한 '인간'이 될 수 있게 한다면 꼭 나쁜 것만은 아닐 터이다.

나쁜 여자가 되기 위해서는 착한 여자의 본질을 캐는 일부터 시작해야 한다. 다시 말해 착한 여자를 좋아하지 말아야 한다. 동서고금을 막론하고 여자에게 강요된 그 가치관이 그렇게 좋은 것이라면 왜 정작 당사자인 여자들은 행복하지 않은가.

우선 착한 여자는 정직한 사람이 아니다. 아니, 정직해지기가 어렵다. 솔직히 끊임없이 양보하고 퍼주며 살 수 있는 사람이 몇이나 되겠는가? 이 책의 11장에서도 나오는 아델처럼 베푸는 일도 자신의 힘이 부칠 정도가 되면 타성이 되고 스트레스가 된다. 되레 남들에게 보살핌을 받아야 할 사람이 되고 만다. 그러나

마냥 받기에만 익숙해진 사람들이 그걸 알아주면 고맙지만 세상은 착한 여자 이상으로 착하지만은 않다.

또 착한 여자는 자신의 행동에 따르는 보상을 잘 알고 있다. 대부분의 착한 여자들의 행동은 작게는 소외받고 싶지 않은 두려움에서 출발한다. 이들은 부모나 선생님, 주변으로부터 받을 정신·물질적 보상을 잘 알고 있다. 그런데 그러한 보상은 대부분 기존의 가치관—진부한 얘기겠으나 여자를 한 인격체로서 대접해주지 않는—에서 중히 여기는 것들일 게다.

또 자기는 부인할지 모르겠지만 착한 여자는 대체로 기존의 가치관을 충실히 따르다 보니 자신도 모르는 사이에 그 가치관에 반발하거나 거부하려는 사람들을 상대적으로 부정적인 존재로 보이게 한다. "저 애는 안 그러는데 넌 왜 그러니?" 어린 시절에 흔히 들었을 말이지만 자신의 삶을 책임질 나이가 돼서도 이런 말을 자주 듣는다면 얘기가 달라진다. 단순한 비교가 아니라 그건 하나의 정치적 함의가 된다. 이 책에 나오는 '성공한 나쁜 여자' 저스틴처럼 변호사라는 사회적인 지명도가 있는 직업을 가졌다면 몰라도 기존의 가치관을 깨려고 몸부림치는 여자들을 사회는 얼마나 가혹하게 몰아붙이는가. 그래서 누구나 한번쯤 꿈꾸었을 반항이나 일탈의 욕구를 공유할 수 있는 친구를 갖고 싶어도 쉽사리 다가가지 못한다. 나쁜 물들까봐.

사실 일정한 분야에서 성공한 사람들의 이야기를 읽으면서 자신을 추스릴 수 있다는 건 좋은 일이다. 그러나 성공한 삶이, 극소수에 불과한 이들의 성취가 그렇지 못한 많은 사람들에게 더 무거운 부담으로 다가올 때가 있다. 그런 점에서 이 책은 오히려 마음을 편하게 해준다. 마음을 어루만져준다고나 할까. 여기서는 누구나 겪었을 고민들, 지금도 그 무게를 완전히 떨쳐버리지 못한 사람들이 나온다. 이른바 수다의 미학, 털어놓는 것만으로 한결 개운해지는 치유의 중요성을 깨달았고 실천해나가는 사람들이다.

이 책은 예리한 분석도 없고, 문제점을 콕 집어 명쾌하게 해결책을 가르쳐주지도 않는다. 다만 여자들의 생생한 이야기를 들려줌으로써 '아, 사람살이가 이런 거지. 하지만 이렇게도 살아볼 수 있겠구나' 하는 깨달음을 준다. 여성의 적은 여성 자신이라는 말이 갖고 있는 함정—사회적인 맥락을 무시한—에도 불구하고 그래도 중요한 것은 나 자신으로부터 새롭게 출발하는 것임을 넌지시 일러준다.

책장을 덮고 가만 생각해본다. 과연 이러한 메시지를 담은 책들이 언제까지 나올까. 여성을 하나의 사회적 주체로 다시 보기 시작한 게 반세기가 다 되어간다. 물론 여성의 현실이 더 나아진 부분이 있긴 하지만 여전히 요지부동인 철옹성이 있다. 그것은 나도 알고 이 책을 읽는 사람들도 본능적으로 알고 있는 그 무엇이다. 그리고 쉽게 거부할 수 없는 그 무엇이다. 다른 사람들에게 사랑받고 싶다는 욕망, 인정받고 싶다는 욕망이 바로 그것이다. 그러나 그러한 욕망을 충족시켰다 하더라도 그것이 자신의 한계를 넘는 일이라면 분명 상처뿐인 영광에 지나지 않을 것이다. 그런 점에서 우리는 좀더 나빠지고, 똑똑해져야 한다. 비록 착한 여자라는 소리는 못 듣겠지만, 착한 여자보다는 못됐고 나쁜 여자가 세상을 더 좋게 만드는 그런 날이 오지 말란 법이 없지 않은가. 그래서 지금 열 살인 우리딸이 이런 분량의 책을 소화할 만큼 생각이 자랐을 때 엄마 세대의 고통을 예전의 책으로만 알 수 있는 그런 사회가 됐으면 좋겠다.

2001년 가을을 보내면서

김 미 선

차례

굿바이 굿 걸

옮긴이의 말　착한 여자를 좋아할 수 없는 몇 가지 이유　5

서문　나쁜 여자들의 벤치로 초대합니다　16

1장　착한 여자는 이제 그만　25

2장　내가 먼저다　51

3장　더 이상 연약한 성은 아니다　73

4장　거울 앞에서　99

5장　풋풋함이 원숙미로　119

6장 남자들만의 네트워크 깨기 139

7장 남 앞에 서면 무릎이 후들거리는 당신에게 163

8장 소설은 소설일 뿐 181

9장 완벽주의자 노릇은 이제 그만 203

10장 죽을 때 가져갈 것도 아닌데 227

11장 돌봐주기 좋아하는 여자는 누가 돌보지? 245

12장 나를 위한 일주일 265

나쁜 여자들의 벤치로 초대합니다

오늘을 살아가는 우리 여성들은 강하고, 담대하며, 똑똑한 여자가 되어야 한다는 무거운 짐을 지고 있다. 이 짐은 우리 자신이 아닌 누군가가 되라는 온갖 의무와 무언의 압력, 즉 유능하고 현명하고 아름답고 늘씬하고 싱싱한 여자, 자애로운 엄마, 내조 잘하는 아내, 싹싹한 동료라는 우리 시대의 여성상이다.

페미니스트 혁명이 직장과 정치는 물론이고 가정생활에도 선택이라는 새로운 지평을 연 것이 어느덧 삼십여 년이 지났다. 하지만 대부분의 여성들은 전세대가 여성의 평등을 위해 어떻게 싸웠는지 머리로는 잘 알고 있으면서도 사회가 여자들한테 강요하는 뻔하디 뻔한 '규범들'에 부응하고자 여전히 애쓰고 있다. 여성학 시간에 버지니아 울프의 '집안의 천사'를 처음 접한 우리는 문득 주변을 돌아보고는 새삼 놀라지 않을 수 없었다. 우리야말로 닭다리나 뜯고 바람이나 막아주는 이른바 주제를 아는 여자가 어느 틈에 되어 있었던 것이다.

아직도 우리는 우리 여자들에게 거는 수많은 기대들의 미세한 신호를 감지하고 있다. 남에게 잘 보이기 위해, 이해심 많고 남 얘기 잘 들어주며 구원의 손길을 내줄 준비가 된 착한 여자가 되기 위해 애쓴다. 착한 여자들은 사랑받고픈 욕구와 세상을 보다 아름다운 곳으로 만들고픈 욕구를 갖고 있지만 어느 누구도 당신이 그들을 바라보는 식으로 그들은 당신을 바라보지 않는다. 남들의 기대에 부응하느라 끊임없이 애쓰다가는 당신의 에너지는 고갈되어버리고 만다. 착하기만 한 당신은 어느새 만만한 발닭이 같은 신세가 되고 마는 것이다.

그렇다면 전통이라는 이름으로 여자들을 옭아매고 있는 그런 규범들을 바꿔야 할 때가 됐다는 걸 어떻게 알 수 있을까? 당신에게 대담한 생각이 떠올랐는데 선뜻 행동에 옮기기 두려울 때가 바로 그때이다. 쉬고 싶어도 그 시간을 내기 어려울 때, 즐기고 싶어도 집안일에 매달려 걸레질이나 하고 있을 때, 당신의 내부에서 움트고 있는 무언가가 당신의 '진짜 모습'이지만 비난이 두려워 그것을 키우지 못할 때, 바로 그때를 지나치지 말아야 한다.

그렇다면 이렇게 물어야겠다. 시간이 지나도 자기 자신을 잃지 않고 어떻게 하면 가장 멋진 여성 자신의 모습을 지켜나갈 수 있을까?

여성들이 터놓고 얘기를 나누는 위대한 수다의 전통에서 그 해답을 찾아보자. 세면대에 서서 수다를 떨 수도 있겠고 축구장에 앉아서 또 남몰래 거는 상담전화를 통해서도 우리는 낡은 행동양식과 문화적 분위기에 대해 질문을 던져볼 수 있다. 우리는 여기서 끙끙거리고 웃고 함께 울기도 하면서 우리 삶을 바꿀 용기를 길어낸다.

뉴 하빙거 출판사의 편집자인 크리스틴 벡과 나는 우연히 얘기를 나누다가 이 책을 쓰자는 데 생각을 같이 했다. 우리는 해변을 걸으면서 여자들에게 거는 온갖 문화적 기대들과 미디어에서 만들어내는 여성상의 한복판에서 자기 본연의 모습을 찾으려는 여성들이 어떻게 싸우고 있는가에 대해 얘기를 나누던 중이었다. 그 자리에서 크리스틴은 부단히 내부의 목소리에 귀기울임으로써 외부에서 주어지는 '의무들'을 무시할 수 있는 여성들을 위한 책을 써보자고 제안했다. 동감, 사려 깊음, 친밀한 대인관계를 맺는 여성들이 고유한 품성을 지키면서도 구시대적인 규범들을 버릴 수는 없을까?

나는 이 일에 적합한 동료를 쉽게 찾았다. 이십 년 동안 여성이 할 수 있는 일의 영역을 넓히는 데 매진해온 수잔이 있었기 때문이다. 우리 둘은 정기적으로 당면의 관심사들을 다루었다. 나는 《프레스 데모크라트》의 뉴스 담당기자였고, 수잔은 칼럼을 썼다. 그러나 우리 역시 이른바 '맞춰주기' 신드롬으로 은근히 마음고생을 하고 있었다. 물론 사무실을 벗어나 습관적인 미소를 싹 지워버리면 낫는 증상이었지만.

우리는 업무를 비롯한 온갖 것들에 불만이 많았다. 어질러져 있는 옷장 속과 같이 사람관계와 우리 생활이 엉망진창이라는 것을 인정할 수밖에 없었다. '모든 것을 가진' 여자처럼 보이려고 고군분투했던 경험들도 터놓고 얘기했다. 우리는 또 우리에게 주어진 책임들을 벗어 던져버리고 진정 우리 자신들만을 위해 시시한 짓을 해보는 꿈을 꾸기도 했다. 친구들과 자매들과 엄마들과 딸들과 또 일하면서 만난 다른 여성들과 얘기를 나누면서 우리는 여성들을 한마음으로 맺어주는 커다란 동아리의 일부임을 알게 됐다.

이 글을 쓰면서 나는 여성들이 자신의 전망을 찾기 위해 남들의 기대를 저버림으로써 빠지게 되는 도덕적 딜레마에 대해 문제를 제기했다. "그러니까" 수잔이 말했다. "더 이상 착한 여자가 되지 말자는 얘기구나!" 바로 그것이었다. 그리고 우리는 이 책을 완성했다.

우리가 만난 착한 여자들의 이야기 속에서 당신은 그 얘기가 남의 얘기같지 않음을 느낄 것이다. 자기 부정에 버금가는 겸손, 신중하다 못해 소심한 태도, 거의 순교자의 경지에 이른 베풀기, 그 외에도 미디어에서 만들어낸 이상적인 여성상—완벽하게 화장을 한 젊고 날씬한 모습, 꿈 같은 집, 소설 같은 결혼—에 부합하려 애쓰는 모습들 말이다.

그렇다면 앞서 얘기한 그런 기대들로부터 어떻게 벗어날 수 있을까? 바로 남들의 환심을 사려는 기계적인 대답들에 딴지를 걸어보는 것이다. 그렇다고 해서 흔히 여성적이라고 말하는 행동들을 모두 겨냥하는 것은 아니다. 사실 우리 내면의 진짜 무엇과 교류를 하다 보면 그런 여성적인 행동들도 쓸모가 있다. 단 의식적으로 이용할 수 있는 한. 문제는 그런 행동들이 기계적이고 판에 박힌 반응일 때이다. 지나치게 남을 배려하다 보면 말 그대로 자기를 희생해야 할 지경으로 몰리게 되기 때문이다. 그렇다면 헤프게 보이지 않으면서도 따뜻한 감성을 유지하는 법은 어디서 배울 수 있을까?

본문에 나오겠지만 우리는 조이라는 여성에게 '나쁜 여자들의 벤치'를 배웠다. 당신은 혹시 조금은 직설적이고, 공격적이며, 호락호락하지 않으면서 할 말을 다하는가? 아니면 상냥하지도 않고, 적극적으로 남을 돕지도 않으며, 양보도 잘 안 하는 편인가? 그럼 잘됐다. 조이라면 한쪽 눈을 찡긋 해보이면서 이렇게 말할 것이다. 나쁜 여자들의 벤치로 와서 앉아 보시죠. 그곳은 꾸미고 사는 일에 지치고 지쳤을 때 찾아가볼 수 있는 곳이다. 그곳은 진짜 당신을 위해 비워둔 자리이다.

나쁜 여자들의 벤치는 웃고, 울고, 흉을 볼 수 있는 곳이라면 어디라도 될 수 있다. 여기서는 시시한 잡담도 나눌 수 있고 엉큼한 생각도 할 수 있다. 그렇다. 한마디로 못된 여자가 될 수 있는 것이다. 하지만 우리들 대부분이 영원히 머무르고 싶어하는 곳은 아니다. 나쁜 여자들의 벤치는 단지 들러가는 곳일 뿐이다. 당신의 호의를 받을 만한 자격이 있는 사람들과 그 반대인 사람들을 추려내는 곳이랄까. 이곳은 판에 박은 미소를 풀고 차라리 인상을 쓰도록 하는 곳이다. 나쁜 여자들의 벤치에서는 평소에 차마 입에 담을 수 없었던 말도 할 수 있다. 바깥 세상에서 얻은 해로운 영향들을 비난하고 깨끗이 정화하여 건강해질 수 있다. 그 모든 영향들 아래 억눌려 있던 당신은 보다 단단하게 무장을 하고 세상으로 다시 돌아갈 것이다. '의무들'과 싸우기 위해 일과 여가에서 진정한 만족을 찾기 위해 돌아가는 것이다.

따라서 이 책은 나쁜 여자들의 벤치 위에서 보내는 휴식 같은 것이다. 이 책을 쓰면서 우리는 낡은 행동양식들과 태도를 훌훌 던져버린 여성들을 만났고 그게 어떻게 가능했는지를 들었다. 이윽고 우리는 자신들이 맡고 있던 책임으로부터 벗어나 일 년에 일주일을 온전히 자신들을 위해 보내는 일단의 여성들과 함께 강물을 따라 여행하는 기쁨도 경험했다. 우리로서는 생전 처음으로 착한 여자를 그만두는 일이었다.

또한 우리가 책 제목에 girl이라는 단어를 쓴 것을 단지 여성의 축소형이라는 의미로만 여기지 않기를 바란다. 그보다는 우리를 여전히 보잘것없는 존재로 만드는 일체의 낡은 모습들을 한데 뭉뚱그려놓은 말이라고 보는 게 낫겠다. 이 책에서 우리가 문제삼고 있는 대부분의 행동들은 따지고 보면 유년기와 청소년기에 형성된 것이다. 따라서 우리의 목표는 성장하는 것이다. 아니 적어도 그것들을 변형시키는 것이다. 우리에게 걸맞도록 말이다.

이 책에 나오는 많은 여성들은 자신들을 변화시키고 진정한 자신이 되는 힘을 얻을 만한 통찰력을 가진 사람들이었다. 하지만 이런 일이 꼭 자발적인 선택에서 이루어진 것만은 아니었다. 변화할 기회를 찾아낸 사람이 있는가 하면 예기치 않은 위기에 몰려 과거의 생활방식을 다시 검토하게 된 사람들도 있었다. 이들은 밧줄 끝에 대롱대롱 매달려 있는 자신을 발견했지만 다시 올라가는 대신 뛰어내리기로 결심했던 것이다. 탁 터놓고 얘기를 나누면서 이들은 자신들의 사생활은 물론 일과 전남편까지도 감싸안을 수 있는 새로운 정체성을 선물받았다.

이 책에 실린 이야기들은 착한 여자가 됨으로써 얻어지는 안락한 둥지를 포기하는 이야기들이다. 하지만 그것을 버리는 일이 꼭 심연으로 추락하는 것은 아니다. 우리는 우리 삶을 비참하게 만드는 강제들 중 어떤 것은 떨쳐버릴 준비를 하고 있어야 한다. 그러나 그 중에는 살아가면서 지켜야 할 것들도 있다. 다시 말해 백설공주가 마녀여왕이 되어야 할 필요는 없는 것이다. 우리가 의미를 두는 것은 그 둘 사이에 있는 '진짜배기'라고 느껴지는 것들이다. 그것을 통해 우리는 기계적인 대답으로부터 거리를 둘 수 있으며, 진정한 자신을 표현할 행동들을 선택할 수 있을 것이다.

이 책에서 만나게 될 여성들에게 낡은 규범들을 버린다는 의미는 바로 우선순위를 다시 매기는 것이었다. 강요된 이미지를 버린 사람들도 있었고 철저하게 검토된 삶에 승선한 사람들도 있었다. 경우에 따라서는 그저 사소한, 내부적인 변동에 그칠 때도 있었다.

우리가 만난 여성들은 자신의 내면을 깊이 들여다보고서 선택을 했고, 새로운 충성을 서약했으며 경우에 따라서는 비난을 살 위험을 무릅쓰기도 했다. 그들은 몇 년을 두고 자신들에게 입력된 착한 여자의 상을 극복해갔으며 쓸 만한 것은 남겨두었고 나머지 것에는 과감하게 작별을 고했다. 우리 모두 자기만의 방식으로 이 일을 행하겠지만 때로는 그 일에 성공한 다른 이들의 사례를 들어보는 것도 도움이 될 것이다.

오늘날 우리가 치러야 할 도전은 단지 이 사회의 규범과 시스템을 바꿔내는 일만은 아니다. 그보다는 무정형인 '그들'이 강하게 밀어붙이는 기대들을 넘어서서 우리 자신이 누구인지를 확실하게 일깨워주는 자신만의 규범을 만들어야 한다.

이 책을 쓰기 위해 만난 수십 명의 여성들은 우리 자신의 경험에서 나름의 교훈을 얻을 수 있음을 확인시켜주었다. 여성들이 틀을 깨기 시작할 때, 그 일은 그와 같은 일을 벌써 행했던 다른 이들로부터 비롯되었음을 깨닫게 된다. 우리는 우리의 과거를 너그럽게 바라볼 수 있으며 새롭게 찾아낸 용기로 미래에 참여할 수 있다. 그 길을 함께 하는 이들과 즐겁게.

우리의 책이 담고 있는 목소리에는 연민과 격려가 담겨 있다. 또 길잡이의 든든함도 있다. 귀담아 듣길 바란다. 이제 펼쳐질 대화 속에서 어쩌면 당신 자신의 목소리를 듣게 될지 모르니까.

1장

착한 여자는 이제 그만

착한 여자가 되다 보니 이런 문제가 생기더군요. 내 자신이 정작 착한 여자들을 존중하거나 믿을 수 없다는 거였어요. 늘 남들한테 싹싹하게 굴거나 양보하면서 속으론 '제발 관둬라' 하는 내 목소리를 듣는 거죠. 아주 오랫동안 난 내가 맺고 있는 모든 관계에서 주거나 받거나 둘 중에 하나를 선택해야 한다는 느낌을 떨쳐버릴 수가 없었어요. 내 경험으로 비추어볼 때 난 주로 '당신 먼저'라고 얘기하는 쪽이었고 남들은 늘 받는 쪽이었죠. 착한 여자는 늘 주고 사는 사람이니까.

자신을 양보하지 마라. 당신이 가져야 할 전부는 바로 당신이니까. 제니스 조플린

남의 호감을 살 필요가 없는 능력이 있다면, 그것은 권력이다. 엘리자베스 제인웨이

그래야 한다고 생각하는 모습이 아니라, 당신의 원래 모습을 알려라. 그런 척하고 있다는 걸 잊을
만큼 가장하는 데 익숙하다 보면 진짜 당신 모습은 어디로 갈 것인가? 패니 브라이스

본디 착하게 타고 난 데다 교육까지 그렇게 받아서 무슨 일이건 거절을 못하는 크리스틴은 풍성한 금발에 밝은 성격을 가진 아름다운 여성이다. 그 예쁜 얼굴에서는 미소가 떠날 날이 없어서 아무리 못된 짓을 저지른다 해도 용서가 될 만한 사람이었다. 그녀는 대부분의 시간을 남을 기쁘게 해주는 데 신경을 썼고 그러다 보니 친구들도 많았다. 포용력 있지, 남 애기도 잘 들어주지, 그러니 친구가 많을 수밖에.

하지만 동전엔 양면이 있는 법. 착한 여자들이 자신들의 예전 태도에 대해 의문을 갖기 시작하면 으레 자기부정을 하기 마련이다. 크리스틴은 이렇게 털어놓았다. "난 한참을 바보처럼 살았어요." 그녀는 지금까지 너무 순하게 살아왔다고 한다. "살면서 매순간 결정을 내릴 때마다 남들의 감정을 상하게 할까봐 전전긍긍했었죠." 순종적이고 남을 배려하고 남을 즐겁게 해주면서 더러는 상실감을 맛보기도 하는 전형적인 착한 여자의 모습이 아닐 수 없다.

사십여 년을 크리스틴은 그렇게 자신을 낮추며 살아왔다. 그런데 어느 순간 코너에 몰리게 되어 자신의 입장을 확실히 해야 했다. 그럴 때 외부와 대면하는 일이야말로 착한 여자들한테는 가장 어려운 시련이라 할 수 있다. 게다가 이 시련이 엄청난 규모의 것이었을 때는 말할 것도 없다. 크리스틴은 딸이 내팽개친 자신의 어린 손자를 맡아 기르기 위해 법정에 서야 했다. 결국 그 일은 그녀가 끔찍이 사랑하고 있으나 마약에서 헤어나지 못하는 딸에게서 자식을 뺏어오는 일이었다.

남의 비위를 맞추는 데 급급해 자기 코앞에 닥친 위기는 깨닫지 못하고 있었다. 남들과 잘 지내는 일보다 더 중요한 일이 생긴 것이다. 착한 여자가 거듭날 수밖에 없는 상황이었다. 딸과 법정에서 싸우는 일은 크리스틴이 갖고 있는 일체의 본능과 충돌하는 일이었다. 그러나 재판이 진행되면서 크리스틴은 비로소 자신을 분명히 바라보게 되었다. 자동인형처럼 규범을 따르도록 자란 착한 여자였던 자신을 말이다.

우리 어머니는 딸들에게 여자란 모름지기 사랑받고 살아야 한다고 가르쳤죠. 남에게 상처주는 말은 해선 절대 안 된다, 남자들하고 시시덕거려선 안 된다 등등. 또 아버지가 퇴근하고 돌아오시면 떠들어선 안 된다고 배웠어요. 우린 뒷전에서 지켜보는 일을 당연하게 생각했죠. 아버지와 오빠들이 신나고 멋진 삶을 사는 동안.

착한 여자는 만만한 여자?

크리스틴이 그런 규범 속에서 자라온 게 자신만이 아니었다는 걸 알게 된 건 자신에게 닥친 위기를 겪으면서였다. 크리스틴은 사무실에서도 유능하고 쾌활한 데다 어떤 일이든 매끄럽게 처리한다는 평을 듣고 있었다. 그런데 어느 날, 크리스틴은 같은 사무실에서 일하는 제인에게 여느 때와 다르게 망가진 모습을 들켜버리고 말았다.

그날 아침, 크리스틴은 딸이 경찰한테 끌려갔다는 소식을 들었다. 그 소식을 듣고도 크리스틴은 평소처럼 입가에 미소를 띄고 화장실로 향했다. 화장실 문을 닫는 순간 크리스틴은 울음을 터뜨렸다. 그러다가 그곳에 있던 제인을 발견하고는 소스라치게 놀랐다. 제인은 망가질 대로 망가진 크리스틴의 얼굴을 감싸서 거울 쪽으로 데려갔다. "괜찮아요?" 제인은 이렇게 물었다고 했다. "크리스틴의 눈은 척 봐도 젖어 있었어요. 그런데 괜찮다고 대답하는 거 있죠? 그 순간 난 이 사람이 어떤 타입인지 알아차렸어요. 괜찮아요라는 말은 우리의 육체적, 정신적 상태를 알고 싶어하는 누군가에게 착한 여자가 할 수 있는 표준적인 대답이잖아요. 내 문제로 남을 귀찮게 하면 안 된다, 뭐 그런 거죠. 전형적인 착한 여자 신드롬 말예요. 하지만 그 순간엔 정말 받아들일 수 없더군요. 아뇨, 괜찮은 것 같지 않은데요. 지금 힘들어하고 있잖아요라고 말하긴 했지만, 생각해보니 나도 늘 그런 식으로 얘길 했던 것 같아요. 심지어 아이를 낳느라 반 죽음이 돼서도 간호사한테 네, 괜찮아요라고 했거든요." 그리고 두 사람은 함께 웃었다. 이제 이 두 사람은 매주 만나 착한 여자로 살아가기를 버리는 일을 배우고 실천하는 중이다.

"가끔은 말이죠." 크리스틴이 말했다. "마치 우리가 죄다 '양보합시다'라는 운동을 벌이고 사는 게 아닌가 하는 느낌을 받아요. 나 역시도 늘 양보하는 데 익숙하다 보니 어느 날엔가는 주유소에 내가 먼저 왔는데도 펌프를 낚아채는 남자한테 한마디도 항의를 못한 거 있죠? 회사에 지각할 판인데 우체국에서 새치기를 당해도 속수무책이구요. 그 사람들이야 내가 대단히 너그러운 사람이라 생각했을지도 모르지만, 난 속으로는 내가 너희들 봉이냐라고 욕해요."

남들이 새치기 하도록 놔두는 게 그리 잘못된 일일까? 입맛에 안 맞는 음식을 물리지 않으면 또 어떤가? "난 바닐라 먹을 건데, 넌 모카 먹을래?"라든가 "힘든 일 있으면 나한테 얘기해줄래?"라는 말이 그리 대수인가? 하지만 늘 그러다 보면 우리는 보이지 않는 존재가 되어간다. 문제는 남들한테만이 아니라 우리 자신에게도 그런다는 것이다. 우리는 자신의 한 표를 양보해버린 셈이다. 머지않아 다른 이들은 우리를 쳐다보지 않을 것이며, 우리 역시 진정으로 믿고 있었던 게 무엇인지조차 잊어버릴 게 분명하다. 크리스틴이 얘기한 대로 '착한 여자는 남들 의견에 맞장구치는 데 도가 튼 사람'이라면.

착한 여자가 되다 보니 이런 문제가 생기더군요. 내 자신이 정작 착한 여자들을 존중하거나 믿을 수 없다는 거였어요. 늘 남들한테 싹싹하게 굴거나 양보하면서 속으론 '제발 관둬라' 하는 내 목소리를 듣는 거죠. 아주 오랫동안 난 내가 맺고 있는 모든 관계에서 주거나 받거나 둘 중 하나를 선택해야 한다는 느낌을 떨쳐버릴 수가 없었어요.

내 경험으로 비추어볼 때 난 주로 '당신 먼저'라고 얘기하는 쪽이었고 남들은 받는 쪽이었죠. 착한 여자는 늘 주고 사는 사람이니까.

물론 착하다는 것이 꼭 나쁘다는 얘기는 아니다. 세상 사람들 모두 양보할 줄 알고 선량하고 친절하다면 세상살이는 훨씬 나아질 것이다. 그런 자질은 서로의 관계를 즐겁게 하고 일에서도 협조를 이끌어내며 환경 문제에도 좀더 신경 쓰게 할 수 있을 것이다. 그런데, 어느 날 당신이 정신을 차리고 보니 당신의 그 상냥한 목소리가 블랙홀로 마구 빨려 들어가고 있다면 어쩔 것인가?

당신이 빛의 원천이라면 남들은 그런 당신에게 끌릴 것이다. 친절한 감성을 가진 사람들끼리라면 서로서로 배려를 해줄 수 있으련만 우리는 자주 다른 종류의 사람을 만난다. 이를테면 그 좋은 에너지를 흡수하기에는 너무 행복해서 그냥 지나쳐버리는 사람 말이다. 그러면 당신은 비켜선다. 그들은 쌩하니 달아나버리고 문득 깨닫는 건 뒷전에서 꾸물거리고 있는 당신의 모습이다.

겸손하고 나서기를 좋아하지 않는 사람들이 모든 걸 깨닫는 것은 바로 그 순간이다. 그럴 때 자기와 마찬가지로 규범과 의무와 근심에 짓눌렸던 사람들과 이야기해보는 것은 무척 도움이 된다. 착한 여자들은 이심전심이니까. "우리 착한 여자들은 감히 먼저 나서다가 어떤 죄책감을 느끼게 될지 알고 있죠. 꼭 구닥다리 스웨터처럼 어깨가 축 늘어지는 느낌이랄까. 그런 고분고분한 성품과 미소 뒤에 숨은 다른 모습이 뭔지도 알아요. 미안하지만 난 지금 다른 일로 바쁜데요라고 말할 수 있는 성깔을 가진 여자의 모습이죠. 하지만 정말 그러면 이기적이라는 말을 듣잖아요, 안 그래요?"

"'예'라는 말만 너무 많이 하고 자랐나봐요." 크리스틴의 얘기다. "그게 속상해요." 제인과 맘을 나누면서 크리스틴은 '아니오'라고 말하는 연습을 하고 있다 한다. "말을 잘 안 듣는 연습을 하고 있는 거죠." 두 사람은 남을 이용하는 이들로부터 상처받은 자신들의 감정과 분노를 인정하기 시작했다. 그리고 스스로를 곧추세웠던 것을 자랑스럽게 여긴다. 더러는 딱하디 딱한 자신들의 행동을 끄집어내어 크게 놀려주기도 한다. 이 착한 여자들이 자신들의 경험담을 나누는 모습을 보다 보면 꼭 '누가누가 착했나 시합'을 하는 것 같다. "댄스 파티에서 나한테 춤을 청하는 남자애를 한 번도 거절해본 적이 없다니까요." 크리스틴의 얘기다. "누군가가 와서 청하면 양해를 구할 말도 얼른 생각이 안 나고 해서 그대로 따라나서죠. 뭐 굳이 상대방의 기분을 상하게 할 필요가 있을까 하면서. 또 브래지어를 하지 않고 집 밖으로 나간다는 건 있을 수 없는 일이었죠. 뒷말이 도는 건 견딜 수 없었으니까요."

제인은 자기가 크리스틴보다 더하면 더하지 덜하지는 않을 거라고 말한다. "난 맨 처음 같이 잔 남자와 결혼했어요. 그리고 아직도 딸들한테 말해요. 인상 쓰지 마라, 주름 생길라. 내 어머니한테 익히 들어왔던 말이죠. 대학 시절 친구들은 날 애기라고 불렀어요. 그리고 직장 동료였던 한 남자는 나한테 슈크림이라는 별명을 지어줬구요." 그녀는 잠시 말을 멈췄다가 다시 이었다. "처음으로 찾아간 심리치료 선생님이 이런 말을 하더군요. '부인은 늘 바닐라 아이스크림만 주문하지요? 감히 더 나은 걸 먹을 생각을 못하기 때문이죠.' 두번째 선생님은 남에게 베풀 수 있다고 생각하는 것은 진짜 대단한 자부심이라고 하더군요. 그러고 보니 나는 남들이 모카를 고르도록 양보하면서 줄곧 그들을 배려하고 있다고 생각했었나 봐요. 그 정신과 의사는 내가 나 자신을 억누르고 있다고 본 거죠."

이제 제인은 저절로 튀어나오는 착한 여자식 대답을 극복했노라고 자신한다.

사람들이 안부를 물을 때마다 난 늘 이렇게 얘기했어요. 네, 잘 지내요. 어쩌면 어릴 때 이모할머니에게 들은 얘기가 뇌리 깊숙이 박힌 때문인지도 모르겠어요. 자신의 진짜 상태를 사람들에게 일일이 얘기하는 여자는 피곤하다고 하셨거든요. 이 얘긴 엄마가 나한테 늘상 되풀이한 얘기이기도 하고 어쩌면 옛 남자 친구나 사회 전체가 나한테 가르쳐준 것인지도 모르죠. 네 문제는 너 혼자 처리해야 한다고 하지요. 모름지기 착한 여자란 자기 문제로 남을 성가시게 해서는 안 된다는 거예요. 착한 여자들은 몸이 아파도 그저 별거 아니라고 말해요. 하지만 지금 나는 하다못해 감기나 치과 치료를 받아도 일일이 알리죠. 물론 남들도 속상한 일이 있으면 속이 개운해질 때까지 털어놓으라고 부추겨요. 그래서인지 한 친구가 날 고해성사 수녀님이라고 부르더군요. 늘 참을성 있게 남 얘기를 들어준 건 사실이에요. 나한테 자기 얘기들을 잘 털어놓거든요. 내가 정말 그네들의 얘기를 들어주고 싶어하고 진심으로 배려해준다는 인상을 받나 봐요. 사실 내가 봐도 그런 것 같아요. …… 대개는요.

하지만 도에 지나친 친절은 엄청난 노력이 요구되며 심지어는 불쾌하게 비쳐질 수도 있다. 우리가 만났던 착한 여자들 중 한 명이 말했다. "어쩜 그리 팔팔하냐고 사람들이 가끔 물어요. 약간은 빈정거리는 투로. 그럼 난 그렇게 보이도록 노력하는 거라고 말해요. 그 2년 동안 우울증 치료를 받고 있다는 말은 차마 할 수가 없었어요."

이것은 착한 여자가 파도를 일으키지 않고도 얼마나 잘 헤엄쳐나갈 수 있는지 보여주는 사례이다. 우연의 일치인지 — 어쩌면 아닐지도 — 제인과 크리스틴의 첫 남편들은 공교롭게도 그네들의 친구들과 바람을 피웠다.

제인은 그 일을 이렇게 얘기한다. "그 두 사람은 좋은 친구처럼 잘 지냈어요. 내 친구는 당시 이혼 수속을 밟고 있었어요. 난 남편이 아내의 친구가 어려운 시기를 헤쳐나올 수 있도록 도와줄 만큼 자상한 사람이라고만 생각했어요. 그런데 어느 날 그 둘을 바닷가에서 봤다는 얘기가 들려오더라구요. 그래서 내가 말했죠. 여자와 남자가 성적인 관계에 빠지지 않고 함께 시간을 보낼 수 있는 게 얼마나 멋진 일이냐고."

크리스틴이 착잡한 표정으로 얘기를 받았다. "난 무슨 일이 벌어지고 있다는 걸 느끼긴 했어요. 뻔한 증거들이 있었지만 믿고 싶지 않았기 때문에 애써 무시해버리려고 했던 거죠." 그러던 어느 날 일찍 퇴근한 크리스틴은 남편과 자신의 친구가 함께 있는 것을 보고 깜짝 놀랐다. 두 사람도 서둘러 옷매무시를 고쳤지만 그녀는 더 이상 부정할 수 없었다. 크리스틴은 당시를 이렇게 얘기했다. "지금 생각해도 끔찍하리 만치 난 침착했어요. 길길이 날뛰기는커녕 친구가 갈 때까지 아무 일 없었다는 듯 재밌게 수다까지 떨었다니까요. 나중에 이혼하기로 하고 나서 남편이 그러더군요. 고통을 줘서 너무 미안했다고. 난 괜찮다고 했어요. 시

34

간이 한참 지난 지금도 종종 생각해봐요. 내가 그때 정말 괜찮았었나? 솔직히 괜찮지 않았거든요."

제인은 웃음을 터뜨리더니 얼른 말을 받았다. "알고도 남아. 남편이 더 이상 고통받지 않길 바란 거지?"

"아니." 크리스틴이 대답했다. 짓궂은 웃음을 씩 지어 보이며. "실은 그 사람이 더 고통을 받길 원했지. 어디 바이스 같은 것에 꼭 조여서 옴짝달싹할 수 있나봐라 하는 심정이었다구 ."

3달러 74센트짜리 속옷을 훔치다

한번은 크리스틴이 '착한 여자표' 차림을 하고 점심 약속에 나타났다. 목까지 단추를 채운 긴팔 블라우스에 진주 귀걸이까지 하고서. 그런데 한쪽 발을 쓱 내밀더니 제인한테 씩 미소 짓는 것이었다. "나쁜 여자표 구두야." 약간 둔탁해 보이는 스타일의 중저가 백화점에서 파는 딱 그런 구두였다.

두 사람은 하나같이 자라온 과정에서 무언가 놓치고 만 것이 있다는 걸 느낀다고 했다. 제인이 먼저 말했다. "고등학교 시절에 떼로 몰려다니는 애들을 보면 불량스런 애들이라고 하잖아요. 난 그 애들을 유심히 살펴봤는데 알고 보니 그리 나쁜 애들은 아니더라구요. 그 애들은 단지 다른 아이들과 선생님들이 감히 할 수 없는 일에 도전한 것뿐이죠. 이를테면 담배를 피우고 검정색 옷을 입고 푸르죽죽한 눈화장을 하고 별로 웃지도 않고 삐딱한 자세로 앉아 있는 것 같은 거 말예요. 그런데 그때는 걔네들이 왜 그리 신비롭게 보였던지. 착한 여자애들은 비밀 같은 건 갖지 않잖아요?"

크리스틴도 기억을 더듬었다. "난 학교를 한 번도 빼먹은 적이 없었어요. 차마 그럴 용기가 없었으니까요. 참 딱했죠?" 크리스틴처럼 학교를 꼬박꼬박 다닌 착한 소녀들이라면 거의 같은 이유에서일 것이다. 부모님은 물론이고 선생님을 실망시키면 안 된다는 생각. 착한 여자들은 남을 실망시키고 싶어하지 않는다. "내가 볼 때 착한 여자들의 행동 저변에는 일종의 불안감이 깔려 있는 것 같아요." 크리스틴의 얘기다. "누구를 실망시키거나 화나게 하면 날 싫어할 것만 같았어요. 그러니 착한 여자애가 안 될 도리가 있었겠어요?"

크리스틴과 제인은 착해빠진 자신에 대한 일종의 반항으로 딱 한 번 일탈적인 행동을 해봤노라고 고백했다. 제인은 열세 살 때 5달러 샵에서 브래지어 하나를 훔친 적이 있었다. 크리스틴은 한참 철이 들고 난 뒤에 할인매장에서 속치마 하나를 자신의 쇼핑백에 구겨 넣었다.

제인이 당시의 모험담을 얘기했다. "가게를 어슬렁거리고 있는데 브래지어 하나가 눈에 띄었어요. 사실 그걸 착용할 시기는 아니었는데 곁에 있던 친구가 들고 가자고 부추기는 거예요. 그래서 슬쩍했는데 갑자기 가게 안에 있던 경보기가 요란하게 울리더니 경비원이 달려오는 거예요. 나는 대뜸 사실대로 털어놓으면서 막 울었죠. 그러자 그 사람이 날 돌려보내주더군요. 밖으로 달려 나왔더니 친구가 기다리고 있었어요, 우린 둘 다 파랗게 질려 있었죠. 그 길로 나쁜 여자애 짓은 끝이었죠." 그녀는 당시의 기억을 더듬으며 말했다. "딱히 그 브래지어가 갖고 싶다는 생각도 없었어요. 어설프게 나쁜 애들 흉내를 내본 거죠. 두렵기도 했지만 한편으론 스릴을 느꼈던 것도 같아요."

크리스틴의 동기는 보다 복잡했다. 그건 마치 무언가를 훔치는 행위로 자신의 선행에 일말의 보상도 없는 세상에 복수를 가하는 것이었다. "바람을 피워서 내 나이 겨우 서른에 아이들만 달랑 남기고 떠난 전남편이란 작자가 엄청 밉더라구요. 그래서 난 그 속치마를 가질 자격이 있다고 생각했죠. 짙은 보라색에 몸에 착 달라붙는 그런 속옷이었어요. 얼마 안 된 돈을 전부 딸들 교복 사는 데 써버려서 속이 상해 있었죠. 그걸 들고 가게를 나오는데 진땀도 나고 정말 비참한 기분이 들더라고요. 경비원한테 발각될까봐 조마조마했어요. 그렇다고 내가 그걸 자주 입었냐 하면 그렇지도 않았어요. 썩 좋아하는 스타일도 아니었고. 그냥 세일 판 매대에서 눈에 띄었다 뿐이었지." 지금도 크리스틴은 훔친 속옷 가격을 생생히 기억한다. 3달러 74센트. 이렇듯 착한 여자들은 자신들이 사회에 진 빚을 잔돈 한푼까지 잊지 못하고 있는 것이다.

지난 일을 떠올리기 시작하다 보면 남들 좋은 대로 맞춰온 사람들은 자신들이 촉각을 곤두세우는 일에 얼마나 많은 시간을 허비했는지 깨닫는다. 그 중에는 대단히 예민해서 남들을 불편하게 만들지 모르는 지극히 사소한 일들까지 콕 집어내는 사람들도 많다. 그들은 그 과정에서 자신들이 얼마나 그 일로 마음고생을 했는지 알게 된다.

크리스틴은 고등학교 다닐 때 있었던 한 사건을 끄집어내면서, 그땐 왜 그런 식으로밖에 대응하지 못했는지 한심스럽다고 했다.

우린 스쿨버스를 기다릴 때 줄을 서야 했어요. 그날은 내가 맨 앞에 서 있었는데 교감 선생님이 팔을 뻗어 우릴 제지하려 했어요. 그때 교감 선생님의 팔이 내 오른쪽 가슴을 살짝 스쳤죠. 난 그 자리에 얼어붙은 듯 멈칫했어요. 순간 내가 뒤로 물러섰으면 어쩌지 하는 생각이 들었어요. 교감 선생님이 자기가 한 일을 깨닫고 당황할까 봐요. 하지만 내가 물러서지 않았다면 그러니까 그 팔이 그대로 닿도록 두었다면 교감 선생님은 또 날 불량스런 애로 생각했겠죠. 그래서 난 그대로 서서 아무렇지도 않은 듯 딴 청을 피운 거예요. 선생님도 자기 팔이 내 몸에 닿았다는 걸 몰랐으면 하면서요. 기껏해야 10초 정도였을까. 하지만 얼마나 부끄럽고 한심하게 느껴지던지 한 10분은 지난 것 같더라구요.

이제 크리스틴은 착하디 착했던 그 시절의 자신을 딱하게 바라본다. 남을 불편하게 할지도 모른다는 생각에 고통을 받았지만 정작 남자 어른은 그녀의 그런 수동성을 이용했었다는 걸 깨달았기 때문이다. "그 사람은 알고 그랬던 거죠."

옛날 일들을 자꾸 돌아보게 돼요. 남들을 곤란하게 하고 싶지 않았던 걸까? 천만에. 그런 생각은 이제 진절머리가 나요. 난 한마디로 착한 여자애 함정에 너무 깊이 빠져 있었고 사람들도 그걸 알고 있었던 거죠. 우리 같은 사람들은 걸핏하면 희생양이 되고 만만하게 보기에 딱 좋은 사람들 아닌가요? 혹시 남자애라도 다가와 말을 걸면 들어도 못 들은 척, 말 못하는 벙어리처럼 굴었어요. 저리 가 하고 아예 엉뚱한 소리나 하고. 누군가 날 궁지에 몰아넣었을 때도 나 지금 화났어라고 당당히 얘기하지 못하고 그저 신경질적인 웃음으로 빠져나오려고만 했죠. 한술 더 떠 다음에 만날 때 안녕 하는 인사까지 한다니까요. 그 애들은 신경도 안 쓰는데. 나는 그 애들을 똑바로 쳐다보고 먼저 부르는 걸 배운 적이 없었어요. 그저 수선떨지 않고 착한 여자 본연의 자세만 지킬 뿐이었죠.

내 안 어디선가 뭔가가 꿈틀거리는 건 분명한데, 다른 사람을 성가시게 하거나 곤란하게 만들면 안 되니까 도덕적인 고민에 휩싸이죠. 하지만 정작 상처입는 건 내 쪽이라구요. 정말이지 어떤 여자들한테 보란 듯이, 댁 남편한테 제발 내 무릎에서 손 좀 치워 달라고 하지 않을래요라는 말을 뱉을 수 있으면 원이 없겠어요.

착한 딸 나쁜 딸

크리스틴은 고등학교 때부터 사귀던 남자와 스무 살에 결혼했지만 얼마 못 가 딸 둘과 달랑 남겨졌다. 장녀인 모니카는 천사표 딸이었지만 에이프릴은 그러지 못했다. 모니카가 치어리더가 됐을 때 식구들 모두 그 애가 치어리더로 아주 잘 어울린다고 생각했다. "그 애는 입씨름을 싫어했어요. 배가 아프다나? 뭔가 긴장이 느껴지면 그 애는 '오늘 연습한 새 동작이에요'라면서 펄쩍펄쩍 뛰는 거예요." 크리스틴과 모니카 둘 다 착한 여자이지만 한 가지 점에서 세대간 차이는 있었다. 모니카는 비위 맞추기 선수였지만 남자들한테 원치 않는 주목을 받았을 때 어떻게 해야 할지 알고 있었다. "그 앤 한계를 분명히 그었어요." 엄마인 크리스틴의 말이다. "나처럼 숙맥이 아니었어요. 누가 자기한테 다가오면 머뭇거리지 않았어요. 오히려 약을 올리는 거 있죠?"

"그런데 둘째 딸인 에이프릴은 천성이 드세고 고집 센 아이였어요. 내가 낳은 자식인데도 참 신기하데요. 애교도 많고 재치 있는 게, 모니카나 나처럼 밋밋하진 않겠다는 생각이 들었어요. 이 아인 어디다 내놓아도 되겠어라는 그런 거 있잖아요." 하지만 안타깝게도 크리스틴은 멋대로인 에이프릴을 감당하지 못했다. "마약을 하더니 술까지 마셨어요. 불량스런 애들과 몰려다니면서 걸핏하면 술집에서 싸움판에 말려들질 않나 경찰서 유치장을 제집 드나들듯 드나들질 않나……. 아예 집에 있는 돈도 들고 나갔죠. 그 애 때문에 크리스마스건 추수감사절이건 생일이건 변변히 치러본 적이 없었다니까요."

크리스틴은 에이프릴 때문에 늘 다른 식구들한테 죄를 짓는 심정이었다. 에이프릴이 맘을 잡기를 간절히 바랐지만 에이프릴은 덜컥 임신을 하더니 사내아이를 낳았다. 크리스틴을 얼떨결에 할머니로 만들어버린 것이다. "애기하고 애 아빠인 남자 친구랑 아예 우리집으로 들어왔어요. 그 고통은 말도 못해요. 걸핏하면 외박이지, 남자 친구랑 싸우지, 애는 끊임없이 울어대지. 한번은 둘이 술이 곤드레만드레가 된 채 애는 카시트에 내버려두고서 밤새 싸우는 거예요. 애 아빠한테 물었죠. 부모가 그렇게 싸우면 애는 어찌 되겠냐고. 그런데 애 아빠라는 녀석이 하는 말이 애가 팔짱을 끼고 자기들을 보고 있더라나요? 순간 가슴이 철렁하더라구요." 그 일이 있고서 에이프릴은 아기를 엄마와 새 아버지에게 맡겨두고 한참을 집에 들어오지 않았다. 그러더니 다시 돌아와서는 아이를 돌려 달라고 했다.

"어느 날, 남캘리포니아에 있다고 전화를 걸어왔더군요. 애기가 아픈데 와 달

40

라고요. 상사한테 허락을 받고 그 길로 허겁지겁 달려갔죠. 다섯 시간을 운전해서요. 말이 집이지 완전히 쓰레기장이더군요. 둘 다 약에 절어 만신창이가 되어 있고 애기는 열이 펄펄 끓는데 아무렇게나 내팽개쳐져 있고. 그 길로 난 손자를 데려와서 지금 남편에게 말했어요. 아무래도 이 애부터 구해야겠다고."

그 일이 있고 나서 에이프릴은 또 몇 달인가 자취를 감췄다. 그동안 크리스틴과 남편은 아이에 대한 정식 양육권을 청구했다. 에이프릴이나 아이의 아빠 누구도 반대하지 않았다. 실은 법정에 얼굴조차 내비치지 않았다. "둘 다 나타나지 않더군요. 그 덕분에 딸이랑 대놓고 맞설 필요는 없었죠. 적어도 법정에서는요." 크리스틴이 이렇게 말한 데는 이유가 있었다.

우리 모녀는 다투는 게 생활이었어요. 한번은 남편이 거실로 들어오면서 여느 때처럼 우리가 싸우고 있을 거라 생각한 모양이었어요. 하지만 그때는 에이프릴이 일방적으로 나한테 행패를 부리고 있었어요. 뭣 때문에 그랬는지는 모르겠지만 한 30분 가량 계속 그랬던 것 같아요. 그 애가 날 때리기 시작했죠. 아마 약기운 때문이었을 거예요. 대개는 나도 맞받아치고 더러는 더 세게도 치는데 그날은 정말이지 화도 났지만 너무 무섭더라구요. 정말 무서웠어요. 이런 게 무슨 가족이니 하며 울부짖었어요. 완전히 자제력을 잃은 것 같더라고요. 야만인들이 따로 없었죠. 심장이 갈갈이 찢겨나가는 것 같았어요. 그래 선택을 할 수밖에 없었어요. 아기라도 구하자. 그 어린 것이 무슨 죄가 있겠어. 어미를 잘못 만난 탓이지.

정말이지 기가 막히데요. 남들 앞에서 허물을 죄다 드러내 보이는 거잖아요. 내가 법정에서 누구랑 싸우리라고 생각이나 해봤겠어요? 결국 아이가 열여덟 살이 될 때까지 우리 부부가 보호하는 것으로 판결이 났죠. 그 일은 이제껏 내가 살아온 모든 모습을 부정하는 것이었어요. 그 상황에서 누군들 행복하겠어요? 난 누구도 편하게 해주질 못한 거죠. 그보다 어려운 일을 해본 적이 없었던 것 같아요. 내 딸과 손자를 동시에 잃을지도 모를 위험을 감수했으니.

크리스틴의 딸은 여전히 마약에서 헤어나지 못하고 있다고 한다. 하지만 크리스틴은 딸이 손자를 거둘 날이 언젠가는 오리라 믿고 있다. "밤마다 기도해요 에이프릴이 행복해지기를. 하지만 그 애의 꼬락서니는 …… 아, 정말 모르겠어요." 그녀는 판사의 판결을 상처뿐인 승리로 생각했다. "에이프릴이 얼마나 귀엽고 사랑스런 애였는데요. 그 애는 자기 아일 원했겠지만 난 차마 줄 수가 없었어요. 얼마나 허전했겠어요? 결국 난 딸을 배신한 어미가 된 거고." 물론 크리스틴은 법정으로 간 게 잘한 일이라는 걸 알고 있다. "손자를 바라볼 때마다 이렇게라도 하길 잘했다는 생각이야 들죠. 애가 행복해하니까요. 이젠 잠자리를 옮겨다닐 필요도 없고, 안전하게 보호 받잖아요. 마약 같은 건 근처에도 못 가고. 그리고 정을 줄 강아지도 기르구요."

천성이 착한 여자들이 대개 그렇듯 크리스틴도 밖으로 드러나는 진부한 태도를 쉽사리 고치지 못하고 여전히 남들한테 신경 쓰려 할지 모른다. 그러나 이제 그녀는 깨닫기 시작했다. 자신의 영혼을 만족시키는 데는 인색하면서도 남들을 행복하게 해주려고 얼마나 많은 에너지를 쏟고 살았는지. "이젠 남들로 인한 일들은 훨씬 잘 조절하게 됐어요." 이를테면 직원들이 오랫동안 컴퓨터 키보드 앞에 앉아 있다 보니 팔이 저린다고 불평할 때 크리스틴은 즉시 상사한테 가서 사람을 더 뽑든가 업무를 조정해 달라고 요구한다.

"예전엔 나 자신을 위해서조차 그런 말을 할 줄 몰랐는데 내가 책임지고 있는 어떤 일을 회피할 때 사람들이 받을 상처를 생각하니 견딜 수가 없더군요. 그러자 누군가와 싸우는 일은 결국은 내 자신이 꿋꿋해지는 거라는 데 생각이 미치더군요. 그건 내 자신이 곧게 서야 하는 일이죠. 바로 내가."

여자들이 도움을 받아야 할 때조차도 남들한테 신경 쓰는 모습을 너무 많이 보아온 크리스틴은 이제 그들을 달리 보기 시작했다. 그녀들도 알고 보면 속내는 크리스틴과 다르지 않을 것이다. "늘 주고만 살 수는 없어. 그러면 사람들이 내 천성이 그런 거라며 받는 걸 당연하게 여기잖아." 늘 씩씩하게 보이고 혼자서 고통을 삭이는 일만큼 외로운 일이 또 있을까.

그런 크리스틴이기에 그녀는 케네디 대통령이 총에 맞던 순간, 재클린 케네디가 보여줬던 모습을 생생히 기억하고 있다.

재키는 절대로 흐트러진 모습을 보이지 않았어요. 제대로 행동했죠. 자신에 걸맞는 행동을 한 거랄까요. 하지만 딱 한 번 카메라를 물리치려고 했던 모습이 기억나요. 핑크색 정장은 피범벅이 된 채, 경호원이 문을 열어줄 때까지 기다려야 했죠. 그 장면이 아직도 눈에 선하네요. 자기 혼자 탈 수도 있었을 텐데 재키는 그러지 않았거든요. 텔레비전 카메라는 그걸 놓치지 않았어요. 그녀는 1분 이상은 자신을 추스려야 했어요.

그 순간 아마 속은 타들어가고 있었을 거예요. 착한 여자의 완결판이죠.

혹시 내 삶에서 뭔가를 바꿀 기회가 주어진다 해도 다시 착한 여자가 됐을 거예요. 다만 똑부러지고 야무진 착한 여자요. 그냥 착한 것과는 천지 차이죠. 내 친구들 중에 이른바 나쁜 여자들도 많아요. 품위가 없다는 소리도 듣구요. 볼썽사나운 짓도 아무렇지 않게 해요. 그런데 내가 배우고 싶은 건 바로 그런 부분이거든요. 대신 내 입장을 분명히 해야겠죠. 착한 여자가 된다 해서 죄다 한심한 건 아니라고 봐요. 간도 쓸개도 다 빼놓는 게 아니라 단지 남들을 배려하고 싶어서 그렇게 하는 거죠. 어려움에 처해 있는 사람을 돕는 데 내 일부를 쓸 수 있다는 건 기분 좋은 일이 아닌가요? 뭐랄까, 마치 은행에 넣어둔 돈처럼 그건 좋은 카르마일 거라는 생각이 드네요.

착한 여자가 되지 않기 위한 몸부림

크리스틴은 이제 우물쭈물하지 않으며 나쁜 여자가 되어 자신을 위해 얘기하는 법을 배웠다. 그런데 착한 여자들이 늘 이런 과정을 거치는 건 아니다. 다시 말해 중간 단계를 거치지 않고 단번에 착한 여자에서 나쁜 여자로 널뛰기를 해버리는 사람도 있다.

일찌감치 착한 여자아이의 틀을 깨버리자고 작정한 여자가 있었다. 그녀의 이름은 저스틴. 현재 변호사인 저스틴은 의견이 틀어지면 의뢰인과 싸우는 것도 주저하지 않을 만큼 대단히 나쁜 여자이다. 현재의 모습만 보아선 저스틴이 한때 '순둥이'로 불릴 만큼 여리고 대책없는 아이였다는 사실이 믿기지 않을 정도다.

어린 시절 저스틴은 부끄럼을 많이 타고 말이 적은 데다 다른 사람과 부딪히는 것을 싫어했다고 한다. 삶이 그녀에게 거칠어지기를 요구할 때까지는 말이다.

　삼남매의 가운데 딸이었던 저스틴은 가톨릭 학교에 다녀서였는지 성당에서 행해지는 미사용 연극을 특히나 좋아했다.

　성녀들과 순교자들이 그렇게 좋을 수 없었어요. 수녀님들하고 나 자신을 동일시한 적도 있었구요. 그들이 사는 모습, 그러니까 길게 늘어서서 수도원을 경건하게 걷는 그런 모습이 너무 좋았죠. 성당에서 연극을 할 때도 난 수녀가 되는 상상을 하곤 했어요. 걸을 때마다 다리에 휘감기는 길다란 수녀복을 입고 복도를 조심스레 걷는 장면 있잖아요.

　그러다가 사춘기가 찾아왔어요. 우리 부모가 이혼을 했고 우리집은 풍비박산이 난 거예요. 따뜻하기만 했던 세계가 한꺼번에 무너져 내리는 것 같더군요. 형편이 그러니 누가 나한테 신경을 쓸 수나 있었겠어요. 게다가 난 아이치곤 의젓하다는 소릴 듣다 보니 부모님은 날 따로 감독할 생각을 못했죠. 완전히 혼자가 된 기분이더군요. 몇 년 동안 난 아버지가 왜 이리 트집만 잡을까 생각도 했죠. 이제 와 생각해보면 사랑을 받지 못했던 것 같아요. 학교에서도 불량소녀가 되기로 작정했죠. 선생님이 안 볼 때 몰래 교실을 빠져나와 옆반 교실로 갔던 일이 지금도 생생하네요. 교복을 입은 채 옆으로 재주를 획 넘으면서 다른 애들을 놀래키고 웃겨주곤 했어요. 거짓말도 해봤고 물건도 슬쩍해봤고 술도 마셨어요. 푹 빠졌다고는 할 수 없지만 그래도 무언가로부터 벗어나는 데서 스릴을 느낄 만큼은 해봤죠.

저스틴은 여자 축구부에 들었는데 남자애들과 어울려 다니다 보니 남자라는 존재를 그리 어려워하지 않게 되었다. 그녀가 드세고 거칠며 남자애들 앞이라고 특별히 주눅들지 않는다는 걸 그들도 알았다. 그녀는 자기 나름의 스타일을 만들어갔으며, 남자애들한테 쩔쩔매고 끌려 다니는 다른 여자애들과는 다르다고 스스로 생각하게 되었다. 겉모습에만 매달려 안달복달하고 싶지 않았다. "남들이 나한테 뭘 원하는지 알 만한 머리는 있었고 내가 맞춰주지 않을 때 그네들이 불편해한다는 것도 느꼈죠. 하지만 난 그런 압력에는 의연하게 대처하리라 늘 마음을 다잡았어요."

저스틴은 분명 엄마 세대가 요구 받은 부류의 착한 여자, 그러니까 가정이 풍비박산나는 모습을 지켜보면서도 남들의 비위를 맞추느라 부질없이 애를 쓰는 그런 착한 여자는 아니었다.

고등학교를 마칠 무렵 저스틴은 '빌어먹을'이라는 말을 달고 살았는데 실제 현실도 그랬다. 처음 얻은 직장에서 성희롱과 얼마나 싸웠는지 모른다. 이윽고 다른 주에 있는 대학에 진학하려고 고향을 떠나면서 저스틴은 그나마 남아 있던 티끌만한 착한 여자 티도 다 벗어버리기로 했다. 그래서 그녀는 상대방이 자기에게 뭔가를 원한다 싶으면 경계를 풀지 않았으며 조금만 의심이 들어도 확인하곤 했다. 그녀의 친구들은 우스갯소리로 자기들이 이제껏 사귄 남자들보다 더 많은 남자들과 연애를 했을 거라고 놀리곤 했다. 저스틴의 냉정한 모습에 오히려 남자들이 반했던 것이다.

그런데 서른 무렵, 일에서도 어느 정도 기반을 잡은 저스틴은 이제껏 만났던 사람과는 전혀 다른 타입의 남자를 만나게 된다. 그 사람 앞에서는 정직하고 다정했을 뿐 아니라 만만하게 보이지 않으려고 애쓸 필요도 없었다. "완강하게 밀어내기만 하던 내 성격이 한순간에 사라져버린 거예요. 그만큼 거부하기 힘든 남자였죠. 그도 날 정말로 좋아했고 나도 그를 좋아했어요. 난 처음으로 온전한 자신을 찾았어요. 그렇다고 혼자는 아니었지요."

비록 그 관계가 해피엔딩으로 마무리된 건 아니지만(저스틴과 그녀의 애인은 여러 문제가 쌓여 결국은 갈라서고 말았다) 저스틴은 그 추억을 소중히 여기며 그로 인해 자신도 성장할 수 있었다고 믿는다. "전보다 경계를 많이 풀었어요. 포용력이 많이 생긴 것 같아요." 자신이 맺고 있는 관계들을 다시 돌아보고 그토록 큰 보호막은 필요치 않다는 걸 깨달았다. 그녀가 맘을 열 수 있는 사람들한테는 더더욱. 그리하여 그녀는 타인과 건전한 거리를 유지하게 되었다. "눈을 들어 다른 사람을 바라볼 수 있게 된 거죠."

착한 여자아이들의 다음 세대

이른바 착한 여자 신드롬에 사로잡혀 있는 여자들은 다음 세대 역시 자기들이 밟아온 전철을 밟지 않을까 은근히 걱정한다. 그럴 때면 이들을 부여잡고 한마디 해주고 싶은 마음이 굴뚝같다고 한다. '정신차려!'라고. 자기 존중이라든가 성차이에 관한 연구들이 활발하게 진행되는 것을 보면 사회가 변한 것 같지만 쉽사리 변하지 않는 본능 같은 게 여전히 있는 것이다.

이제 이십대인 로지는 여전히 여자들이 양보하는 입장에 있다고 생각한다. "착한 여자들은 중고등학생 시절에 확실하게 싫다고 말하는 법을 배워두지 않으면 나중에 곤란해요. 누군가가 성관계를 갖고 싶어하는 건 자신을 좋아하기 때문이라고 생각하기 쉽죠. 멋지고 이해심 많은 사람이 되는 거야 나쁘지 않지만 자신을 우선시하는 법을 배워야 한다는 말이에요."

십대의 딸을 두고 있는 셰릴은 이런 얘길 한다. "한번은 딸애가 곤드레만드레가 돼서 밤늦게 들어온 적이 있었어요. 겨우 열네 살 된 애가 한다는 말이 자기는 늘 착하게 행동해야 하는 데 지쳤다나요? 그날 우리는 한참을 얘기했어요. 난 그랬죠. 네가 완벽한 아이가 되지 않는다 해도 널 탓하지 않겠다고. 하지만 이건 설명해줘야 했어요. 너 자신을 곤란하게 만들거나 다치게 하는 일은 할 필요가 없다구요. 그러니 굳이 나쁜 딸인 척할 필요도 없다는 것도요. 어쩌면 우리 애가 거친 여자애가 될지도 모르겠어요. 요란한 장신구를 달고 다닌다든지 가수가 되겠다고 난리를 피울지도 모르고. 하지만 매사에 지나치게 얽매어 있는 착한 여자아이보다는 나은 것 같아요. 차라리 뭘 모르는 것마냥 행동하다 보면 보다 활기 있게 자랄 수 있을 거예요."

거듭남을 선언한 크리스틴은 기회가 닿는 대로 강한 자신을 시험해보고 싶어한다. 세상은 모를 일이다. 크리스틴한테 착한 여자 되기를 그렇게 강조하던 그이의 엄마조차도 변했으니 말이다.

"우리 엄마는 참는 데는 선수였어요. 아버지든 다른 누구한테도 내색 한번 해본 적이 없었다니까요. 이웃에서 어떻게 생각할까 늘 노심초사했으니까. 엄마의 그런 모습이 나한테 깊이 박혀 있었어요. 그런데 이젠 당신을 곧잘 주장하세요. 앞에 있는 사람 때문에 시간이 지체되기라도 하면 금세 짜증스런 표정을 짓고선 못 참겠다는 듯 손가락으로 카운터를 톡톡 두드리는 거 있죠? 그러다 보니 예전보다 훨씬 재미난 분이 되시더라구요. 전엔 목소리도 높여본 적이 없었는데 이젠 막 그러세요. 지난번엔 당신이 응원하는 샌프란시스코 포티 나이너스가 시합에 지자 텔레비전에다 그냥 지팡이를 집어 던져버리시는 거 있죠?"

조금이나마 무언가를 벗어 던져버리기로 하는 것은 건강한 결정이다. 그래서 크리스틴과 제인은 착한 여자 지지 모임을 만들어서 정기적으로 만나고 있다. 이들은 서로 속도 털어놓고 조금은 나쁜 짓도 해보려고 한다. 크리스틴은 이런 글을 읽은 적이 있다고 했다. '우리 같은 사람들은 하루라도 특별히 편한 날이 있다면 치질에 걸리고 말 것이다'라는. 제인도 영화배우 캐서린 햅번이 쓴 《여자의 인생을 쓰는 일》이라는 책을 인용하면서, 여자들이 더 소란스러워지고 씩씩해지고 인기에 연연하지 않기를 권했다. 그들은 와인을 돌려보냈다. 내키지 않으면 억지웃음을 짓지도 않았다. 서로를 치켜세워주고 자기들이 한 선택을 진지하게 여긴다. 크리스틴은 이 말을 남겼다. "우리가 아무리 나쁜 짓을 한들 누가 의심이나 하겠어요?"

내가 먼저다

내가 정말 잘 보이고 싶은 남자와 뜻하지 않게 마주친 순간 내면의 뭔가가 막 움직였어요. 아무렇게나 하고 수퍼마켓에 갔다가 그에게 무작정 달려갔으니 내 꼴이 얼마나 한심했겠어요. 그 순간에는 어쩐 일인지 외모에 신경 쓰는 걸 잊어버린 거예요. 단지 그 사람한테만 신경 쓰다 보니 그랬는지. 그런데 나중에 그 사람이 그날 내가 얼마나 멋있고 예뻤는지 모른다고 얘기하는 걸 들었어요. 그때 난 깨달았죠. '아하, 정직한 관심을 받으면 겉모습 같은 건 신경 쓰지 않는구나, 우리 엄마는 그걸 몰랐겠지.' 그건 뭐랄까 공중제비를 한 바퀴 돈 것 같은 엄청난 변화였죠. 그게 내 나이 서른 무렵이었어요.

삶은 변하고 성장하는 것은 선택에 달렸다. 현명하게 택하라. 카렌 카이저 클락

그게 편하다면 나쁜 생각도 하라. 다만 어느 경우라도 당신 자신을 먼저 생각하라. 도리스 레싱

유행에 따르고 싶은 생각을 자를 수도 없을 뿐더러 그러고 싶지도 않다. 릴리안 헬만

기숙학교를 다닌 조이와 그 친구들은 매일 이런 말을 쓰도록 교육받았다. '첫번째가 하느님이요, 두번째는 남이며, 마지막이 나 자신이다.' 이 짓을 매일 해야 했으니 조이가 이 말에 추호의 의심을 가질 수 없었던 건 당연했다. 열한 살짜리 여자아이한테 이 말은 뼛속 깊숙이 각인되어버렸다.

조이의 집안은 남에게 보이는 일에 목숨을 걸었다. 그런 환경에서는 여자란 뭐니뭐니 해도 우아하게 보이는 것을 최고로 삼기 마련이다. 그녀는 우아한 매너와 적당히 아양 떠는 법 그리고 '남이 어떻게 생각할까'를 떠올리며 끊임없이 신경 쓰는 법을 배우기 시작했다. 서른 살 무렵이 될 때까지 이런 생활이 계속됐다. 그런데 서른을 기점으로 그녀는 겉모습보다 진짜 자신이 더 중요하다는 걸 슬슬 깨달아가기 시작했다.

조이는 남들 비위 맞추는 법을 익히느라 젊은 시절을 다 보냈다 해도 과언이 아닐 거라 했다. '내가 원하는 것'이라는 물음은 딴 나라 얘기였다. 만약 누가 물었다면 조이는 분명 이렇게 대답했을 것이다. "자기 자신은 우선순위의 맨 마지막이 아니던가요?" 학교에서 배운 대로 말이다. "실제로 그렇게 생각했다니까요."

가슴이 터질 것 같아 비명을 지를 만큼 중요한 일이 그녀에게도 몇 번인가 있었지만 그럴 때마다 그녀는 재빨리 타협해버리곤 했다. 그녀는 그토록 애지중지하던 강아지가 죽었을 때의 일을 아직도 생생하게 기억한다.

어렸을 때 강아지 한 마리를 키웠는데 이름이 스포트였죠. 얼마나 녀석을 예뻐했는지 몰라요. 그 녀석만은 내가 무슨 옷을 입든 상관하지 않았으니까. 그날은 엄마가 점심 접대 약속이 있었고 나는 몸이 아파 학교에서 조퇴를 한 날이었는데, 커다란 차를 몰고 손님이 차도로 들어오더군요. 그런데 그만 스포트를 치어버렸어요. 스포트가 그 자리에서 죽어버린 거죠.

커다란 거실 유리창 앞에 서서 그 장면을 죽 지켜보고 있던 나는 울음을 터뜨리며 뛰쳐나가서 스포트를 끌어안았어요. 그 순간 내 뒤를 따라 나오면서 엄마가 한 얘기가 아직도 귀에 선하네요. 그러면 못쓴다, 손님이 얼마나 놀라시겠니. 우리 엄마가 신경 쓴 건 손님이었지 스포트가 아니었던 거예요. 나중에는 아예 내 행동을 사과하는 편지까지 쓰라고 하는 거 있죠? 아니, 내가 손님한테 울부짖으며 달려들었다면 또 몰라요. 그냥 어찌할 바를 모르고 훌쩍거리고만 있었는데. 나 자신을 잘 추스리지 못했다는 점이 엄마는 영 못마땅했던 거죠.

남들이 어떻게 생각하겠니?

특권의식으로 무장한 보스턴 상류집안의 딸인 조이는 일찌감치 남들에 의해 조종되는 세계에 편입되었다. 물론 모든 소녀들이 조이가 습득한 '흰 장갑' 식의 세심한 사회적 '규범'을 배우는 것은 아니다. 그렇지만 이들은 매일매일의 생활에 깔려 있는 칭찬과 비난이 가져다주는 미묘한 메시지를 통해 '해야 할 바'를 골라내고 있다고 할 수 있다.

많은 사람들이 막연하면서도 지속적으로 누군가 자기 주위를 에워싸고 있다는 느낌을 받으면서 산다. 확연히 보이지는 않지만, 우리가 모종의 기준에 맞출 수 있는지를 끊임없이 감시하고 있는 존재랄까. 이런 '해야 할 바'가 갖고 있는 음험한 속성은 흔히 우리가 눈치채지 못하게 우리의 행동을 지시하는 것이다. 우리에게 이런 얘길 한 여성이 있었다. 누군가 자기를 보고 있다는 생각에 자신도 온전히 이해하지 못한 그 기준에 맞추다 보니, 나이 오십이 되어서야 자신의 감정을 얼마나 소모하고 지냈는지를 깨달았다고.

사실 '해야 할 바'는 외부의 압력에 의식적으로 저항해온 여성들까지도 병들게 한다. 자유분방한 히피 스타일의 가정에서 자란 한 여성은 집에서 만찬을 준비하는데 분위기, 손님 명단, 메뉴, 식탁 차림새 따위에 흠 잡히지 않으려 애를 쓰다 문득 매너를 따지는 여자와 자신이 무엇이 다른가라는 생각이 들었다고 한다. 특별히 착한 여자 규범 같은 것을 듣고 자라지 않았는데도 그것들을 의식하고 있더라는 것이다.

그런 점에서 보면 모순적이게도 조이는 운이 좋았다고 할 수 있다. 그녀의 어린 시절과 젊은 시절을 옥죄고 있었던 규범이 어찌나 엄격하고 완강했는지 결국 그것의 존재를 선명히 알게 되었으니 말이다. 그리고 자신은 그것들을 따르는 데 실패했음을 인정함으로써 그녀는 속박에서 벗어났고 지금은 실패의 기쁨에 대해 당당히 얘기할 수 있게 되었다.

조이는 한 치의 흔들림 없는 갈색 눈동자에 빨강 머리칼을 가진 재치 있는 여성으로 변해갔다. 시간이 흐르면서 그녀는 비꼬듯 '리셜리외 추기경의 복사판'이라 부르던 자신의 어머니도 용서하게 되었다. "어머니는 우리를 사교계 여성으로 만드는 데 목숨을 거셨어요. 그런 점에선 분명히 실패하신 거죠. 어쨌거나 그런 경험들도 성장하는 데 밑거름이 됐던 것 같아요."

조이가 관행을 깬 것을 타락의 전형으로 이해하는 사람의 입장에서 볼 때 그녀는 일종의 전설과도 같은 존재일 것이다. 남들이 규범을 따르려고 애를 쓰는 동안 그녀는 어떡하면 깨버릴 수 있나를 늘 궁리하는 셈이었으니 말이다. 우리에게 나쁜 여자들의 벤치를 가르쳐준 사람도 조이였다.

나쁜 여자들의 벤치

조이는 자기처럼 상류사회에서 떨어져나온 또 다른 친구와 함께 새로운 자리를 발견하면서부터 자기 안에 숨은 악마적 기질에 자리를 잡아줄 수 있었다. 이른바 나쁜 여자들의 벤치는 그녀 친구의 집 뒷마당에 놓아둔 진짜 벤치를 말한다. 무성한 나무 틈에 가려 집에서도 쉽게 눈에 띄지 않는 그곳에서 조이는 친구와 한가로이 담배도 피우고, 온갖 잡스러운 소문들을 안주 삼아 술을 홀짝거리곤 한다. 한때 이들을 구속했던 온갖 의식들도 놀림감이 되기 일쑤란다. "너 믿을 수 있니? 우리 엄마가 우리 자매들한테 일일이 생일이며 결혼 축하카드, 손자들 생일카드들을 빼먹지 않고 보낸다니 말야. 난 내 일도 다 생각나지 않는데." 박장대소. "딸내미한테 몽땅 줬더니 사무실 놀이를 하고 놀더라."

우리들 대부분은 이런 식의 벤치를 갖고 있지 못하다. 그러나 우리 자신과 꿈 사이에 가로놓인 억압적인 '의무들'로부터 거리를 두기 위해서라도 우리는 그와 비슷한 곳을 찾아야 한다. 이를테면 진짜 속내를 터놓을 수 있는 친구와 수다를 떤다거나 자신과의 관계를 다시 맺을 수 있는 그런 장소에 홀로 간다거나 아니면 맘 편히 회환이나 두려움을 털어놓을 수 있는 상담치료도 괜찮다.

조이의 경우는 규범과 싸웠던 과거의 경험이 '지금 해서는 안 되는 일'이 무엇인가라는 자각을 일깨워준 경우였다. 그녀는 자라면서 주입받았던 의무들을 세차게 떨쳐버렸다. 자신의 고뇌를 걸죽한 유머로 맞바꿔버리는 식으로 말이다. 사교계에서 빠져나온 조이의 얘기를 듣고 있노라면 혼란 속에서 기쁨을 느끼지 못했던 어린 시절의 그녀 모습을 언뜻 보게 된다. 말괄량이 소녀를 마음속에 품고 있으나 겉으로는 도자기 인형 같은 몸가짐을 하도록 정해진 소녀의 모습을.

전통에 죽고 사는

조이의 어머니는 다른 사람들에게 어떻게 보여야 할지만을 생각하고 사는 사람이었다.

집 밖으로 나서기 전에 보면 깃털장식에 페티코트, 장갑과 스타킹, 머리에 매단 커다란 리본까지 가장행렬에 나서는 동물들이 따로 없었다니까요. 그래서 요즘 난 죽어라 편한 바지만 입죠. 정말이지 차려입는 것은 딱 질색이거든요. 그런 불편한 옷은 쳐다보기도 싫어요.

조이가 그나마 요란한 공주풍 차림에서 벗어날 수 있는 것은 말을 탈 때였다. 그녀의 어머니가 이 일을 허락한 것은 승마를 통해 제대로 된 사람들과 교류하고 그 클럽에 낄 수 있을 거란 속셈에서였다. "하지만 여자용으로 만든 안장 위에 얌전히 걸터앉아 있어야 했어요. 상상이나 가요? 난 옆으로 훌쩍 뛰어내릴 수 있었는데 말이죠." 조이는 승마를 좋아했지만 늘 외부의 기준에 들어맞아야 하는 그런 상황에서는 계속 하기가 어려웠다.

내 감정 같은 건 안중에도 없었죠. 다른 사람들이 중요했어요. 나한테 주입된 교육이란 '기본적으로 너란 존재는 없다. 네 정체성도 없어. 넌 단지 사교계에서 요구하는 카멜레온이 되거나 아양을 떨 수만 있으면 돼. 남들을 염두에 두란 말이지. 네 의견은 가질 필요없어. 남이 얘기하는 의견이 최고인 거야. 비록 네 의견과 전적으로 다르더라도' 정도였죠. 당연히 그런 생각의 틀에 길들여지다 보면 자기 자신이라든지 자기 존중감 같은 건 꿈도 꾸지 못할 일이죠. 남들이 나보다 더 중요하고 그들의 의견이 더 가치있다는데 말예요. 다른 모든 경우에 있어서도 마찬가지였어요.

직업, 가문, 재산, 집, 골동품이나 보석 같은 것들로 사회적 지위를 매기고 그런 일들에 극히 자신을 잘 조율해야 하고 그런 일들에 영향을 받는 삶. 잘 생각한 건지는 모르겠지만 안타깝게도 나한텐 그런 것들이 도무지 어울리는 것 같지 않았어요. 그러니 끊임없이 애물단지 노릇을 할 수밖에요.

아프기라도 할라 치면 우리 아버지의 반응은 딱 하나였어요. 죽을 일 아니면 입 밖에 내지 말라구요. 엄마 역시 전적으로 그 말을 미셨고요. 훌쩍거리거나 낑낑대는 것도 바보 같은 일이래요. 우리 엄마가 늘상 입에 달고 사신 말이 뭔지 알아요? 우아하게 행동하라는 거였어요. 몇 세기 전에나 요구됐을 행동들을 의미하는 말이죠. 그 말이 왜 그리 싫던지. 거기엔 진실이라든가 정직이 담길 소지가 없잖아요. 부자이거나 가문이 2백 년은 넘었거나 대충 그런 기준에 부합하기 때문에 그에 걸맞게 행동해야 한다거나 그들에게 아첨하고 굽신거리는 것도 그런 바탕에서 나온 게 아니겠어요?

그래서 난 순순히 받아들이지 않았어요. 그러니 기숙학교에서도 삐딱이였죠. 지금 생각해도 무슨 수용소 같아요. 매일 교복을 입어야 했는데 가끔 양말 색깔 같은 걸 자유롭게 고를 수 있는 날도 있긴 했어요. 그런데 그런 자유가 주어진 날 외에도 난 요란한 양말을 신으려 했죠. 보통 때는 금지되는 일이었으니 그 안에서는 내가 상당한 골칫거리였겠죠.

그러면서도 조이는 어머니 맘에 들고 싶다는 희망을 버리지는 못했다고 했다. 아무튼 고등학교를 마쳤고 그럭저럭 성적도 좋아서 상류층 딸들이 가는 비교적 좋은 대학에 합격했다. 조이는 집안의 규범으로부터 벗어날 채비를 하고 있었다. 하지만 그녀는 또 다른 규범 일습과 부딪히게 되었다.

"학교에 처음 간 날, 엄마가 날 어떻게 입혔는지 아세요? 아직도 눈에 선하네요. 노랑과 초록이 섞인 재킷과 초록색 스커트 그리고 단정한 단화를 신었죠. 기숙사 동료가 먼저 와 있었는데 엄마가 자리를 비킬 생각을 않자, 그 애는 입고 있던 옷을 훌훌 벗더니 당시 유행하던 검정 벨벳 옷을 집어 들고는 한참을 망설이는 거예요. 난 몇 발짝 뒤에 서서 그 모습을 지켜봤죠."

조이의 어머니로서는 딸이 '벌거벗은 관념주의자'와 지내게 되는 일이 못내 걱정될 노릇이었겠지만 어쩔 도리가 없었다. 그리고 마침내 조이는 자유의 몸이 되었다.

그러나 남의 비위 맞추기가 너무 깊이 각인되어 있었던지 그것을 단번에 물리치기는 쉬운 일이 아니었다. 1960년대 후반의 자유로운 분위기를 감당하기엔 그동안 받은 교육의 무게가 너무 컸던 탓일 것이다. "이런 고민을 했던 것 같아요. 구슬을 걸쳐볼까? 그러지 말까? 머리를 안 빗는 건 상관없었지만 액세서리를 착용하는 문제는 고민이었죠. 혹시 내 옷이 지나치게 단정한 것은 아닐까? 거기엔 완전히 새롭게 적응해야 할 전혀 다른 가치체계가 있었어요. 뭐가 유행이고 어떻게 입어야 하고 어떻게 행동해야 할지 깨닫는 데는 한참이 걸렸어요."

조이는 집안이 정해준 남자와 결혼했다. 떠오르는 젊은 실업가였고 격에 맞는 클럽의 일원이었다. 그의 가족이 갖고 있는 전화번호부는 한마디로 사교계 장부였다. 종종 이들은 주식 중매인들과 함께 휴가를 보내기도 했는데 이는 최고의 사회적 지위를 상징하는 것이었다. 조이는 자신의 어머니보다 높은 사회적 지위에 도달했으며 최고의 자리가 어떤 건지 볼 줄 아는 눈도 생겼다.

돈이나 이름 또는 사회적 지위 따위로만 지낼 수 있다면야 그걸 꼭 넘어서야 할 압력도 느끼지 못하겠죠. 그처럼 편한 둥지가 어디 있겠어요? 하지만 그 세계는 뭐랄까, 마치 시간이 정지했다고나 할까, 늘 같은 사람들이 같은 파티에 모여 똑같은 짓을 반복하는 거죠. 다만 주름살이 점점 늘어나고 허릿살이 붙어가는 것만 빼고는. 그런 지위에 도달하면 극히 적은 사람들만 보게 돼요. 아주 협소한 사교계에 갇혀서 인생을 마감하는 거죠. 아, 그럼요. 춤도 추고 점심 약속도 하고 그러죠. 하지만 항시 그 지겨운 인간들을 만나고 또 만나고, 서로를 못 잡아먹어 안달인 그런 세계에서 인생을 마친다고 생각해봐요. 신선한 피라곤 한 방울도 없는 그런 세계에서 말예요.

조이는 진심에서 우러나온 교류를 원했다. 그러나 결혼뿐 아니라 주위의 모든 게 보여지는 데만 초점이 맞춰져 있었다. 결혼생활은 파경에 이르렀고 그러자 또 다른 그룹에 끼여야 했다. 하지만 그녀는 한때 자신을 정상의 자리로 이끌어주었던 그런 방식에는 흥미도 없었고 또 되풀이하고 싶지도 않았다.

아침에 집에서 나설 때면 남에게 어떻게 보일지 진짜로 신경 쓰지 않는 그런 날들이 많아졌다. 비록 느리게나마 자신에게 소중한 게 무엇인지 발견해나가는 과정이었다. 첫번째 단계는 그녀가 자라면서 믿어 의심치 않았던 겉치레가 그리 중요하지 않다는 걸 배우는 일이었다. 그리고 어떻게 보여지는가보다는 자신이 누구인가를 더 중히 여기는 사람들이 있다는 걸 알았다. 조이를 '의무들'로부터 벗어나게 해준 결정적 사건은 바로 이것이었다.

내가 정말 잘 보이고 싶은 남자와 뜻하지 않게 마주친 순간 내면의 뭔가가 막 움직였어요. 아무렇게나 하고 수퍼마켓에 갔다가 그에게 무작정 달려갔으니 내 꼴이 얼마나 한심했겠어요. 그 순간에는 어쩐 일인지 외모에 신경 쓰는 걸 잊어버린 거예요. 단지 그 사람한테만 신경 쓰다 보니 그랬는지. 그런데 나중에 그 사람이 그날 내가 얼마나 멋있고 예뻤는지 모른다고 얘기하는 걸 들었어요. 그때 난 깨달았죠. '아하, 정직한 관심을 받으면 겉모습 같은 건 신경 쓰지 않는구나, 우리 엄마는 그걸 몰랐겠지.' 그건 뭐랄까 공중제비를 한 바퀴 돈 것 같은 엄청난 변화였죠. 그게 내 나이 서른 무렵이었어요.

성장하기까지 참으로 길고도 긴 시간이 걸렸던 것 같아요. 내가 다다른 사회적 위치가 아니라 내 자신을 받아들일 수 있기까지요. 나 자신을 발견하게 될 줄은 생각도 못했어요. 빈말처럼 들리겠지만 사실이에요. 아이를 가지기 전까지는요. 아이가 생기니까 다른 것에는 신경 쓸 겨를도 없더라구요. 내 경우엔 엄마 노릇이 참 잘 맞았던 것 같아요. 온갖 쓸데없는 생각들을 물리칠 수 있었으니까. 사람들은 엉망진창으로 어질러진 집과 되는 대로 하고 있는 날 보고 실망했겠죠. 하지만 아이는 방글거리고 나는 행복했는걸요 뭐. 정말 재미있었죠.

요즘 조이는 조그만 목장을 꾸려가며 남편과 딸과 함께 살고 있다. 그들은 커다란 개들과 늙은 말들 그리고 소 몇 마리를 기르고 있다. 그녀의 딸은 집 안팎에서 온갖 희한한 과학실험을 다 해본다고 한다. 한번은 집 난간에다 이상한 곰팡이 같은 걸 키우는 바람에 고약한 냄새는 물론이고 주변도 지저분해졌지만 장래 노벨상을 꿈꾸고 있는 어린 소녀의 호기심은 줄어들 기미가 보이지 않는다고 한다. 그러니 옷 입는 일 따위에 신경이나 쓸 수 있을까. 조이는 재활용 가게를 찾아다니고 세일을 이용한다. 사교계 행사 같은 제약도 없다. 이제 조이는 내키지 않은 사람들과 시간을 보내는 일 따위는 하지 않는다.

인생이 얼마나 짧은데……. 우리 엄마가 그토록 잘 보이고 싶어했던 사람들 대부분은 이제는 이 세상 사람이 아니에요. 이런저런 편지를 쓰고 꽃을 보내고 하는 일이 뭐 그리 대단했을까? 그런 일을 하느라 정작 중요한 관계에는 시간을 못 내고 말이죠. 그래서 난 사람들과 친밀한 관계를 맺는 일을 중히 여겨요. 진짜 서로 관심 있는 일을 얘기하고 서로에게 솔직해지는 거죠. 진짜 느낌을 얘기하는 거예요. 꾸밈이란 건 있을 수 없죠. 더는 그런 일 못 참을 것 같아요.

이제 조이가 감사의 편지를 쓰는 건 정말로 고맙다고 느꼈을 때다. 누군가와 저녁식사를 하고 싶다는 생각이 드는 건 그들과 있을 때 진정으로 행복하기 때문이다. 선물을 줄 때도 진정한 사랑이 담겨 있다. 지난 시절 배워왔던 그 행동을 그대로 답습하는 것처럼 보일지는 모르지만 여기엔 진짜 감정, 자신이 선택한 의지가 담겨 있다.

이른바 '동병상련'인 여성들과 얘기하다 보면 이구동성으로 말하는 것이 착하다는 게 꼭 잘못된 것만은 아니라는 것이다. 그것이 우러나와서 한 일이라면. 그리고 남에게 공손한 것도 나쁜 일은 아니다. 그런 좋은 매너에 삶을 지배당하지만 않는다면. 그런 점에서 건축가인 린은 '의무들'에게 제자리를 찾아주라고 말한다.

"남한테 정중한 태도를 취하는 일은 사회적 관계에서 무시할 수 없는 부분이죠. 정중하고 품위를 지키는 일은 중요해요." 린은 다른 사람들의 기대에 맞춰 살아온 사람이다. 더러 기대치를 넘어선 선행을 베푸는 게 아닌가 하는 생각이 들 때도 있었지만 그녀는 남의 기분에 맞추는 것은 썩 나쁜 일만은 아니라고 믿고 있다. 물론 자기 식으로 세상을 사는 데 방해만 되지 않는다면 말이다.

의무들이 충돌할 때

'의무'와 '욕구'가 대체로 일치하는 여성일지라도 해야 할 일들의 목록이 자신의 통제를 넘어서는 경우를 자주 겪는다. 그네들의 비망록은 의미 있는 일들로 꽉 차 있을지 모른다. 애인과 멋진 시간을 보내거나 자원봉사, 아이들과 놀아주기, 자신의 소질을 찾아 계발하기, 경력상의 목표를 향해 매진하기 등. 그러나 시간과 에너지가 한정돼 있는 탓에 이런 모든 일을 하기엔 힘이 달린다. 그래서 요즈음은 관계를 유지해나가기 위해선 시간의 질만큼이나 시간의 양도 중요하다는 것을 새삼 깨닫는 사람들이 많아졌다. 일의 우선순위를 매기는 것이 시간 활용의 도구에 그치는 것이 아니라 자기를 보존하는 중요한 기술이 된 것이다. 우리가 만난 한 여성은 하도 할 일이 많다 보니 해야 할 일을 목록으로 작성한 적이 있으며 요즘은 그날 하루 해야 할 짤막한 목록만을 만든다고 한다.

쉐아는 따뜻한 미소로 사람들을 끌어당기는 매력을 가진 사람이었다. 그녀 역시 남들의 기대에 저항하는 데 만만치 않은 싸움을 치렀다고 한다. 그녀는 열 살 아래의 아이 셋을 키우면서 학교에서 파트 타임으로 보조 교사일을 하고 있다. 그녀가 살고 있는 작은 동네는 늘 도움을 필요로 하고 있는 비슷한 또래의 엄마들과 허물없이 지내는 친구들, 적극적인 참여를 요구하는 공동 행사 등이 엄청 많은 그런 평범한 곳이다.

그런데 어느 날, 주변의 온갖 기대치들에 따라가다 보면 자기 에너지는 바닥이 날지 모른다는 생각이 문득 들더라는 것이다. 사실 쉐아는 학교기금 마련 행사 때문에 너무나 바빠서 아이들과 자전거 탈 시간도 없는 그런 엄마가 되고 싶지는 않았다. 또 아이들 뒷바라지하느라 시계의 분침까지 맞춰놓고 사는 그런 엄마도 되기 싫었다. 가만히 생각해보니 여지껏 가족을 맨 우선에 놓고 살았던 것 같았다. 그 얘기는 느슨하게 퍼져 있는 자신의 시간도 필요하다는 뜻이었다. 그때부터 그녀는 얼마간이라도 아이들과 함께 자연을 벗하거나 밖에서 노는 시간을 내기로 했다. 또 남편과 오붓한 시간도 만들기로 했다. 가족을 위해 헌신하는 것만큼 자신을 계발하는 시간이 필요했다. 그래서 그녀는 매일 아침 일찍 홀로 조깅하는 시간을 너무 사랑한다고 한다. 그녀는 중요하다고 생각되는 사람들을 만나거나 점심약속을 잡고, 의미 없는 교류에 시간을 허비하지 않도록 세심히 주의를 하고 있다. 그저 자동적으로 남에게 '예'라고 하지도 않을 것이며 '싫어요'라고 하는 일을 미안하게 생각하지도 않을 거라고 했다.

한때 쉐아도 같이 쇼핑 가자는 친구를 거절하느라 구구절절한 이유를 댔던 적이 있었다. 글쎄, 애들 과외 시간도 그렇고 빨래는 산더미처럼 쌓여 있는걸. 나도 가고 싶지만 어쩔 수 없네, 내일은 어떠니라고. 하지만 요즘 쉐아는 딱 잘라서 이렇게 말한다. "그건 어렵겠는걸." 물론 그녀는 자기가 줄 수 있는 것 이상을 요구하는 사람들의 실망 어린 시선을 참아내는 법을 배우고 있는 중이다. 하지만 그녀는 실성한 여자처럼 종종거리거나 남들의 기대에 부응하려 애쓰느라 기진맥진해진 그런 삶보다는 요즘과 같은 삶이 훨씬 낫다고 본다. "마음의 평화를 얻고 개운해지길 원한다면 정직해지는 수밖에 없어요." 쉐아의 말이다. "요즘 난 싫어요라고 말하는 데 재미를 들였어요. 물론 구차하게 나 자신을 변명하지 않구요. 막상 해보니 그리 어렵지 않더라구요. 아주 재밌던데요."

자궁이 죄

쉐아는 온갖 '의무들'로 도배된 역할만이 주어졌던 19세기 여성에 대한 글을 읽고 갑자기 눈앞이 탁 트인 느낌을 받았다고 한다. '그 시대 여성들은 늘 감정의 북받침을 느꼈다. 우울증이 도를 넘으면 갑자기 성을 내곤 했다.' 그 글을 읽고 나서 과거를 돌아보니 자기도 무언가에 휩쓸리고만 살았다는 생각이 들더라는 거였다. 실제로 그런 비슷한 일이 있었다.

　딸아이랑 캠핑을 갔다 왔을 때였어요. 아들녀석들도 자고 왔었죠. 가만히 보니 가방 다섯 개에 빨래는 들어차 있지, 집안은 엉망진창이지, 게다가 다음날이 큰아들 생일이었어요. 아주 미치겠더라구요. 속이 부글부글 끓어올라 아이들한테 빨리 치우지 않고 뭐하냐고 마구 소리를 질러댔죠. 그때 딸애가 꽃다발을 치우더라구요. 그 애를 보니까 전혀 아무렇지도 않다는 표정이에요. 난 이렇게 펄펄 뛰고 있는데. 그 순간 속이 뜨끔하더라구요. 그래 의자에 앉아서, 엄마는 마음이 너무너무 아픈데 그게 너희들 탓은 아니다라고 말했죠. 아이들한테 내 감정을 알리는 건 참 좋은 일 같았어요. 나한테도 그러려니와 아이들한테도 도움이 됐죠.

무언가에 휩쓸리는 듯한 느낌은 여자한테 주어지는 기대들이 충돌할 때 찾아오는 감정이다. 할 일은 많은데 그걸 다 해낼 능력은 되지 않고. 따라서 문제는 우리 주변에서 아우성치는 이 의무들로부터 어떻게 벗어날 수 있을까 하는 것이다. 이 경우 친한 친구나 쉐아의 경우처럼 엄마를 이해해주는 아이들이라도 있으면 그나마 다행이다. 그렇다면 질식하기 일보직전인 자신의 상태를 털어놓을 수도 있으련만 대부분의 여자들은 그런 행운을 누리지 못하는 게 문제다.

　한 세기 전부터 '여자들의 히스테리'가 양산한 '병'에 대한 의학적 기록이 부적늘었다. 여자는 아무리 어려운 일이라도 묵묵히 감내해야 했던 시절이 있었다. '히스테리컬'이라는 말은 '자궁에서 유래한'이라는 그리스어에서 나왔다. 그리스어에서 '히스테리코스'는 '몸속에서 고통을 받는다'는 뜻으로 쓰였다. 그 옛날, 인간 신체의 이상 현상에 대해 탐구하다 보니 여자들이 남자들보다 감정의 기복이 크다는 걸 알았을 것이고 '히스테리아' 역시 여성의 신체적 특성에서 연유한 것으로 믿었을 터였다. 한마디로 자궁이 죄였던 것이다.

이른바 '히스테리아'라고 부르는 일에 극적인 모순이 다음의 계율이다. 모름지기 해야 할 일을 하며, 그 과정에서 생기는 어떠한 감정도 내색하지 말라는 것이다. 현실적인 균형에 도달한 여성들은 그들이 하는 일에 주의를 기울임과 동시에 만족하는—다시 말해 자기가 하는 일이 뭔지, 어떤 감정을 느끼는지—방식으로 자신의 삶을 잘 꾸려나가는 사람들일 터이다.

'심호흡을 크게 해보는 것도 도움이 되더군요. 그렇게 할 줄만 안다면요'라고 나탈리는 말했다. "숨쉬고 있다는 단순한 자각만으로도 젖먹이의 엄마에 병든 부모의 딸에 스크립터라는 세 가지 일의 중압감으로부터 좀 자유로워지더라구요."

앞에서 예를 들었던 건축가 린의 경우 자기만의 관점을 갖는 요령은 사물을 긴 안목으로 바라보는 것이다. 그녀는 순간의 문제들을 말 그대로 순간적인 일로 여겨버린다.

"내가 제일 좋아하는 말이 뭔 줄 알아요? '지금부터 10년 후에는 알게 뭐야, 누가 신경이나 쓰겠어?' 이 말로 버텼던 것 같아요. 늘 이렇게 묻는 게 버릇이 됐어요. '누가 알아, 이게 중요한 건지?' 물론 진짜로 중요한 일이야 더러 있었지만 지내놓고 보면 대개는 그 순간에 그렇게 보였던 만큼 큰 일들은 아니더라구요."

하고 싶었고, 할 수 있었고 또 해야만 했던 일들

'해야 할 일'이 갖고 있는 사악한 측면들 중 하나는 혹시 실수를 하지 않을까, 기회를 날려버리지나 않을까, 머저리 같은 짓을 하지는 않을까, 지금 너무 늦은 게 아닐까 따위이다. 따라서 '그 일들'을 벗어던지는 것은 그 모습을 받아들인다는 말이다. 그렇게 하기란 통이 큰 여자들이라도 쉽지만은 않은 일이다. 일찌감치 구닥다리 규율을 벗어던져버렸다는 조이조차도 이제는 새로운 기대들과 싸우느라 헉헉대고 있다. "맞춰줘야 할 일이 너무 많네요. 그런데 그런 것들을 다 해낼 수 있을 만한 육체적 정신적 기력이 나한텐 없어요. 선택할 일이 많다는 거야 멋진 일이죠. 하지만 내가 따라잡지도 못할 일들이 또 얼마나 많겠어요? 역할 모델들이 정확히 주어진다면 어쩌면 더 쉬울지 모르겠어요."

어떤 면에서 조이는 크게 심호흡을 하고 자신의 현재 자리를 받아들인 사람이었다. 엄마이자 아내, 좋은 친구로서 하루를 맞는다. 그녀의 지론은 지나온 시간에만 눈을 주고 자신을 탓하고만 있다 보면 앞에서 기다리고 있는 좋은 일들을 놓칠지 모른다는 것이다.

흔히들 신나고 화려하고 윤택한 삶이라고 떠올리기 마련인 그런 길을 꼭 따르지 않는 것도 후회를 물리칠 수 있는 길들 중 하나이다. 완벽하게만 보이는 타인의 삶에 대한, 우리보다 우월하고 충만하고 성공적인 삶이라 보이는 것에 대한 질투를 떨쳐버릴 일이다.

김은 주식 중매인에서부터 교사라는 다양한 직업을 경험한 여성이었다. 그녀는 톰 울프의 《필사의 도전》을 읽으면서 세상에는 우주 비행사들처럼 자신들의 삶을 치밀하게 계획하는 사람들이 있구나 하는 것을 깨달았다고 한다. "그들은 거기에 맞는 교육을 받지요. 그에 필요한 사람들을 만나구요. 그리고 몇 년 후에는 달나라 같은 곳에 가 있을 자신들의 삶을 계획하는 거예요. 난 그걸 무시해버리거나 보다 근사한 계획을 세울 수도 있겠죠. 하지만 내 계획도 잘 풀려가고 있다고 봐요." 그렇게 그녀는 웃으며 자신을 받아들였다고 한다.

주말이 되거나 하루를 마치면서 미처 하지 못한 일들, 해야 했을 말들, 갔어야 했을 장소들이 꼭 남기 마련이다. 그 중 실천할 수도 있었을 일에 대한 후회는 반드시 제자리를 찾아주어야 한다. 나머지는 버려도 좋고.

자신들의 삶을 어질러놓는 '의무들'을 정기적으로 포기하는 법을 찾아낸 여성들이 있다. 수지는 살다 보면 으레 들기 마련인 후회를 버리는 의식을 치른다고 한다. 우선 그녀는 자기가 해야 했을 일인데도 하지 않은 일들을 상징하는 초들에 불을 붙인다. "심지에 불을 붙이면서 뭐가 달라져야 했을까 생각을 하죠." 그녀는 자신이 '해야 했을 일'을 실천했다면 어떻게 됐을지 떠올려본다. 불꽃을 바라보며 자신이 그 바람들을 어떻게 실행했던지 조용히 되새겨본다. 그러자면 회한이 파도처럼 밀려온다. 그녀는 그럴 때 촛불을 불어 끈다. 너울거리는 연기를 바라보면서 그녀는 또 묻는다. 혹시 앞으로 행동에 옮겨야 할 '의무들'이 남아 있는지를. 대답이 '그렇다'로 나오면 그녀는 즉시 행동으로 옮긴다. 그게 앞으로 해야 할 일이 있다는 것만 기억하라는 단순한 지시에 불과하더라도. 혹시 대답이 '아니다'라면 그녀는 곧장 자신을 용서하고 후회를 떨쳐버린다. 그리고 '하고 싶

었고, 할 수 있었고, 해야 할' 일들이 가느다란 검은 연기와 더불어 사라져가는
것을 바라본다.

남한테 의무감을 느끼지 말자

'해야 할 일'로부터 자유로워지면 자연히 너그러워진다. 파티를 한번씩 치러낼
때마다 감사의 글을 보내야 하는 것이 지겨웠다 치자. 그러면 그만둘 일이다. 반
면에 그런 세심한 행동을 좋아하는 사람이라면 또 그렇게 하면 될 일이다.

조이는 자신을 포함해서 누구도 어린 시절을 옭아맸던 가혹한 규율 같은 것에
따르지 않기를 바란다. 그리고 이제 조이는 자기가 좋다고 여기는 일들을 골라서
한다. 마음이 내킬 땐 누구보다도 우아한 저녁식사를 준비할 수 있고, 진심이 담
긴 카드를 쓰거나 친구를 위한 선물을 고를 수도 있다. 그러나 어느 경우에도 중
요한 건 '내가 원해서'라는 것이다.

조이는 '해야 하는 일'을 하는 데서 '원하는 일'을 하는 것으로 느리지만 확실
한 발전을 이룬 경우라 할 수 있다. 그 여정을 일구어나간 데는 다른 여성들의
지원과 약간의 눈물 그리고 많은 웃음이 힘이 되었다. 조이와 친구들은 어린 시
절을 통제했던 그 규율을 아직도 의식하는 부분이 남아 있음을 주저하지 않고
비웃는다. 친구한테 초대라도 받는 날이면 조이는 뭔가를 가지고 가야 될 것 같
아 그렇게 우긴다고 한다. 초대한 친구가 그저 몸만 오라고 얘기하는데도 어린
시절 몸에 밴 규율이 아직까지도 자신을 지배하고 있더라는 것이다. 빈손으로

어떻게 가니라고! 파티가 있던 날 저녁, 조이는 화분 한 개와 이렇게 쓴 쪽지를 넌지시 내밀었다고 한다. '이래서는 안 된다는 걸 알지만 어쩔 수 없었어. 이해해주길 바래.'

3장

더 이상 연약한 성은 아니다

서너 살 된 아이들은 숲에서도 무서운 게 없어요. 그저 모든 게 신기할 따름이죠. 한번은 부모들과 함께 소풍을 간 적이 있었는데요, 얼마나 아이들을 단속하는지 결국 얼마 지나지 않아 내려와버리고 말았어요. 그거 만지지 마라, 물리면 어쩔래, 찔리면 아프단다, 독이 들어 있을지 몰라, 조심해라 등등. 부모의 사랑이 우리가 세상에 대한 두려움을 갖도록 가르치는 거라는 생각이 들더군요. 게다가 남자아이들보다는 여자아이들한테 더 많은 조심을 요구하는 건 물론이구요.

멀리 보면, 위험을 피하는 것이 솔직하게 맞서는 것보다 더 안전하다고는 할 수 없다. 겁쟁이도 대담한 사람만큼이나 자주 붙잡히기 마련이다. 헬렌 켈러

일단 거칠어졌다면 저들이 길들이지 못하게 하라.   이사도라 던컨

"어렸을 때 자주 했던 기도가 뭔지 알아요?" 자넷은 대뜸 이렇게 물었다. "내가 깨어나기 전에 죽는다면 주님, 부디 제 영혼을 거둬주세요. 이 말을 죽 믿었더랬지요." 자넷은 어린 시절 천식을 심하게 앓은 탓에 늘 죽음에 대한 생각을 했다고 한다. 좀더 자라서는 플로리다의 잭슨빌에서 살았는데 그녀의 두려움은 이제 핵전쟁으로까지 넓혀졌다. "당시는 쿠바 미사일 위기로 세상이 어수선했어요. 잭슨빌에도 핵을 실은 군함이 네 대나 있었죠. 어느 날 퇴근하고 집에 온 아버지가 방공호를 만들자고 하시는 거예요. 그때 열 살이던 나는 핵전쟁이 일어나서 사람들이 죽는 악몽에 매일 밤 시달렸죠. 물론 지금이야 그런 식으로 깨어나기 전에 죽을 걸 염려하진 않지만요. 그럼 벌써 세상은 끝나 있을 테니까요."

자넷은 강한 사람이 되고 싶었다. 그리고 나이가 들어가면서 두려움을 극복하려면 어떤 식으로든 몸으로 부딪혀봐야 한다는 사실을 깨달았다. 새로운 시도를

할 때마다 매번 주춤거리게 했던 자신의 내부는 물론이고 외부의 괴물들을 드러
내고 대면하는 데 꽤나 긴 시간이 걸렸지만 그녀는 그 일을 해냈다. 더욱이 이제
는 밤을 두려워하는 여성들이 두려움을 이기고 밤의 마력을 체험하도록 돕는 야
간 하이킹 프로그램을 운영하는 정도까지 이르렀다.

　베이비붐 시대에 태어난 여성들이 대개 그렇듯 자넷도 대공황과 세계대전의
두려움을 갖고 있는 부모들 손에서 자랐다. "우리 할아버지는 대공황과 심한 가
뭄으로 몬태나에 있는 농장을 떠날 수밖에 없었대요. 그나마 학교 수위직을 얻어
연명하셨다고 해요. 딸이 넷 있었는데 죄다 그 경험을 물려받았죠." 박탈감은 집
안의 내력이 돼버린 경계심으로 이어졌다. "다른 식구들의 두려움에 전염된 거
죠." 자넷의 얘기다. "이게 과연 우리 엄마의 두려움인가, 아버지의 두려움인가,
아니면 사회 전체가 갖고 있는 두려움인가라고 묻게 되기까진 한참 걸렸어요."

　어둠에 대한 두려움 그리고 잘 알지 못하는 무언가에 대한 두려움은 여성들의
발전에 커다란 장애물이다. 따라서 어둠에 대한 근본적인 두려움을 이기는 것이
야말로 다른 장애들과 맞서는 데 있어 중요한 상징이 된다. 이는 어른이 되어서
도 자신을 둘러싼 괴물들을 물리치느라 오랜 시간을 보낸 자넷에게는 참으로 중
요한 일이었다.

　우리의 문화는 여자아이들로 하여금 힘과 용기를 보여주어야 할 상황에 남자
아이들보다 덜 뛰어들도록 요구하는 편이다. 그러다 보니 여자아이들은 육체적
강인함이나 용감한 정신에 도전하는 일을 차마 못 견디고 피해버리는 경우가 많
다. 결국 단체시합 같은 데서 제외되는 건 물론이고, 아드레날린을 팍팍 솟게 하

는 등산이나 급류 타기에서부터 누군가를 위해 용감하게 나서는 데서 오는 만족
감도 누려보지 못하게 된다.

자넷으로 말할 것 같으면 거의 평생에 걸쳐 자신의 삶은 물론이고 다른 사람
들에게도 으레 존재하는 그 두려움의 원천을 알아내기 위해 계속 싸워왔다고 할
수 있다.

태어날 때는 씩씩했는데

"그래, 난 여기 있는데 등 뒤에는 뭐가 있을까. 이런 말을 하면서 태어나는 사
람은 아무도 없을 거예요. 백일 무렵에 찍었다는 내 사진을 보면 양팔을 활짝
벌리고 있는 것이 이렇게 말하고 있는 것처럼 보여요. 만세! 내가 세상에 태어
났다."

캘리포니아로 이사하기 전에 자넷은 플로리다에서 자연탐사 과정을 이수했고
유치원 아이들을 데리고 야외탐사도 자주 다녔다고 한다. 여러 가족들을 접하면
서 그녀는 아이들에게 내재되어 있던 용감성이 어떻게 사그라들기 시작하는지
보게 되었다고 한다.

서너 살 된 아이들은 숲에서도 무서운 게 없어요. 그저 모든 게 신기할 따름이죠. 한
번은 어떤 부모들과 함께 소풍을 간 적이 있었는데요, 얼마나 아이들을 단속하는지 결
국 얼마 지나지 않아 내려와버리고 말았어요. 그거 만지지 마라, 물리면 어쩔래, 찔리

면 아프단다, 독이 들어있을지 몰라, 조심해라 등등. 부모의 사랑이 우리가 세상에 대한 두려움을 갖도록 가르치는 거라는 생각이 들더군요. 게다가 남자아이들보다는 여자아이들한테 더 많은 조심을 요구하는 건 물론이구요.

그런 두려움이 재능과 창의성 그리고 어려움을 헤쳐나가는 데서 오는 기쁨을 갉아먹죠. 물론 우리가 두려움을 가져야 할 이유들은 많아요. 나쁜 일도 곧잘 일어나고. 하지만 나는 두려움 때문에 뭘 못하는 그런 사람이 되고 싶진 않았어요.

다른 사람들을 숲으로 인도할 수 있게 되기 전까지는 자넷 역시 무수한 악몽들과 싸워야 했다. 그러면서 그녀는 자신을 전적으로 보호할 수도 없을 부모의 과도한 걱정들이 다른 두려움들과 한데 어우러져 있음을 깨달았다. "내가 도시로 이사온 뒤 엄마는 매주 내가 강간당하거나 살해당하지 않았다는 걸 확인이라도 하듯 전화를 걸었죠."

자넷은 열여덟 살이 되어 처음으로 독립을 했다. 그리고 이듬해에 결혼을 했다. "참 따뜻한 사람이었어요. 그와 함께 있으면 무섭지 않았죠." 그게 문제였다. 여성은 나약한 존재라는 문화적 신화를 믿음으로써 여성들은 자신들을 보호해줄 남자의 존재를 필요로 하게 되는 것이다. 하지만 시간이 지나면서 여자들은 누구도 자신들을 안전하게 보호해줄 수 없다는 걸 깨닫는다.

스물한 살 때 자넷은 식구들끼리 알고 지내던 남자한테 강간을 당했다. "얼마나 나 자신을 탓했는지 몰라요. 소리를 지르지 않았거든요. 몸을 일으키려 했지만 110킬로그램은 족히 나갈 그 몸뚱이가 내리누르는데 도리가 없더라구요." 그녀는 처음에는 자신이 뭔가 잘못을 저질렀다고 여겼다. 오랜 세월 동안 여성들을 지배한 문화의 결과였다. "좀더 조심했더라면 하는 생각이 늘 있었죠. 잘못된 일이 일어난 건 모조리 내 탓이라는 생각. 한번은 길거리에서 당할 뻔한 적도 있었는데 그때 경찰이 뭐라 그랬는지 알아요? 그런 짓을 저지르게 부추기지 않았냐는 거예요." 길거리에서 당한 봉변이나 강간 등은 자넷에게 세상은 위험한 곳이며 자신은 무력한 존재라는 생각을 굳혀주는 계기가 되었다.

자넷은 첫번째 결혼생활을 청산한 뒤 이런저런 남자들을 만나다가 재혼을 했다. 그때부터 그녀는 세상을 달리 보기 시작했다고 한다. 여지껏 자신은 남들의 기대에 부응하며 살았는데 이젠 그로부터 벗어나서 자신을 찾아야 할 때가 왔다는 걸 깨달았다는 것이다. 그래서 참여한 것이 상호보호 스무 단계 프로그램이었고 이를 통해 생전 처음으로 스스로 살아갈 수 있는 용기를 얻었다. "처음으로 4년 동안 남자 없이 혼자서 살아봤어요. 그 전에는 생각조차 못했겠죠. 그런데 내가 아주 다른 사람처럼 느껴지기 시작하데요. 그래 이건 나한테 아주 중요한 일이다, 나는 두려워하는 일보다는 사랑하는 일을 더 중히 여기는 존재다, 나에게는 내 삶이 있다, 내 육신은 나의 것이다, 내 부모 것도 아니며 내가 함께 살 남자의 것도 아니라는 생각이 들었어요." 그녀는 이런 식으로 롤로 메이의 인용구를 과감하게 극복했다. 즉 용기는 두려움 없이 살 수 있는 능력이 아니라 두려움에도 불구하고 살 수 있는 것이라고.

다른 사람들이 주는 구속으로부터 벗어나기 시작하면서 자넷은 그동안 자기한테 즐거움과 충만감을 주었던 일들을 시도해보기로 했다. 그런 기억들은 그녀가 앞날의 계획을 세우는 데 무척 요긴했다. "나한테 자연은 그야말로 하느님 자체였죠. 자연 속에서 난 늘 평화를 느꼈거든요." 어렸을 때 자넷은 집 근처 숲속에 자기만의 놀이집을 가지고 있었다. "하루 종일 거기서 놀았던 적도 많아요. 부모님도 그저 늪 근처에만 가지 말라고 주의를 줬을 뿐 바깥에 나가 노는 날 딱히 걱정하지는 않았죠."

자넷은 또 아버지와 함께 나섰던 밤여행의 추억도 끄집어냈다. 땅거미가 질 무렵에 부녀는 함께 낚시를 했는데 그때 자넷은 박쥐나 다른 동물들 틈에서도 편하게 지내는 법을 배웠다. 그 일들은 어두컴컴한 침묵 속에서도 편안함을 느낄 수 있게 해준 아주 특별한 경험이었다.

자넷은 이 일을 통해 이루고 싶은 계획이 있다고 했다. "나는 여성들이 두려움을 뚫고 나서는 데 도움을 주고 싶어요. 그네들을 자연으로 데리고 나가서 편안함을 느끼게 해주고 싶은 거죠. 이들도 지구라는 땅덩어리에 속해 있는 존재라는 걸 깨닫게 해주고 싶어요. 난 땅거미가 질 무렵이 가장 좋아요. 아무래도 타고난 자연주의자인가 봐요. 헨리 데이비드 소로우를 닮았다는 생각도 해봐요. 한편으론 사색적이면서도 자연을 직접 관찰하는 걸 좋아하는 점에서요."

밤의 친구들

자넷은 여성을 위한 야간 하이킹 프로그램을 진행하면서 얼마나 많은 이들이 참가하고 싶어하는지를 알고 새삼 놀라고 기뻤다고 한다. "여성들을 주말 밤여행으로 안내하는 일은 나한테도 즐거운 일이죠." 그녀는 참가자들을 소그룹으로 나누어 해질 무렵이면 이들을 데리고 숲으로 들어간다.

밤이란 참 오묘한 시간이에요. 한 참가자가 그러더군요. 밤이랑 손을 잡아본 게, 친구가 돼본 게 처음이라고. 여성들과 모험을 즐기면 즐길수록 난 우리 자신을 사랑하고 감탄하게 돼요. 우리는 이전에 어떤 여자들이 가보지 못했던 곳을 가보고 우리가 갖고 있던 두려움을 확인하는 대신, 우리를 기다리고 있는 즐거움과 모험과 우정을 깨달아요. 난 여자들이 자기 자신을 믿고 또 자연을 믿었으면 좋겠어요. 그러다 보면 지금 어떻게 살아야 하는지를 배울 수도 있거든요. 그래서 이 말을 자주 해요. 두려움은 여러분 머릿속, 그러니까 기억의 저장 창고에 있는 거지 지금 이 어둠 속에 있는 게 아니랍니다.

한번은 날 보자마자 다짜고짜 자기는 강간을 당했다고 털어놓은 사람이 있었어요. 숲이 가까워지자 무척 두려워하더군요. 그래서 나는 나무들 사이를 지나갈 필요는 없으며 풀밭을 가로질러 산책 정도만 해도 괜찮다고 말했죠. 그런데 그이는 자기도 숲을 지나가고 싶다고 우겼고 결국 그렇게 했어요. 숲속을 빠져나올 무렵엔 아예 노래까지 흥얼거리면서 머리에는 부엉이 깃털까지 꽂고 있더라구요. 두려움이 크면 클수록 그것과 맞서면서 느끼는 희열 또한 그만큼 커지죠.

두려움은 생물학적인 보호장치일 뿐이에요. 우리를 안전한 상태로 머물게 하려고 본능이 작용하는 거죠. 두려움 그 자체는 연약한 것이 아녜요. 그것이 우리를 지배하도록 놔두는 게 문제지.

자넷은 여성들이 어둠에 익숙해지도록 가르치는 일은 앞에 무엇이 기다리고 있을지라도 앞으로 나서게 하는 데 목적이 있다고 본다. 어느 날, 보름달이 뜰 무렵이었는데 그녀의 하이킹 팀이 계곡에서 너른 들판으로 나선 적이 있었다. 달빛을 받고 있는 산등성이 위로 가느다란 흰색 실선이 그어져가는 듯했다. 그들은 언덕배기 쪽으로 차츰 부풀어오르는 둥근 달이 코요테 무리들을 울부짖게 하는 모습을 바라보았다.

자넷은 여행 참가자들에게 두려움과 흥분은 생리학적으로 긴밀하게 연관되어 있다는 얘길 자주 한다. "그 증세가 똑같거든요. 심장이 마구 뛰기 시작하죠. 몸 전체가 깜짝 놀라죠. 두려움은 무언가를 무섭다고 느낄 때 생겨나는 거지요. 하지만 어떻게 알아요? 한편으론 흥분하고 있는지." 그러면서도 자넷은 이런 충고를 빠뜨리지 않는다. 여성이 자신의 수줍음을 버리기 시작했을 때 그들의 노력이 늘 박수만 받는 건 아니라는 것을. 여자들이 아드레날린을 욕심내는 것이 은근히 두려운 자들이 아직은 있다는 얘기다. "여자아이들은 어릴 때부터 일찌감치 두려움을 드러내는 일에 길들여지기 시작하죠. 흥분을 드러내는 일은 아예 포기하는 거고."

마리앤은 낚싯배 한 척을 사서 홀로 태평양에 나설 계획을 세웠다. 그녀의 남자 친구도 막판에 포기해버린 일이었다. 따지고 보면 마리앤도 편한 길로 돌아가기에 익숙해져 있었지만 자신의 엄마가 원했던 그 길로부터 벗어나느라 수년째 헤매고 있는 중이었다. 대학을 졸업하고 모터 사이클 선수와 결혼했던 짧은 결혼생활도 그랬지만 무엇보다 이 낚싯배야말로 그녀가 간절히 열망해온 것이었다.

　바다가 주는 자유로움이 마리앤에게 말을 걸어오고 있었다. 그곳에는 어떤 장벽도 한계도 없었다. 그리고 한밤중에 엄마한테 전화를 걸어 시시콜콜 보고해야 할 의무도 없었다. "바다로 나서는 게 너무 좋아요. 물론 나한테 제정신이냐고 말하는 사람들도 있지만요. 그래도 겨울에 항해하는 법이랑 엔진 손보는 거, 그런 수업을 다 들었어요. 난 준비가 다 된 몸이라구요. 물론 사고를 당할지도 모른다는 생각이 안 드는 건 아니지만, 그래 봤자 굶어 죽기밖에 더 하겠어요? 그래도 바다로 나가 고기를 낚고 싶고 내 자신의 주인이 되고 싶다는 열망, 저 아름다운 캘리포니아 해안을 넘나들고 싶다는 생각이 시시콜콜한 걱정을 다 물리치게 하나 봐요."

　그녀는 얼마 전까지 해왔던 법률사무소 비서일이 자신을 육지에 묶어두었다고 한다. "어쩌면 일말의 두려움이 있었는지도 모르죠. 하기야 그래서 더 흥분되는 건지도 모르겠어요. 고기를 잡으러 나설 때 난 그야말로 몰입의 경지를 느껴요. 내 심장과 모든 에너지가 낚시에 집중되거든요."

　마리앤이 남성들의 전유물인 바다낚시에 도전하는 일이 쉽게 이뤄지지는 않았다. 물론 연어나 다랑어를 잡으러 나서는 여자 어부가 자기 하나만이 아니라는 사실을 알았지만 말이다. 하지만 온통 남자들인 그 세계에 일단 뛰어듦으로써 마리앤은 어린 시절의 꿈을 결국 이룬 셈이었다.

　어렸을 때에도 인형 머리 빗기는 것보다는 카우보이 놀이가 훨씬 재밌었어요. 숲에서 놀거나 고함을 질러대며 노는 남자애들이 훨씬 즐거워 보이더라구요. 그 애들을 졸

졸 따라다니니까 나중엔 자기들 놀이에 끼워주더군요. 하지만 거기서도 난 요리사 역할을 해야 했죠. 바다 한복판에 나가 고기를 잡는 일은 결국은 남자아이들한테만 주어졌던 일을 내가 할 수 있게 된다는 의미였어요. 무척 험한 일이지만 꼭 어린 시절로 돌아가서 카우보이 놀이를 하는 것처럼 재밌어요.

어렸을 땐 인형놀이가 재밌는 만큼 경찰 놀이가 재밌는 여자아이들도 있었다. 그러다가 나중에는 축구도 재밌어 보이는데 공에 맞을까봐 겁을 낸다. 또 말 타기도 멋있을 것 같은데 말 등에서 떨어질까봐 포기한다. 이렇듯 우리는 안전지대에 남기를 선택하고 거기서 벗어나는 일이 점점 줄어든다. 나이를 먹어가면서 앞으로 나서는 일보다는 뒤로 물러나 앉아 있는 게 점점 편해진다. 우리는 따뜻한 불가에 앉아 우리의 대담무쌍한 친구들이 목이 부러질 위험을 감수하는 기사들을 읽고만 있다.

그럼에도 우리 마음 한구석엔 대담해지고 싶은 욕구가 숨어 있다. 그래서 꼭 목숨 걸고 절벽을 오르는 일만이 아닌 다른 방식을 생각해보거나 자기만의 특별한 모험을 저지르기도 한다. 어떤 이들에겐 이러한 모험이 삶의 모습을 통째로 뒤흔들어놓기도 한다. 그 한 예가 소피이다. 그녀가 집을 팔고 컴퓨터와 고양이만 달랑 데리고 멕시코로 이사가겠다고 하자 친구들은 경악을 금치 못하면서 어떻게 그럴 수 있는지 의아해했다고 한다. "처음 얼마가 지나고 특별히 나쁜 일이 생기지 않는다면 그리 걱정할 필요없어." 이제 소피는 과다라하라 근처의 한 마을에 아주 성공적으로 자리를 잡고 살고 있다. 멕시코 사람들과 한때 미국인이었던 사람들과 어울리며 종종 이메일을 띄워서 고향에 남아 있는 친구들도 챙겨가면서.

나를 상담한 담당의사가 그러는데 난 공포를 거절하는 체질이래요. 뭔가가 날 무섭게 하면 기어코 그걸 찾아내서 끄집어내죠. 친구들이 그러는데 난 꿈속에서 호랑이한테 쫓겨도 휙 돌아서서 뭣 때문에 날 쫓아오냐고 물을 사람이라나요. 어떤 일을 경험하는 게 두렵다면 결국 자신의 삶을 충만하게 하기는 틀린 거라 생각해요. 아, 더러 무섭기야 하죠. 멕시코에 혼자 있으니 외롭기도 하고. 하지만 캘리포니아나 미시간, 플로리다에 있다고 해서 달라졌을까요? 그래서 그런 감정에 기가 죽어선 안 되겠다고 생각했죠. 그러자 걱정이 물러갔고 난 혼자서도 잘 살아갈 수 있었어요.

샌디가 고공낙하를 결행한 것도 같은 이유에서였다. 그녀와 한 팀이 된 스카이다이버가 일러주길 팀원들과 더 가깝게 있고 싶고 땅을 바라보고 싶더라도 두 눈을 부릅뜨고 위를 쳐다보라는 거였다. "그렇게 스릴 있고 멋진 경험이 없었어요. 무엇보다 내가 할 수 없는 일은 아무것도 없다는 메시지를 얻은 게 최고였어요."

혼자서 여행하거나 혼자 여행 계획을 세우는 일은 확신을 굳히는 또 다른 모험일 것이다. 물론 여자 혼자 길을 나서는 데 대한 주변의 호기심이 아직은 남아 있긴 하다. "청승맞긴. 무섭지도 않니? 심심할 텐데? 남자라도 꾀고 싶은 거겠지."

데이지는 늘 출장을 혼자 다녔지만 휴가를 얻으면 꼭 친구들이 살고 있는 그런 곳을 찾아 다녔다. 그녀의 말을 빌자면, 내가 알고 있는 누군가가 늘 있는 곳이었다. 그러다가 오스트레일리아와 뉴질랜드, 타이티로 혼자 여행 갈 일이 생겼다. 아는 사람이라곤 한 명도 없었던 그 여행을 통해 그녀는 완전히 새로운 세계에 눈을 뜨게 됐다.

처음 여행지로 오스트레일리아를 정한 게 잘했다 싶어요. 혼자 밥을 먹고 있으면 사람들이 내 곁에 와서 앉아요. 웨이터든 지배인이든 말이죠. 하지만 그건 내가 느낀 오스트레일리아지 그게 전형적인 모습은 아닐 거예요.

혼자 출장을 다닐 때면 식당이나 비행기에서 마주치는 사람들이 왠지 덜 친근하게 여겨졌거든요. 그런데 휴가 때는 사람을 쉽게 사귀게 돼요. 내가 먼저 남들한테 말을 걸 수도 있게 돼구요. 누군가와 공통점을 갖고 있다는 걸 발견하기란 그리 어렵지 않아요. 하다못해 상대방의 옷차림을 칭찬하는 것도 시작이 될 수 있죠. 그러다가 점점 엽서와 편지를 쓰게 되고 사진을 열심히 찍고 이런저런 일들을 일기로 쓰게 된 것 같아요. 난 혼자 밥 먹을 때는 늘 옆에 책을 끼고 있죠.

이제 데이지의 모험은 남극 대륙과 아프리카, 러시아, 네팔 그리고 부탄 같은 곳까지 망라하고 있다. "물론 여럿이 함께 갈 때도 있지만 전부터 알고 지냈던 사람들은 아니죠. 남극으로 갈 짝은 그야말로 즉석에서 골랐어요. 그게 인연이 돼서 영국으로 그녀를 만나러 가기도 했고 또 그녀가 미국으로 오기도 했죠. 혼자 있을 때 친구를 사귀기가 훨씬 쉽더라구요."

히말라야를 여행할 때였다. 데이지는 집에 일찍 돌아와야 했기 때문에 무리에서 혼자 떨어져나왔다고 한다. "부탄에 있는 호텔에서 혼자 밤을 보내는데 후회막심이었죠. 비행기에 문제가 생긴 데다가 바깥 세상이랑 연결해줄 게 아무것도 없었거든요. 낡은 호텔방에 그냥 죽치고 있는데 거기서 일하는 여자 두 명이 나를 찾아왔어요. 정말 기분 좋은 경험이었죠. 그네들은 부탄이라는 나라에 대해 얘기해줬고 나는 미국 얘기를 들려줬죠. 내가 혼자 있지 않았다면 그런 일은 일어날 수 없었겠죠."

야성의 여자들

여행전문가인 마르타와 가정문제 상담가인 캐롤은 친구 사이이다. 두 사람은 여자들만의 여행을 기획했다. 그런데 이 여행이라는 것이 파리의 지하철을 타보는 정도가 아니라 하얀 거품을 일으키는 급류 타기에 도전하는 일이었다. 이들은 스스로를 '야성의 여자들'이라 부른다. 여행 참가자들 역시 한때는 자신을 위해 돈 쓰는 일은 생각지도 못했고 제멋대로 행동하는 일은 이기심의 발로며 가족과 직장에 자기가 없으면 안 된다고 여기는 이른바 착한 여자병을 이겨낸 사람들이었다.

최근 들어 여성들끼리 소그룹으로 휴가를 보내는 일이 부쩍 늘어났다. 이것은 그만큼 많은 여자들이 남자들처럼 여행의 이점을 알아가고 있다는 얘기일 것이다. 도보 여행팀을 이끄는 한 여성이 말하기를 여성들은 나이를 먹어가면서 점점 모험적이 돼가는데 남자들은 집에 머물러 있기를 좋아하는 것 같다고 했다.

위험이 적은 일부터 시작해서 점점 영역을 넓혀가다 보면 새로운 도전에 달려

드는 일이 삶의 방식으로 자리잡을 수도 있다. 두려움을 줄일 수 있는 일을 전혀 경험해보지 못하는 여성들도 있겠지만 그 두려움에 맞서는 일은 배울 수 있을 터이다.

1977년에 만들어진 영화 〈줄리아〉—릴리언 헬만의 소설 《회상록》을 원작으로 한—에서는 제인 폰다와 바네사 레드그레이브가 나오는데 여기서 줄리아(바네사 레드그레이브)가 친구인 릴리(제인 폰다)한테 이런 말을 하는 장면이 있다. "나는 겁쟁이가 되는 게 두렵다." 그래서 줄리아는 겁쟁이처럼 보이지 않기 위해 필요 이상의 위험을 감수하기에 이른다. 줄리아는 유럽을 휩쓸던 파시즘과 맞서 싸우는 활동가가 된다. 릴리는 집에 머물면서 글을 쓰는 작가였지만 나중에 독일로 가서 죽음을 무릅쓰고 친구를 돕는 용기를 보인다.

더러는 위기도 있지만 여성이 자신이야말로 남다른 일을 할 수 있다고 깨달을 때 두려움은 극복된다. 그녀는 보다 큰 일을 위해 사사로운 일은 물리칠 수밖에 없다는 걸 안다.

캐티의 경우가 그렇다. 그녀는 가족한테 행패를 부려 수년 동안 정신병원에 갇혀 있던 한 남자를 풀어주는 문제를 심의하는 재판에 배심원 자격으로 참여했다. 그때까지도 그녀는 자신을 나약한 존재로밖에 보지 않았다고 한다. "그는 해마다 석방 탄원을 했어요. 배심원단이 찬성하면 그 사람은 자유로운 몸이 되는 거였죠."

주립병원에서 몇 가지 사건들이 있었던 모양이지만 그리 중대해 보이진 않았다. 그리고 캐티는 이 젊은이가 왠지 환경의 희생양이라는 생각마저 들었다. "아

주 호감이 가는 인상인 데다 말도 아주 잘하더군요. 흠이 없진 않았지만 큰 반대
는 없을 거라 생각했어요. 그런데 막상 표결에 붙여놓고 보니 그녀만이 석방찬성
표를 던진 것이었다.

　법원까지 가려면 하루에 68마일을 운전해야 했어요. 다른 배심원들과도 친해졌어
요. 문제는 지방 검사가 이 청년이 풀려났을 때 위험하다는 걸 증명하는 것이었는데
내가 보기엔 지방 검사가 그걸 충분히 증명한 것 같지 않았거든요. 그 일을 두고 다른
배심원들과 두 시간은 싸웠을 거예요. 그 청년의 어머니는 아들을 집에 데려갈 수 있
으리라 생각했겠죠. 그 청년은 일도 가지고 있었어요. 그 어머니라는 사람은 그들 공
동체에서 일종의 무당 같은 대접을 받았다고 해요. 그래 난 사람들에게 물었죠. 혹시
이 젊은이가 백인에다가 돌아갈 집이 비벌리힐스에 있었다면 어떻게 했을 거냐고. 분
명 이들은 무의식적인 편견을 내보였어요. 덩치가 크고 흑인인 데다가 머리까지 길게
땋아 늘어뜨리고 있는 이 청년이 은근히 무서웠던 거죠. 심지어 배심원 중 한 명은 저
런 사람이 자기네 딸들 주변을 어슬렁거리는 걸 보고 싶지 않다는 말까지 하더라구요.
한술 더 떠, 그 어머니라는 사람도 아들을 꼭 집에 데려가고 싶어하는 것 같진 않더라
나. 물론 그 어머니가 자신의 생각을 크게 주장하지 않았다 쳐요. 그렇지만 그게 인디
언 특유의 태도라는 걸 알았어야죠.

　캐티는 논리정연하게 그 청년을 변호할 수 없었다. 결국 그녀는 포기했고 다른
사람들과 같은 표를 던졌다.

내년엔 풀려날 수 있을지 모른다면서 사람들이 날 위로하더군요. 그리고 집보다는 병원이 아무래도 더 안전할 거라고. 하지만 난 그때 희망을 잃었어요. 그러자 눈물이 걷잡을 수없이 쏟아지데요. 사실 내가 운 건 나 자신에게 화가 나서였어요. 나 자신의 나약함이 그렇게 실망스러울 수가 없었죠. 빌어먹을 만장일치표라니. 일단 물러나면 표를 바꿀 수 없다는 걸 아니까 나 자신이 너무 싫었어요. 입을 열어 내가 믿지 않는 일을 얘기해야 하는 일이 너무 고통스러웠어요. 나 자신의 의지를 거스른 거죠.

심리가 끝나자 캐티는 울면서 법정을 뛰쳐나갔다. 그 젊은이나 어머니는 차마 쳐다보지 못하고서 변호사에게 무작정 뛰어갔다. 그리고 그녀는 자기의 의지에 반하는 투표를 했다고 털어놨다.

결국 그 젊은이는 다시 심리를 받게 됐고 다시 구성된 배심원들은 그를 집으로 돌려보내는 데 찬성했다. 이 일을 통해 캐티는 처음엔 자신의 의지에 반한 행동을 한다 하더라도 결국은 진심이 이길 거라는 걸 깨달았다. 비록 늦더라도 자신의 입장을 밝히는 것은 다른 이에게 새로운 기회를 줄 수 있었던 용감한 행동이었다. "내가 한 일이 옳았다는 걸 알게 된 거죠."

43킬로그램밖에 안 나가는 여자가 자동차 사고현장에서 차를 들어내고 사람들을 구해냈다는 얘기도 있다. 그런 상황에서 자신이라면 어떻게 했을까 에일린은 스스로에게 종종 묻곤 한다고 했다. 사실 도전이 찾아올 때는 모든 일이 너무도 순식간에 일어나기 때문에 자신의 본능을 따져볼 겨를도 없는 경우가 많다.

에일린은 좋은 의미에서 자신을 강심장이라 부른다. 기자인 그녀는 온갖 재해 장면들과 범죄현장들을 보아온 터였다. 일시적으로 모험을 감행하는 걸 싫어하진 않았지만 위험한 사람에 대한 두려움은 갖고 있었다. 그러던 어느 날 그녀는 한낮에 차를 몰고 가다가 정신이 이상해 보이는 남자가 한 여성과 아이들을 윽박지르는 모습을 보았다.

언뜻 보면 그저 성질 나쁜 가장이 식구들을 못살게 한다고 생각할 만했죠. 우리 언니 같으면 이런 일에도 물불 안 가리고 뛰어들겠지만 대개 난 눈물을 머금고 돌아서곤 했거든요. 그런데 이번엔 상황이 그게 아니었어요. 남자가 아이 팔을 세게 흔들고 있었는데 아이는 그 사람을 모른다는 표정이었거든요. 아이가 비명을 지르기 시작했어요. 덩달아 그 애 엄마도 비명을 질렀구요. 누군가 나서야 할 순간이었죠.

본능이 날 움직였고 아무래도 도와야겠다는 생각이 들었어요. 꼭 천천히 돌아가는 필름 같다고나 해야 할까. 조금도 두려울 게 없다고 마음을 다져먹긴 했지만 제일 좋은 방법이 무엇일지, 생각들이 빙빙 맴돌기만 했어요. 일단 나는 차를 멈추고 애 엄마에게 타라는 신호를 보냈죠. 그녀가 아이들을 먼저 밀어넣고 거의 차를 탔다고 생각하는 순간, 남자가 뒤에서 그녀의 등을 낚아채더니 마구 때리는 거예요. 기가 막힌 건 그렇게 많은 사람들이 지나가는데 여자와 내가 도움을 요청하는데도 모른 체하더라는 거였죠. 나 혼자 아이들을 보내고 여자를 구해내야 할 판이었죠. 그러다가 다행히 한 남자가 차를 멈추더니 여자를 구하러 뛰어들었어요. 그러자 때리던 남자는 갑자기 동작을 멈추고는 아무 일도 없었다는 듯 저쪽으로 걸어가는 거예요.

나중에 알게 된 건데 그때 그 남자는 정신분열증 환자였대요. 환각상태였던 거죠.

그리고 그게 처음이 아니었대요. 텍사스에서는 그러다가 한 여자를 죽일 뻔한 적도 있었다는 거예요. 이번의 경우엔 가벼운 타박상만 입혔지만 그 일로 그는 살인미수죄로 기소되어 정신범죄자 수용시설에 보내졌죠.

경찰은 날 영웅이라도 되는 양 치켜세웠는데 그게 참 기분이 좋더라구요. 좋은 의미의 싸움을 해서 이겼으니 말이죠. 난 지금 전보다 훨씬 무서움을 덜 타요. 육체적이든 다른 어떤 식이든지 간에. 따라서 남한테 호락호락 밀리지도 않죠. 필요하다면 언제든지 용기를 낼 수 있다는 믿음이 있으니까요.

착한 여자의 틀을 깨버리자는 얘기를 할 때 우리 자신의 일에만 신경 쓰고 남이 어려움에 처해 있을 때에는 나 몰라라 하는 것이 유리할 때가 있다. 그러나 여성이 자신은 물론이고 남을 위해 싸울 만큼 강해진다면 세상은 훨씬 안전해질 것이다. 그렇게 되면 우리는 더 건강한 사회를 향한 진보에 일익을 담당하는 것이다.

그런 점에서 낸시는 가정이 여성들에게 좀더 안전한 곳이 되게 하는 일에 종사하고 있다. 이런 일은 가정폭력을 그다지 중요하게 여기지 않는 사람들의 비난을 비켜가는 능력을 요구하는 일이다.

명망 있는 법과 대학에서 강의를 하고 변호사로서 가정폭력에 대한 저서도 몇 권 쓴 바 있는 낸시는 여성들을 보호하고 가해자들을 처벌하는 법안을 통과시키기 위해 주입법의회에 자주 얼굴을 내비친다. 그녀는 구조 요청 전화를 받는 경관들을 훈련시키는 일도 한다. 법률적인 연구와 글쓰기를 통해 낸시는 미국의 법을 바꾸는 데 기여했을 뿐 아니라 자신이 강의를 하고 여성단체들과 함께 작업했던 독일과 중국의 여성 변호사들에게도 영향을 주었다. 그녀 정도의 경력이라면 민사사건을 맡거나 법학과 교수자리보다 화려한 길을 걸을 수 있었을지도 모른다. 그러나 그녀는 남편과 아들이 함께 사는 집에다 사무실을 차려놓고 자신이 설정한 방향을 선택할 자유를 버리지 않고 있다.

"가정폭력을 종식시키는 일이야말로 여성들을 자유롭게 하는 일이라고 믿어요. 그래서 세상이 달라진다면 힘이 닿는 데까지 노력해볼 생각이에요. 나한테는 이름을 날리거나 돈을 많이 벌고 남들의 찬사를 받는 일보다 그게 더 중요하게 보이거든요."

때로 그녀의 활동이 지지를 받아내지 못하는 정도가 아니라 대중의 놀림이 된 적도 꽤 있었다. 한번은 부부 강간 사건을 다른 강간 사건과 동일하게 처벌해야 한다는 법률안에 대한 청문회가 끝난 뒤 주상원의원 한 명이 심하게 낸시를 비난한 적이 있었다.

"그 사람이 그러더군요. 우리 주가 침실 사건을 다루는 데냐고. 자기는 남편이 아내를 강간한다는 말은 들어본 적도 없다고. 한술 더 떠 아예 기소 대상에서 제외시켜야 된다나. 나중에는 언론과 한 인터뷰에서 새 법안을 지지하는 여자들을 싸잡아서 남자라면 얼씬도 하고 싶지 않을 못된 여편네들이라고까지 부르더군요. 내가 어쨌을 거 같아요? 난 그저 코웃음을 치고 그 사람이 한 말을 여러 장 복사해서 친구들하고 같이 돌려 보고 깔깔거렸죠."

그이의 친구들은 세상에 이런 어이없는 소리는 없을 거라며 되웃어주었을 뿐이었다. 그런 비난에 대꾸해야 할 필요조차 느끼지 못했으니까. "우리 입장은 확실해요. 그러니 구걸할 필요도 없죠."

　장관을 지낸 아버지와 사회 활동에 열심이었던 어머니를 보고 자란 낸시는 당장의 지지에 만족하지 않고 보다 더 노력하는 것이 중요하다는 걸 배울 수 있었다고 한다.

　　사회정의가 무엇보다도 중요하다고 믿도록 교육 받았어요. 주변 사람들이 뭐라 떠들든지 내가 정말로 원하는 게 무엇인지 결정하고 그걸 위해 매진하는 것이 참으로 중요하다고 배웠죠. 나한테 가장 힘이 되는 보상은 맞고 산 여성들이 해준 말들입니다. 일단 법정에서 인정할 만한 증인이라는 걸 내가 증명해 보이니까 한 여성이 나한테 와서 남편을 고소해야 할지 망설이고 있었는데 내 얘길 듣고 나서 마음을 굳혔대요. 재판이 끝나고 나서도 가정폭력에 대해 사람들한테 말해주고 싶다고 하더군요.

　　낸시는 남다른 일을 하고 싶어하는 이들에게 하나의 귀감이 되고 있다. "사람들한테 이렇게 말합니다. 꿈을 꼭 갖고 사세요. 포기하거나 주저앉지 말구요."

땀 흘리는 기쁨

　위험을 감수하고 한계까지 자신을 밀어붙이는 데서 확신은 얻어진다. 우리의 소녀들이 그런 확신을 키우는 데 운동이 얼마나 도움이 되는지 새삼 깨닫는 사람들이 많아졌다. 하지만 여학생들도 남학생들과 동등하게 운동에 참여할 수 있다는 1972년의 법제정 전에 태어나기라도 한 것처럼 여전히 소심한 소녀들은 뛰어드는 일을 주저한다.

뒤돌아보면 미처 체육관에 들어가볼 기회를 얻지 못한 여성들이 얼마나 많았는지 모른다. 요즘 같았다면 그들은 농구스타 쉐릴 스웁스라든가 육상선수 재키 조이너 커시를 부러워하며, 새로 태어난다면 그들을 능가하는 사람이 되고 싶다는 생각을 품었을 법하다.

여전히 스포츠를 어려워하는 여자들이 있다. 자신이 운동체질로 타고나지 못했다고 생각할 수도 있고 체육수업을 잘 따라가지 못해서 체육선생님한테 놀림을 받았던 과거의 경험을 잊지 못했거나 팀을 짜는 데 늘 맨 꼴찌로 끼였던 아픈 기억을 가지고 있을 수도 있다. 물론 운동에 쉽게 뛰어들기 어렵게 유난히 소녀적인 특성들을 강조했던 시절도 있었다. 따라서 그때는 운동팀에 들지 못했다는 게 부끄러운 일이 아니었다. 지배적인 문화는 차라리 치어리더가 되라는 거였고 그럴 주변도 못 되면 관중석에 얌전히 앉아서 꽃술이나 흔들어도 괜찮았다. 그러다가 어느 날 한 소녀가 어떻게 하면 공을 멀리 던지는지 배우고 싶다는 생각이 들었고 운동부에 들어가서 땀과 먼지에 뒤범벅이 된 채 다른 학교와 시합하러 떠나는 버스에 올라탈 수도 있게 되었다.

페니가 운동을 시작한 건 셋째 아이를 낳고 몸매를 가꿔야겠다는 생각에서였다. 처음에는 테니스를 했다. "완전히 새로 태어난 것 같더라구요. 처음엔 그저 바깥바람을 쐬는 게 좋았고 다른 여자들과 새로운 기술을 배워나가는 것도 재밌었죠. 게임을 이기는 것보다 나 자신이 발전하는 것 같아 좋았어요. 시합이 끝난 뒤 찾아오는 피로감도 참 기분 좋았어요. 이기면 왠지 곤란한 적이 있었는데 생각해보면 그건 아마도 여전히 남아 있는 문화적이고 사회적인 관습 때문이 아닌가 싶어요. 착한 애들은 거칠지 않다, 착한 여자들은 남들을 기쁘게 해줘야 한다, 뭐 그런 거죠."

페니는 곧 축구에 재미를 붙였다. "세상에, 그렇게 달라 보일 수가 없는 거 있죠? 우리는 공을 두고 달려들고 서로 밀치고 걷어차고 했죠. 진흙탕 속으로 나가 떨어지기도 하고. 이 경기가 갖고 있는 성격 때문에 지레 겁을 먹는 사람들도 많지요. 공 하나를 두고 양쪽이 다투다 보니 누군가 뒤로 물러서지 않는 한두 사람이 부딪치는 건 당연하잖아요. 하지만 난 그런 점이 오히려 좋더라구요. 그러므로 이건 단순한 육체적 운동이 아닌 거죠. 정신적인 운동이라구요."

심리적인 효과도 있었다. "그처럼 격렬해질 수 있는 나 자신이 아주 강하고 확신 있는 사람으로 느껴졌어요. 내가 운동을 몰랐더라면 다른 부분을 기웃거리느라 에너지를 소모했을 거란 생각이 들어요."

페니가 얻은 중요한 이득처럼 바로 오늘날 젊은 여성들은 육체적 활동이 갖는 중요성을 자각하고 있다. "운동에 참여하는 여성들이 아름다운 까닭은 그들의 육체가 단지 장식에 지나는 게 아니라 보다 쓸모 있는 일을 할 수 있다는 것을 배우기 때문이죠. 땀 흘리고 거칠게 숨을 몰아쉬는 일이 얼마나 기분 좋은지 배울 수 있어요. 머리카락이 헝클어지고 무릎이 패이고 옷이 지저분해질 수 있다는 것도 배우죠. 우정과 경쟁의 소중함도 배우고요. 격렬하게 경기를 하고 나서 서로 등을 툭툭 쳐주고 함께 오렌지를 베어무는 그 맛이란."

우리는 여성으로만, 다시 말해 늘 깨끗하고 단정하고 수동적으로 머물러 있기만을 원했던 사회를 탓할 수도 있다. 아니면 남자들과 함께 경기를 하는 것보다 치어리더가 되기만을 바란 사람들을 원망할 수도 있겠다. 아니면 선머슴처럼 나대지 말라고 늘상 타이르던 어머니들을 원망해볼 수도 있겠고.

그러나 우리 자신 역시 탓해야 한다. 우리 중엔 험한 일을 엄두조차 내지 못하거나 바보처럼 보일까봐 또는 실수할까봐 망설이는 사람들이 많다. 그러다 보면 기회를 놓치는 것이다. 1950년대에 태어난 제인이 이야기를 풀어놓는데 놀랍게도 그 수십 년 후에 태어난 그녀의 딸 역시 체육시간만 되면 뒤로 물러섰다고 한다.

초등학교 때였어요. 체육시간이었는데, 금이 그어진 곳에 서서 농구공을 던져 골대 안으로 집어넣는 걸 했어요. 들어갈 때까지 말이죠. 그런데 아무리 던져도 안 들어가는 거예요. 내 기억엔 아마 그 시간 내내 공만 던져댔던 것 같아요. 온몸은 땀으로 뒤범벅이 됐고……. 지금 생각해도 미칠 노릇이었죠. 그날로 나는 체육에는 소질이 없는 애라고 단정을 내렸어요. 중학교 때 거의 마음을 바꿀 뻔한 적이 있었어요. 왠지 배구가 좋아지기 시작했거든요. 그런데 공으로 한번 머리를 맞고 난 뒤로는 완전히 마음을 돌려버렸죠. 남들처럼 그 일을 그냥 웃어 넘겨버릴 수도 있었을 텐데 난 그러지 못했어요. 일단 그런 생각이 드니까 그 뒤론 도무지 운동에 취미를 못 붙이겠더라구요. 남들이 아무리 같이 해보자고 해도 난 잘 못할 것만 같았으니까요. 보트 타기, 골프, 승마, 테니스 죄다 그랬어요. 내가 유일하게 잘하는 운동이라면 에어로빅이죠. 이건 좀 웃자고 해본 말이지만. 그래도 내가 에어로빅을 잘한다는 말은 민첩하고 힘도 있고 유연하다는 얘기 아니겠어요? 그러고 보면 아주 오래 전에 부끄럼을 버릴 수 있었다면 운동도 해볼 수 있었단 얘기가 되겠네요. 내가 자신을 잃은 어떤 부분이 이제 와서 보니 많은 여자들을 즐겁게 해주는 일이더라구요.

인생의 말년에 육체적 활동을 새로 시작한 많은 여성들은 오랫동안 그들을 사로잡았던 상실감을 위로 받는다고 한다.

린다는 십대와 이십대에는 좀더 건강해지길 원했었다. 하지만 이젠 더 이상 아쉬워하지 않는다. 린다는 '해변산책'이라는 모임에 들었는데 이들은 매년 여름이면 3주에 걸쳐 해변가를 돈다고 한다. 그 기간을 위해 일 년 동안 준비하면서 린다는 몸이 단련되는 것을 느꼈으며 자신이 육체적 운동을 대단히 좋아한다는 사실을 새삼 깨달았다고 한다.

이 나이에도 난 운동을 아주 좋아해요. 내가 어렸을 때만 해도 여학생들을 위한 체육시간 같은 건 있지도 않았다우. 우리 어머니도 중요한 건 머리지 운동이 아니라고 하셨거든. 가끔씩 소프트볼이나 농구에 끼지 못할 때에도 거부당했다는 느낌보다는 머리는 그 애들보다 내가 낫다고 생각했으니까. 하지만 어렸을 때부터 운동을 할 수 있었다면 내 인생이 어떻게 변했을까 하는 생각을 해보기도 해요.

4장

거울 앞에서

화장을 하면 어떻고 성형수술을 하면 어때요, 또 염색을 하거나 3천 달러짜
리 옷을 걸치면 어떻고. 그것 자체가 문제는 아니라고 봐요. 난 스스로 페미
니스트라고 생각하는데 다른 여자들이 이러이러하게 보이고 싶어하는 일까
지 왈가왈부 간섭하는 건 편협한 일이 아닐까요? 물론 난 꼭 단서를 붙이죠.
자신의 내면에 관심을 두지 않는다면 죄다 부질없는 승리라고.

우리의 허영심은 우리의 존엄을 끊임없이 위협하는 적이다. 안네 소피 슈베친

헬렌은 실크로 감싼 둥그렇고 매끈한 어깨를 펴고 파티장에 들어선다. 오십을 바라보는 나이인데도 그녀는 사람들의 시선을 모을 만큼 아름답다. 주름살 없이 매끈한 피부, 십대 같은 생기발랄한 에너지를 내뿜는 그녀를 대개는 나이보다 십 년 이상은 젊게 보곤 했다. 하지만 그녀는 매일같이 몸무게를 달던 저울을 치워버렸다. 이제 더는 폭군 같은 목표에 인생을 지배당하지 않겠다고 선언하듯.

헬렌은 일곱 살 때 엄마 손에 이끌려 처음으로 다이어트를 시작했다. 그때부터 그녀는 '난 너무 뚱뚱해 너무 뚱뚱해 너무 뚱뚱해'라는 노래 가사를 입에 달고 살았다. 이제 그녀는 가뿐하고 매력적인 자신의 몸을 자랑스러워한다. 5피트 8인치인 자신의 몸에서 힘과 편안함이 느껴진다고 여긴다. 지난 몇 년 동안 그녀는 13킬로그램을 뺐는데 이 일이 그렇게 중요했던 것은 자기 자신이 아닌 다른 사람처럼 보이고 싶었던 열망을 이뤘기 때문이었다. 물론 그녀가 미디어에서 양산하는 미인의 이미지에 꼭 집착했던 건 아니지만 그래도 어쩔 수 없었노라고 털어놨다. "머리로는 잘 알고 있는데 심정적으로 잘 안 되더라구요." 그녀는 자신이 오십을 앞둔 여자로는 도무지 보이지 않는 미인상에 맞춰 살고 있다는 걸 알고 있었다. "이건 아주 큰 비밀인데 근 이십 년 동안이나 머리염색을 해왔으니까요."

뻔뻔스러운 광고에 속지 않겠다

대부분의 여성들은 나름대로 '큰 비밀'을 가지고 있다. 머리를 물들이거나 화장을 잘하는 것이 딱히 나쁜 일은 아니다. 단순한 볼화장만으로 만족하는 사람이 있는가 하면 성형수술이 필요한 사람도 있기 마련이다. 어느 시대건 여자들은 자신을 가꿔왔다. 그런데 문제는 얼마만큼 여성 스스로를 위한 일인가 하는 것이다. 다시 말해 누군가에게 당신을 보여주기 위해 혹은 다른 누군가의 기준에 부합하기 위해 애를 쓰고 있지 않느냐는 것이다. 과연 누가 만든 기준인가? 남자가? 잡지가? 어머니가? 아니면 당신 스스로가?

헬렌의 거짓말은 자신의 실제 나이보다 많게는 열다섯 살 정도 젊어 보이고 싶어하는 데서 생겨났다. 그건 그럴 수만 있다면 자신의 실제 모습을 버리겠다는 뜻일 터이다. 아직은 애교 있는 흰색 거짓말인 경우가 대부분이지만 종종 거짓말이 아주 위험하게 작용할 수가 있다. 이를테면 칼로리를 줄이기 위해 음식물을 토하거나 식사 자체를 거부하는 여성들의 경우가 그렇다.

여러 세대를 거치면서 곱슬머리 여자들이 머리카락을 펴기도 하고 생머리 여자들은 빠글빠글한 파마를 하기도 했다. 건강을 해칠 수 있는 삽입물에서부터 주름이 펴지고 여자들의 가슴을 팽팽하게 만들어준다는 크림 같은 것도 있었다. 화장품 회사는 이런 식으로 외모에 자신이 없는 모든 여성들을 만족시켜줄 수 있다고 큰소리친다. '당신의 모습에서 벗어나라.' 얼마나 뻔뻔스러운 광고인가. 스스로를 확신하라는 메시지와는 분명 천양지차다.

헬렌의 믿음은 이미 많은 여자들이 공유하고 있는 것이었다. "이 사회는 완전히 젊은 층에만 초점이 맞춰져 있다니까. 여자가 나이 마흔을 넘기면 아예 여자 축에도 못 들어요, 젊었을 때나 대접을 받지. 아마 생물학적으로 아이를 가질 수 있는 나이기 때문이기도 할 것이고. …… 그게 아니라면 여자가 그 나이가 되면 남자들한테 보다 위협이 되지 않을까라는 의심 때문인지도 모르겠어요. 여자들은 나이가 들어가면서 나약하거나 온순한 부분이 좀 줄어드는 게 사실이잖아죠. 그래요, 내가 젊게 보이고 싶은 것도 실은 남자들 눈에 들고 싶어서라고 해두죠." 헬렌은 젊게 보이고 싶은 압력은 비단 중년에 접어든 여성들만의 관심사가 아니라고 했다. 여자들은 벌써 이십대부터 이마에 생겨난 주름에 신경을 쓰지 않냐고.

이제 헬렌은 잡지들이 조종하는 대로 따라가는 노예가 아니다. 그녀는 오랜 시간에 걸쳐 자신의 자연스러운 아름다움을 인정하는 법을 배워왔다. 그런데도 여전히 빨강 머리를 못 버렸던 것은 온전히 자신을 받아들이지 않았다는 얘기다.

헬렌이 갖고 있는 사고가 꼭 유별나다고는 할 수 없다. 그녀가 남달랐던 건 외모에만 얽매이지 않겠다고 한 결심이었다. 그리고 그녀 자신도 미처 예기치 못한 그런 방식으로 변화되기까지 참으로 긴 과정을 거쳐왔다.

헬렌은 아주 오래 전부터 자신의 피부에 불만을 가지고 있었다. 간간한 부모 아래서 자란 그녀는 자신이 가치 있게 보이는 일에 죽기 살기로 매달렸다. 비만이 우울증을 낳고 우울증이 또 비만을 낳는다는 사실을 그녀는 최근에야 깨달았다. "밥을 굶다가 왕창 먹는 일을 거듭했죠. 8∼9킬로그램만 빼면 내 인생은 단번에 펼 거라고 믿고 있었으니까. 그래서 비만 클리닉에 입원했고 그때부터 거기서 짜주는 대로 식사를 하고 운동을 했어요."

운동은 비만과 우울증이라는 두 마리 토끼를 잡게 해주었다. 사십대 중반부터 헬렌은 여러가지 운동을 섭렵해가기 시작했다. "역기도 들어올렸고, 태극권도 배웠죠. 또 일주일에 몇 번은 시간을 내서 걷기운동도 했구요. 사교 모임에서 긴 점심약속을 하는 대신 샌프란시스코 해안을 따라 죽 걸었죠."

내부에서 일어난 변화는 반가운 일이었다. 그녀가 되찾은 건강과 강인함, 너그러움은 신디 크로포드 식의 미인상을 대체했다. "내부에서부터 시작되었다고 봐요. 뭐랄까, 나 자신을 사랑하는 일 같은 거랄까요? 자신을 받아들이고 자기를 사랑하기 시작하면 자신이 훨씬 아름답다고 느껴지는 거죠."

젊은 남자 꼬시기

파티에서 헬렌은 서른 중반쯤 되어 보이는 멋진 남자를 소개 받았다. 두 사람은 곧 대화를 나눴다. 한때 헬렌에게는 남자들이 자신에게 보이는 관심을 의심하던 시기가 있었다. "나한테 관심 있다니 어떻게 된 거야라는 신드롬에서 빠져나오지 못한 적이 있었어요. 그러니까 나를 구성원으로 받아들이려는 어느 집단에도 속할 수 없을 것 같은 그런 심정 말예요." 하지만 남자들이 자신에게 왜 관심을 두는지 의아해하던 시기는 지났다. 그녀는 남들이 자신에게서 다른 무언가를 보고 있다는 것을 막 깨닫기 시작하고 있는 터였다. "내가 매력도 있고 마음도 따뜻하고 배려를 잘해준대요." 그러면서 그녀는 깔깔 웃었다. "아참, 내 엉덩이가 멋지다고 얘기한 사람도 있었구나." 뒤늦게나마 헬렌은 남을 믿게 되었다. 자신의 커다란 갈색 눈동자와 당당한 태도에서 그들이 보고 느끼는 것을 인정하게 되었다.

그녀는 그 친절한 젊은이가 맘에 들었다. 그래서 아주 자연스럽게 대화 도중에 자신이 혼자 몸이라는 것을 슬쩍 알렸다. 그런데 대화가 사생활 얘기로 옮겨가면서 문제가 생겼다. "자녀가 있나요?" 그가 물었다. "네, 둘이요." 그런데 다음 순간 이어질 질문을 예상하면서 그녀의 배는 오그라드는 듯 아파왔다. '이 사람이 그 애들의 나이를 물을까? 그렇다면 딸이 낼 모레면 서른이라고 말해야 하나?' 비록 헬렌이 자신에게 보다 편해졌다지만 혹시 장래의 구애자들이 그녀가 외모만큼 실제로는 젊지 않다는 사실을 알게 될까봐 안절부절못하는 것이었다. 젊게 보이려고 그토록 애를 썼건만 왜 그 상황을 즐길 수 없는 것일까? 그녀는 아이들 얘기를 비켜가려고 무진 애를 쓰면서 한편으로 뭔가 잘못되어가고 있다는 생각에 찜찜해졌다. "할 수 있는 데까지는 나이를 속이자고 맘먹었더랬죠." 하지만 이제 그녀는 자신의 나이에 걸맞는 확신을 가지려고 한다. 장성한 두 자녀를 둔 자랑스러운 엄마로서 말이다. 그러면 커다란 거짓말도 벗어버릴 수 있을 테니.

큰 돌파구

"쉰번째 생일을 맞으면서 비로소 멋진 시기에 들어섰다는 생각이 들더군요. 이제껏 참 잘 헤쳐왔구나, 잘 살아남았구나 하는 성취감이랄까. 마치 이 나이까지 살아오게 한 허가증을 받은 것 같았어요. 이젠 더는 사람들을 속이지 않을 거예요." 헬렌은 점심 때 친구들을 만나서 받은 인상을 털어놓았다. "가만히 보니 우리 전부가 불그죽죽하게 머리를 물들이고 있더라구요." 그 순간 그녀는 묘한 감정이 들었다고 했다. 이십대에 희끄무레한 머리카락 몇 가락을 발견한 헬렌은 행여 누가 볼세라 재빨리 적갈색으로 염색을 했다. 염색은 효과를 발휘해서 그녀는 늘 나이보다 젊게 보였다. 그녀의 아들과 딸은 이렇게 장성한 자식들이 있는 게 믿기지 않는다는 시선을 받으며 자랐다. 최근에 들어서는 스스로들 알아서 실제 나이보다 어려 보이게 가장한다고 한다. 물론 그들 집안에서만 통하는 우스갯소리지만.

그런데 헬렌의 딸이 한번은 이런 말을 했다. "난 오십대 여성한테서 자연스레 풍기는 모습이 좋더라." 그러더니 슬쩍 말했다. "엄마도 머리를 그대로 두지 그래요?" 자식들의 의견은 헬렌한테 늘 소중했다. 쉰번째 생일을 지내면서 헬렌은 자신의 머리를 본래 색상대로 내버려둬야 할 때가 왔다는 걸 깨달았다. 그 변화는 자신을 인정한다는 외부적 선언만큼이나 내부적으로도 변화가 일어나고 있음을 의미했다.

　　지난날을 돌이켜보면 나는 내 삶과 매일매일의 활동을 '내가 제대로 하고 있는 거야?' '누군가를 거스르고 있지 않나?' 하는 물음을 바탕으로 결정했던 것 같아요. 중요한 건 내가 자신을 어떻게 느끼는가라는 것임을 깨달아갈 무렵에야 비로소 거울을 바라보면서 붉은 내 머리가 내 나머지 부분과 어울리지 않는다는 걸 알게 됐죠. 물론 사람이 그렇게 갑작스럽게 변하겠어요? 거의 9개월 동안이나 미장원에 다니면서 흰머리가 자연스럽게 조금씩 드러나도록 다듬느라고 애 꽤나 썼죠. 결과는 아주 좋았어요. 분위기가 괜찮다는 정도가 아니라 하나같이 멋있다는 반응을 보이리라곤 생각도 못했거든요.

　　이제 헬렌은 자연스럽게 희끗해진 무성한 머리카락을 갖고 있다. 진한 회색과 검정이 적당히 어울려 있고 흰 가닥이 멋드러지게 섞여 있는 그런 헤어 스타일을 돈 주고 만들었냐고 물어오는 친구도 한둘이 아니란다. 헬렌은 그렇게 보이는 게 좋았다. 짧게 자른 머리는 적갈색이 치렁치렁한 머리결보다 훨씬 생기 있게 보였다. 자녀들도 매우 좋아했고. 거울을 본 헬렌은 이것이야말로 자신의 진짜 모습이라는 느낌을 받았다. "헤어 스타일하고 얼굴이 그제야 어울리더군요. 훨씬 편해 보이더라구요." 헤어 스타일을 바꾸면서 그녀는 새로운 단계의 확신을 얻을 수 있었다고 한다. "희끗한 머리가 바로 나였던 거예요."

　　남자들의 반응 또한 예상치 못한 것이었다. "남자들한테도 더 적극적으로 대할 수 있었다니까요." 그녀는 깔깔거리며 말했다. 지금도 그녀는 여전히 주위의 시선을 받는다고 한다. 하지만 예전에 그렇게 얻고 싶어 안달이었던 그런 류의 관심이 아니었다. 이제 누구를 만나도 그녀는 포용력 있고 유연한 자신의 본래 모습으로 대할 수 있다고 한다. 이제 더 이상 이십대 후반의 자녀들을 둔 사실을 숨길 이유도 없었다. 그녀에게는 분명 사람을 끄는 매력이 있는데 이것은 부분적으로 자기 자신을 편하게 받아들이는 데서 온 것일 터였다.

헬렌은 아직도 나이보다 젊게 보인다는 소리를 많이 듣지만 그녀는 그 말이 자신의 미모를 두고 하는 말인지에 대해 더는 신경 쓰지 않는다. "내가 머리를 염색했던 이유는 단 하나, 젊은 남자들의 호감을 얻고 싶어서였다는 걸 깨달았어요. 그런데 그런 생각을 떨쳐버리니까 사람들을 꼭 그런 식으로만 보지는 않게 되더군요. 남자들이 여자들에 대해 갖고 있다고 여겨지는 편견들을 모두가 갖고 있는 것은 아니며, 흔히 남성적이라고 여겨지는 특성들도 모든 남자들에게 해당되는 건 아니라는 사실을 받아들이게 된 거죠."

자신의 변화가 친구들한테 어떤 반응을 얻을지 그녀는 크게 걱정하지 않았다. "내가 머리를 자연스럽게 내버려뒀다는 게 좀 특별한 일이었는지 거기에 영향을 받았다는 사람들도 있더군요." 처음엔 친구들도 보기 좋다고 말해주었다. 그러면서도 그들은 이구동성으로 말했다. "하지만 난 아직 준비가 덜 됐어." 사람들은 그녀의 흰머리를 일종의 자기 인정의 선언으로 받아들였다. 사실 그녀 나이의 여성에게 이것은 중대한 도전이었다. 아직 맞서볼 준비가 돼 있지 않은 도전이랄까. 헬렌은 남한테 미루지 않고 자신의 선택을 결행한 셈이었다.

심리 치료사인 그녀를 대하는 고객들의 반응은 좀더 다양했다. "내가 늙어가는 것처럼 보인다고 말한 이도 있죠. 그럼 난 싱긋 웃어주고는 고맙군요라고 대답해요. 나를 찾아오는 상담자들한테 글래머 여왕으로 보일 필요가 있나요? 다만 나한테서 하나의 본보기를 찾는다면 좋겠어요."

미용산업은 여성들의 욕구 불만을 끌어내서 돈을 벌어들인다. 아이스크림 광고에서 담배 광고에 이르기까지 하나같이 자기네 상품을 이용하면 남자의 호감을 사고 뭇 여성들의 질시를 한몸에 받을 수 있을 거라는 미묘한 메시지를 전달하고 있다. 향수 광고가 있다고 치자. 그것은 날씬함＋젊음＝섹스 어필이라는 우리가 익히 알고 있는 그런 공식을 따른다.

광고는 먹혀든다. 그것도 아주 잘. 가슴이 채 봉긋해지기도 전에 소녀들이 허리 사이즈를 걱정하는 마당이다. 미국의 경우, 여자아이들은 초등학교 4학년 때부터 다이어트를 진지하게 생각한다고 한다. 자신의 외모와 그렇게도 싸웠던 엄마들에게 사춘기가 채 되지도 않은 딸들이 자신의 몸을 학대하는 그 길을 또 다시 걸으려 한다는 사실은 충격일 수밖에 없다. "허벅지가 맘에 안 들어 보이기 시작하면 얼른 화장실로 가서 문을 잠궈버려요." 한 엄마의 얘기다.

저스틴은 미디어에서 만들어낸 고정된 이미지에 대항해 그 자신만의 치열한 싸움을 벌였다. 그것은 화장은 물론이고 스타킹이나 일체의 불편한 것을 거절하는 행동이었다. "내 진짜 모습을 좋아하는 사람들을 알아가는 일이 재밌었거든요." 한때는 남자들을 만날 때 처음 얼마간은 물빠진 청바지나 땀에 전 바지 같은 후줄그레한 차림으로 나가 상대방을 평가하던 시절도 있었다.

강박관념 뒤에 숨은 진실

여성들이 아름다움에 대해 갖고 있는 강박관념들을 듣다 보면 그동안 말을 못해서 망정이지 얼마나 오랫동안 큰 거짓말을 숨긴 채 살아왔는지 알 수 있다. 대체 어디서부터 시작된 것일까? 다른 사람처럼 보이는 데 기를 쓰고 매달리게 된 것이.

헬렌은 날씬하고 예쁜 아이였다. 그런데 소녀다운 토실토실함이 그녀의 엄마 눈에는 조금 뚱뚱하게 보인 모양이었다. 일단 다이어트를 해야 한다는 결정이 내려지자 그후 수십 년은 다이어트와 폭식, 단식, 한바탕씩 몰아치는 자기혐오와 극기가 되풀이되는 투쟁의 연속이었다. 멋대로 음식을 먹는 일은 있을 수 없었으며 혹시 그러기라도도 하면 여지없이 보복으로 돌아왔다. 이윽고는 굶는 일도 돈 주고 하게 되었다. 이 모든 것들이 남들에게 잘 보이기 위해서였다. 뒤돌아보면 헬렌은 그것 역시 착한 여자 신드롬의 전형적인 모습이 아닐까 생각한다. '남들'이 어떻게 생각할지에 전전긍긍했으므로.

그 '남들'은 수퍼마켓 계산대에 꽂혀 있는 잡지 표지, 텔레비전 광고, 대화 속 행간에 숨어 있는 초조감 등 우리 주위에 수없이 널려 있다. 각양각색의 외모와 덩치를 가진 여자들과 이야기를 나누면서, 그 오랜 시간 동안 하나같이 똑같은 이상에 맞추지 못해 안달복달했다는 걸 깨달을 땐 기가 막힌다. 거기서 벗어나는 것은 그런 이상은 단지 우리의 마음속이나 모델들이 보여주는 사진술의 마력 속에 존재할 뿐 현실에는 존재하지 않는다는 사실을 깨달을 때 가능하다.

광고에 일말의 진실이 있다면 빠른 시간 안에 살을 빼준다는 상품에 따라붙는 다음의 경고가 아닐까. '꿈 깨요. 당신은 절대로 이렇게 될 수 없으며 이 모델도 사실은 이런 모습이 아닙니다. 디지털 사진술로 주름살이나 검버섯은 지워지고, 늘어진 코도 올리고, 눈빛도 생생하게 만들고, 입술의 모양까지 수정된 것입니다. 또 다른 모델의 손은 피부이식을 받았고 가슴도 실리콘으로 부풀린 것입니다. 그네들이 뛰거나 드러누울 때 가슴이 어떻게 움직이는지만 봐도 알 수 있습니다. 비쩍 마른 몸매를 유지하기 위해 모델은 찔끔찔끔 먹는 훈련을 하며 먹었다 하면 토해냅니다. 그러니 뼈는 약해질 대로 약해져서 사십대 중반에 벌써 골다공증에 시달립니다.'

앤은 이미 날씬한 열 살짜리 손녀가 살찌는 음식들을 연구하는 것을 말리느라 얼마나 애썼는지 얘기해줬다. "몸에 좋은 음식을 먹어야 원하는 모습을 보여줄 수 있는 게야. 건강한 자신을 사랑해야지." 하지만 대부분의 시간을 언론에서 떠드는 말만 듣고 살아가는 어린 소녀한테 할머니의 충고가 귀에 들어올 리 없었다. 그 애는 조심스럽게 눈썹을 치켜올리고 네, 네, 네 하고 무심한 대답만 연발하면서 입술만 씰룩거릴 뿐이었다. 앤은 아무래도 손녀의 마음을 움직일 다른 방법을 찾아야겠다고 맘먹었다. 아이가 강아지를 좋아한다는 데 생각이 미치자 이렇게 물었다. "혹시 네가 리트리버 한 마리를 키우고 있다고 치자. 너 같으면 그게 바셋처럼 짱달막하게 보이는 게 좋겠니?" 그러자 손녀는 웃으면서 고개를 가로저었다. 내친 김에 앤은 얘기를 더 끌고 나갔다. "사람들도 마찬가지란다. 우리는 저마다 다르게 생기도록 태어났잖니. 머리 색깔이나 눈동자 색깔도 다르고.

III

그러므로 잭 러셀 테리어의 털이 더 곱슬곱슬하길 바랄 수 없는 노릇이고 양치기 개한테 다이어트를 시킬 수도 없는 일 아니겠니?" 그러자 손녀는 웃으면서 고개를 끄덕였다고 한다. 아주 작은 단계였지만 아이한테는 어떤 식으로든 그 생각이 심어질 것 같다.

내가 뚱뚱해 보이니?

헬렌은 이제 미소를 띠며 지난날 수없이 찾아왔던 회한들을 털어놓을 수 있다. 아이들이 어렸을 때 그녀는 옷을 차려 입고 나서 '이렇게 입으면 너무 뚱뚱해 보이지 않니?' '뒤에서 볼 때 괜찮니?'라고 아이들한테 묻곤 했다. 당시만 해도 여성이 자기를 폄하하는 일이 그다지 중요한 관심사로 부각되지 않던 때였다.

헬렌의 자녀들은 엄마와 함께 불안정한 시기를 겪으며 엄마에게 일어난 변화를 지켜봐왔다. "그땐 정말 꼴이 말이 아니었어요. 하지만 난 변했죠. 아이들은 내가 변해가는 모습을 보면서 엄마를 강하고 능력 있는 사람으로 보기 시작했답니다." 변화는 거의 수십 년에 걸쳐서 천천히 이뤄졌다.

헬렌은 서른이 넘어 다시 학교에 다녔고 마흔이 넘어 상담심리사 자격증을 땄다. 그녀는 심리 상담과 자신의 경험을 통해 여자들이 외모에 대해 상상을 뛰어넘는 불안감을 갖고 있음을 알았다. 그래서 내밀한 심리치료 과정이나 가까운 친구들과의 대화를 통해 그런 불안감을 털어놓을 수 있으리라 생각했다. 헬렌은 두 여성간에 끈끈하게 맺어진 관계가 마치 '구애를 하는' 모습처럼 보인다고 했다.

이를테면 한 여성이 아주 나지막한 소리로 이렇게 묻는다. "사실대로 얘기해줘. 나 어때?" 여자들은 자신들의 외모가 외부의 기준에 들어맞는지 안 맞는지를 알려줄 객관적 진술을 듣고 싶어한다. 이런 모습을 볼 때마다 헬렌은 속이 상했다. 그냥 예의상 묻는 질문, 가령 '이 스타일이 나한테 어울릴까요?' 같은 질문조차도 아름다움의 신화에 대한 믿음을 심어준다는 데 문제가 있다. 이 신화는 당신이 어떤 모습을 보여줘야 하는지 남한테 들어야 한다는 것이다. 그래서 헬렌은 우선 자기부터 외모와 관련 있는 질문을 꺼내지 않음은 물론 다른 여자들과 터놓고 말하기 게임도 즐기지 않아야겠다고 결심했다. 그런 얘기를 꺼내지 않는다는 것은 얼마간의 자기 인정 단계에 들어섰다는 뜻이라고 헬렌은 말한다.

헬렌은 아름다움에 대한 자명한 이치를 발견했다. 당신 자신에게 만족한다면 당신이 발하는 빛이 다른 사람들을 사로잡을 것이다. 하지만 그것을 이룰 수 있는 정해진 공식은 없다. 그것은 정해진 규격을 물리치고 난 당신 내면에서 우러나온다. 건강하고 유연하며 보기 좋은 육체에서 올 수도 있지만 사람들이 저마다 다른 만큼 다른 방식으로 나타날 수 있는 것이다.

헬렌의 경우처럼 린도 이십대부터 머리를 붉게 염색해왔다. 하지만 흰머리를 숨기려고 한 게 아니라 갈색머리가 왠지 자신과 어울리지 않아 보여서였다. "내 머리가 갈색인 건 분명 유전학상의 실수라고 생각했어요. 그래서 지금은 빨강머리를 하고 있죠." 린을 강한 의지의 비순응주의자라고 부를 수 있는 까닭은 자신의 외모를 바꾸라는 '내면의 지시'를 따랐기 때문이다. 어떠어떠하게 보여야 한다는 외부 기준에 따른 것이 아니라는 것이다.

옷을 고르는 일도 그렇다. 내 마음이 내키는 옷을 집어드는 것과 밖에서 보기에 그럴 듯하다고 고르는 데는 분명히 차이가 있다. 물론 여자가 타고난 외모를 '결코' 바꿔서는 안 된다는 주장은 여자는 '늘' 완벽한 모습을 추구해야 한다는 화장품 회사의 주장만큼이나 독단적이다. 따라서 여자들이 자신을 위해 하는 일과 반대로 남을 위해 하는 일을 구분하는 데는 적잖은 애매함을 포함하고 있는 균형이 필요한 것이다.

예순여섯 살인 일렌은 수년 동안 여성 내면의 아름다움을 개발하는 강좌와 상담을 해오고 있는 활기찬 여성이다. 일렌은 여성이 자신의 진짜 아름다움의 원천인 내면에 집중을 게을리하지만 않는다면 외모를 어떻게 가꿀 것인지 결정하는 것은 그리 큰 문제가 아니라고 주장한다. "화장을 하면 어떻고 성형수술을 하면 어때요, 또 염색을 하거나 3천 달러짜리 옷을 걸치면 어떻고. 그것 자체가 문제는 아니라고 봐요. 난 스스로 페미니스트라고 생각하는데 다른 여자들이 이러이러하게 보이고 싶어하는 일까지 왈가왈부 간섭하는 건 편협한 일이 아닐까요? 물론 난 꼭 단서를 붙이죠. 자신의 내면에 관심을 두지 않는다면 죄다 부질없는 승리라고."

아름다움에 새롭게 눈 떠가는 나이

성성한 백발에 형형한 눈빛을 자랑하는 일렌은 어느 모로 보나 사람들의 시선을 사로잡는다. 빨간색 신형 스포츠카를 몰고 다니는 이 할머니는 아름다움과 나이 드는 일에 대한 토론회를 이끌고 여성에 대한 책도 쓴다. 그녀는 모든 연령대의 사람들과 어울리기를 좋아하는데 자기보다 족히 이십 년은 젊은 남자들과 데이트를 즐기는 일도 흔하다. 그녀는 나이를 갖고 사람을 차별하는 사회에 실망했으며 그런 사회를 바꾸는 데 한몫을 하고 싶다고 한다. "나이 들어가는 것이 남부끄러운 일이라도 되는 것처럼 말하는 메시지들이 넘쳐나죠. 그런 연령차별주의가 얼마나 끔찍한 일인데요. 그래서 우리는 우리 입장을 알리려고 해요. 변화시킬 수 있다고요. 문제는 나이 들어 보이는 것을 두려워하는 게 아니에요. 중요한 건 우리가 자신의 두려움을 직시하지 않는다는 거죠. 수백만 명의 베이비붐 세대가 당당하게 나이를 밝힌다면 한 달 안에 사정은 완전히 달라질 걸요?"

아이러니하게도 연령차별은 그 성격상 영속적이다. "그게 우릴 죽이는 거예요." 나이 든 사람들은 사회로부터 멀찍이 물러서는 경향이 있다. 다른 방식으로 젊음을 유지시켜줄지도 모를 관계들과 자극에 접근하길 두려워하는 것이다.

그러므로 일렌은 사회에서 환영 받는 위치, 사람들을 끌어들이는 아름다움, 시간을 무시하는 삶에 대한 열정 등 자기도 한 일을 남이라고 못할 게 없다는 생각을 갖고 있다. "하지만 말이죠." 그녀는 이 점을 강조한다. "그걸 위해 노력해야 한다는 거죠." 일렌은 일주일에 세 번 수영을 하고, 매일 산책을 하고, 강의를 듣고, 책을 읽고 또 모든 연령대의 사람들과 어울리려 한다. 술과 담배는 멀리하지만 식사도 잘하고 생각을 많이 하는 생활을 실천하는 중이다.

그녀는 사람 만나기를 좋아하는 데다 성격 또한 낙천적이어서 침울한 기분에서 이내 빠져나올 줄 안다. 그녀가 말하기를 자신의 마음상태에 신경 쓰는 것은 몸에 신경 쓰는 일만큼이나 중요하다. "그래야 자신은 물론이고 다른 이들도 편해지니까요. 또 다른 여자들과 비교하는 일도 그만둘 수 있고." 그녀는 경쟁심이 분노와 회한을 낳는 만큼 아름다운 생활에 진짜 적이라고 말한다.

일렌은 언론에서 보여주는 아름다움에 목을 매는 것은 한마디로 정신적 장애라고 믿는다. 여자들을 불가능한 상황으로 몰아넣어서 결국은 황폐하게 만들어 버리기 때문이다. "그런 황폐함이 잘못된 주름살을 만드는 거죠." 그러므로 여자들은 나이 드는 것을 피할 수 없다는 사실을 받아들이라고 한다. "여자의 신체는 변한다는 사실을 인정해야지. 엉덩이도 평퍼짐해지지, 뼈도 약해지지, 눈썹도 빠지고, 윤곽도 묻히고, 입술선도 희미해지고. 왜냐? 그래야 하니까. 그런가 보다 하고 받아들여야 한다니까요. 통계상 2만 명 중 한 명이 그런 신체적 변화를 겪지 않는다고 하는데 그건 이들이 매일 네 시간을 체육관에서 보내기 때문이죠. 어떻게 그렇게까지 하냐고요? 정 그렇다면 화장품을 써볼 수도 있겠죠. 하지만 변화는 인정하라는 거예요."

따라서 일렌의 얘기는 그러한 받아들임이 이완과 넉넉함을 낳고 그로 인해 여성은 자기 내면의 미를 표출시킬 수 있다는 것이다.

내 주변에는 밝은 기운이 감돈다고들 해요. 그건 아마 내 자신이 내 모습을 받아들이고 사랑하기 때문일 거예요. 남들의 생각에 얽매일 필요가 있나요? 남들에게 관용을 베풀어야 해요. 자기의 미덕을 쓰는 법도 배워야 하구요. 자신의 삶을 더 친밀하게 바라볼 필요가 있어요. 자고로 사람이란 친밀함을 원하는 존재가 아니던가요. 또 예뻐져야겠다는 생각에 집착할 필요도 없어요. 섹시하게 보이겠다는 생각도 할 필요가 없구요. 한 발짝 물러서서 자신을 바라보세요. 젊은 남자가 분명 제 나이로 보이는 예순 여섯된 여자와 같이 자고 싶다는 생각을 왜 하겠어요? 그렇다고 안 될 건 또 뭐가 있겠어요? 온 세상의 여자들이 자기 나이를 떳떳하게 말할 수 있는 날이 한시라도 빨리 왔으면 좋겠어요.

그러면서 일렌은 아름다움의 비결 몇 가지를 제시했다. "이제껏 전혀 몰랐던 분야의 수업을 들어보세요. 나이나 배경, 문화를 막론하고 다양한 친구들과 격의 없이 만나보도록 하구요. 해묵은 회한일랑 묻어버리세요. 남들의 성공을 함께 기뻐하세요. 꾸준히 배우고 성장하세요." 그녀는 씩 웃으면서 이 말을 덧붙였다. "빨간색 잠옷도 한 벌 장만해두고."

5장

풋풋함이 원숙미로

"어쩌다 이렇게 됐지?" 그러자 거울 속의 늙은 여자가 말하더군요. "신경을 안 썼잖아." 실제 내 자신을 깨닫고 직시해야 한다는 건 알고 있었지만 뭐가 속상했는지 아세요? 나이 들어 보이는 것이 우리 여자들이 잘못해서 그렇다는 생각을 갖는다는 거예요.

나이 들어가는 일이 멋지다는 것은 이제껏 살아왔던 그 세월을 잃어버리지 않아도 되기 때문이
다. 마들렌 렝글

당신이 치즈가 아니라면 나이야 무슨 상관이겠는가. 빌리 버크

젊었을 때는 남들을 귀찮게 할까봐 두려웠는데 나이가 드니 남들이 나를 귀찮게 하는 게 두렵다.
루스 아담

　충만한 젊음을 만끽한다는 말은 샐리의 경우를 두고 하는 얘기일 것이다. 1960년대와 70년대에 젊은 시절을 보낸 샐리는 말 그대로 젊고 자유로웠으며 진취적인 여성이었다. 게다가 그녀는 청년문화의 진원지인 샌프란시스코의 헤이트 에쉬베리에서 살았다. "집시처럼 하늘거리는 옷을 입고 맨발로 걸어다니곤 했어요. 관광객들은 내가 무슨 신비한 존재나 되는 양 빤히 쳐다보곤 했지요. 그럼 조금은 안타깝더라구요. 당신들은 왜 나처럼 이러지 못하는 걸까라는 생각이 들어서요." 그녀는 빙그레 웃었다. "저들은 나처럼 이러지 못하겠지라고 생각하니 한편으론 으쓱한 기분도 느꼈죠." 젊음이 힘과 에너지, 섹스, 아름다움, 혁명적 사고로 표현되던 그 시기에 샐리는 젊었다. 그 시절은 또 마약과 각성제가 끼여들 위험이 있기도 했다. 사람들은 체포되었고, 길들여지지 않은 새로운 생각을 표현했다는 이유로 박해를 당했다.

샐리는 자기네 거실에서 잠을 잤던 제니스 조플린(1960, 70년대 저항문화를 상징하는 가수—옮긴이)과 조안 바에즈(1960, 70년대에 반전사상과 자연을 노래했던 포크가수—옮긴이)가 어떻게 자신의 정치적 의식을 고양시켰는지 생생한 증언을 들려주었다. "난 그 모든 현장에 있었어요." 이 말은 자신이 1960년대를 젊은이로 살았다는 사실을 행운이라 여기고 있다는 뜻일 게다.

그녀를 보면 이십 세기 후반에 오십대를 맞고 있는 지금의 모습에 도취되어 있는 것 같다. 그녀는 왕년의 비트족을 그리워하지 않는다. 그녀는 문화의 변화를 잘 따라왔으며 어떤 순간에는 이끌어나가기도 했다. 샐리한테 삶의 목표는 젊음을 다시 부여잡는 게 아니라 호기심, 생기, 왕성한 지식욕, 경험에 대한 열망 등 젊음의 본질적인 부분들을 형상화시키는 것이다. 그래서 그녀는 늘 당면한 현실 문제에 관심을 둔다고 했다. "나이 드는 것을 두려워하는 건 사회적 죽음, 즉 의미 없는 존재가 된다는 데 대한 두려움 때문이겠지요."

세월은 흐르기 마련이고 샐리 역시 그걸 거스를 수는 없다. 하지만 남들이 그걸 부정하려 하고 지난 시절만 돌아보고 있을 때 샐리는 세상을 따라가는 데 있어 반드시 젊을 필요는 없다는 걸 단호히 보여줬다. 이른 아침 샐리는 얇고 긴 드레스를 입고 보라색 갈기가 돋보이는 성긴 금발 위에 낡은 밀짚모자를 쓰고 거칠고 넓은 계곡이 한눈에 내려다보이는 언덕배기에서 정원을 가꾼다.

그녀는 자신의 '장례 정원'—관처럼 생긴 육각형의 나무틀로 주변을 두른 작은 정원—에서 죽음을 주제로 공연을 하고 있다. 사과나무와 감나무를 의미하는 꽃 한송이가 있고 사십대에 백혈병으로 숨진 그녀의 친구이자 포크가수였던 케이트 울프를 추모하기 위해 나무로 만든 토템도 세웠다. 케이트는 〈레드테일 호크〉에서 '찬란하게 굼실거리는 캘리포니아의 언덕들'을 찬양했는데 어쩌면 샐리의 삶에서 영감을 받은 것 같다. 그녀는 캘리포니아 양귀비와 선옹초 무리를 가꾸는데 그것은 자신과 남편을 기린다는 의미로 미리 심어둔 것이라고 한다.

일견 별나 보이는 정원 가꾸기는 죽음과 죽어가는 일에 대한 제식을 변화시킨다는 샐리의 현재 관심사와 뗄래야 뗄 수 없이 연결돼 있다. 그녀는 이 주제를 열광적으로 껴안고 글쓰기를 통해 풀어가고 있는 중이다. 이런 일을 하는 사람이 그녀 혼자만은 아니지만 한편으로 그녀는 유행을 다시 한 번 이끌고 있는 셈이다. 죽음으로부터 눈을 돌리기보다는 적극적으로 얘기함으로써 죽음과 화해하려는 시도 말이다. "우리가 함께 해볼 수 있는 의식들을 소개하려고 해요. 삶을 찬양하면서 누군가의 죽음을 기억하는 일이죠. 죽음에 대해 많은 대화를 나누다 보면 죽는다는 게 뭘 의미하는지 이해의 폭을 넓힐 수 있지요. 세상이 나한테 죽음에 관심을 가지라고 자꾸 얘기하는 것 같았어요. 이 주제에 몰두하는 일이 옳다고 느낀 것은 나도 좋은 죽음을 맞이할 수 있겠고 그러자면 최선의 삶을 살 수 있겠구나 하는 생각이 들어서였죠."

요즘 자신의 일곱번째 책인 《죽음—마지막 춤》을 쓰고 있는 샐리는 죽음에 대한 광범위한 의식과 대화들을 다루고 싶다고 한다. 그녀가 처음으로 썼던 책은 대안학교인 자유학교운동을 다룬 것이었다. 최근의 작업은 주로 자신의 창의성을 솔직히 바라보는 일에 초점을 맞추고 있다. 그녀의 글쓰기 중에는 돈과 마케팅에 관한 것들도 있다. "그게 다 쓰고 싶다는 생각에서 나왔죠." 그녀의 얘기다.

당시에 자기가 관심 있던 분야였다는 것이다. "글쓰기는 내가 세상을 향해 열어 놓은 창이지요. 그걸 통해 세상이 어떻게 돌아가는지 알 수 있으니까요."

샐리를 아는 사람들은 그녀가 늘 거듭나고 있다고 말한다. 그녀에게서 무엇이 태어나든지 유쾌하고 힘과 상상력이 넘친다는 것이다. 당연히 사람들은 샐리에게 주목하지 않을 수 없다. 그녀는 모든 연령대의 사람들을 끌어당기는 빛나는 존재이다.

"아주 오래 전에 맘먹었어요. 바로 지금이라는 시기와 늘 관계를 맺고 살겠다고. 난 땀구멍 하나 하나로 생생히 느끼고 싶었어요. 스물한 살이나 서른 살 시절로 돌아갈 생각은 추호도 없답니다. 다만 그 나이의 사람들과 관계는 맺고 싶지요. 그건 사는 데 생기를 불어넣어주거든요. 사람들과 꾸준히 관계를 맺으면 꼭 텔레비전을 보거나 신문을 보지 않아도 세상에 뒤지지 않을 수 있어요. 그래서 젊은이들과도 얘기를 많이 해보고 싶어요. 내 얘기만 들려주는 식 말고요. 브린 마우르에서 지내는 내 대녀의 이야기도 듣고 싶구요. 그게 사람 사는 일을 진짜 느낄 수 있는 길이지요. 내가 원하는 관계는 쌍방향으로 맺어지는 관계랍니다."

샐리는 연륜을 내세워 내려다보면서 얘기하는 여성이 되고 싶지는 않다고 했다. 오히려 그들과 하나가 되어 배우고 가르치고 싶었다. "처음으로 도시를 떠나서 시골로 이사오던 시절이 떠오르는군요. 나이 든 이탈리아 농부들한테 농사일을 배우느라 얼마나 진땀을 흘렸는지. 그 농부들이 지금 내 나이보다 기껏해야 열 살이나 위일까." 이 말을 하면서 그녀는 기가 차다는 표정이었다. "그 사람들, 참 경험이 풍부한 사람들이에요. 씨는 어디다 뿌려라, 감자는 이렇게 키워라. 그래서 난 그 말을 새겨듣고 배웠어요. 그런 모습으로 나이를 먹는 게 좋아요. 그러니까 선생님이 되는 일이죠. 그처럼 무언가를 가르치는 일은 우리 주변 어디서고 찾아볼 수 있어요. 또 내가 좋아하는 일이 뭔지 아세요? 마을 축제에 가면 아홉 살 먹은 꼬마들이 뛰어와서 나를 껴안고 내 손을 붙잡는 거예요. 그리고 음악에 맞춰 깡총거리는 거죠."

짬을 내 거울을 보라

끊임없이 자신을 개발하는 '영원한 변신녀' 샐리조차도 거짓말을 생각해본 적이 여러 번 있었다고 한다. "알고 보면 나도 나이가 많이 들었어요라고 씩씩하게 말해야겠다고 생각하죠. 세상에, 훨씬 젊게 보여요라는 말을 자주 듣는 편이니까. 그런데 불과 몇 년 전부터야 겨우 그런 말을 할 수 있겠더라구요. 십 년 전에 찍은 사진을 꺼내 보니 그땐 참 괜찮데요. 물론 지금의 내 모습도 사랑하지만, 같은 사진인데도 그때는 별로 괜찮다는 생각을 하지 않았는데라는 생각이 들자 아차 싶더군요." 오래된 사진을 보면서 그런 심정을 갖는 사람이 어디 샐리뿐일까.

바바라는 고등학교 졸업 30주년 동창회에 참석할 예정이었다. "지난 시절 사진들을 보니, 그땐 왜 그렇게 엉덩이하고 뱃살을 걱정했는지 모르겠어요.얼마나 싱싱해 보이던지."

선택을 할 수 있다면 지금보다 더 젊게 보이거나 실제로 젊어지고 싶지 않은 여성들이 몇이나 될까? 노화방지 화장품이 급속도로 유행하는 것을 보면 노화의 확실한 증거를 지우고 싶은 열망이 어느 정도인지 알 수 있다. 그렇다면 우리가 젊게 보이거나 젊어지고 싶은 이유가 지난 시절로 돌아가고 싶어서일까?

킴의 얘기를 들어보자. "혹시 누군가 1, 2년을 줄여준다고 하면 막상 어떤 해를 희생시켜야 할지 결정을 못 할 것 같아요. 그건 이제껏 가졌던 아이들의 생일 파티, 멋진 일몰, 그도 아니면 기분 좋았던 외식 같은 추억을 포기해야 하는 일이잖아요. 난 지난 시간들을 버리고 싶지 않아요. 물론 입가에 생기는 주름살은 싫지만."

헤어 아티스트인 그레이스는 직업상 많은 시간을 거울 앞에서 보낸다. "어느 날 문득 거울을 바라보니 웬 늙은 여자가 거기 있는 거 있죠. 얼마나 오싹하던지 뒤로 물러서서 중얼거렸다니까요. '어쩌다 이렇게 됐지?' 그러자 거울 속의 늙은 여자가 말하더군요. '신경을 안 썼잖아.' 실제 나 자신을 직시해야 한다는 건 알고 있었지만 뭐가 속상했는지 아세요? 나이 들어 보이는 것이 우리 여자들이 잘못해서 그렇다는 생각을 갖는다는 거예요."

바바라가 노화에 대해 갖고 있던 불안감은 어머니에게서 영향을 받은 바가 컸다. "우리 엄마는 참 고운 분이었어요. 또 그렇게 가꾸는 걸 중히 여기셨고. 어느 모로 보나 사랑스럽고 환영 받을 만한 분이었죠. 외모에 있어서만은요. 한번은 이런 얘길 하시더라구요. '바바라 스트라이샌드는 무슨 재주로 그렇게 멋진 남자들만 꼬실 수 있는지 모르겠다.' 그래 난 대답했죠. '그거야 그 여자가 똑똑하고 재능 있고 힘이 있으니까 그렇죠.'"

어떻게든 대중의 이목을 끌어볼 궁리로 날밤을 지새는 화장품 회사가 노리는 주요 대상은 나이 든 여성들이다. 이 회사들이 그들에게 관심을 갖는 이유가 바로 나이 드는 일에 대한 불안감이라는 사실이 안타까운 노릇이지만 베이비붐 세대의 공포를 겨냥한 시장은 엄청나게 성장하고 있는 추세이다. 남녀를 불문하고 서른다섯 살부터 쉰 살 사이의 사람들 중 41퍼센트가 미용성형을 받았다고 한다. 자료에 따르면 미국 여성들 3분의 1이 노화방지와 피부손상을 막는다는 크림을 바른다고 한다.

여성들이 나이를 먹어가면서 늙어가는 모습을 근심하는 것은 비단 어제오늘 일만은 아니다. 젊음을 사려고 돈을 쓰는 일이 베이비붐 세대만의 현상은 아닌 것이다. 어머니 세대가 발랐던 로션을 기억하는가? 단지 그 시대의 레놀린이 오늘날에는 콜라겐과 레티놀 내지는 알파 하이드록시로 바뀌었을 뿐이다. 여자를 스물다섯 살 시절로 돌아가게 해준다는 꼬드김에는 노년은 추하다는 메시지가 강하게 깔려 있다. 서른여섯 살인 쉐아는 이렇게 말한다. "젊게 보이는 일에 매달리는 일을 그만둘 수 있는 시기가 빨리 왔으면 좋겠어요. 젊고 귀엽게 보이려고 내가 얼마나 전전긍긍하는지 나도 알고 있으니까요. 거기로부터 획 뛰어넘고 싶단 거죠. 그런 일은 집어치우고 진짜 나 자신으로 살고 싶어요."

쉐아는 늙어가는 데 대한 두려움을 자신의 엄마한테서가 아니라 아버지에게서 물려받았다고 한다. 예순 살인 그녀의 아버지는 언뜻 보아선 오십대로 보이는데 젊게 살려고 무진 애를 쓰고 있다고 한다. 아이 셋을 키우면서 보조 교사일을 하고 있는 쉐아는 매일 아침 6시면 일어나서 조깅을 한다. 그러면서도 그녀는 베이비붐 세대가 젊음에 대한 강박관념 같은 것을 바꿀 수 있으리라는 바람을 내비쳤다. "그런 조짐이 벌써 일어나고 있다고 봐요." 그녀는 배우 다이안 키튼을 볼 때마다 얼마나 흐뭇한지 모른다고 했다. 오십대인 다이안 키튼은 바로 자신의 나이에 걸맞는 역을 하고 있으니까.

그러한 사고를 수용하고 있는 이 세대에도 나이 들어가는 모습을 추하게 다루는 데 저항하는 모습들이 보인다. 이미 오십줄에 들어선 베이비붐 세대에서 보다 긍정적인 이정표를 만들자는 관심이 늘고 있다는 것이다. 과학기술은 우리의 수명을 더 늘려 놓았지만 젊음을 최고로 여기는 문화적 메시지를 여전히 뿌리고 있다. "백 년을 살 수 있다는 건 대단한 일이겠죠." 제인의 얘기다. "하지만 누가 백 살 먹은 할머니로 봐주길 바라겠어요? 자기가 백 살이 다 됐다고 자신있게 얘기할 수 있을 것 같아요?"

"그러니까 말이죠." 바바라가 말했다. "기술상으로 볼 때 우리가 늙은이로 살아야 할 시간을 생각해본다면 우린 극히 짧은 시간만 젊은 거죠. 요즘 들어서야 깨달은 건데 이 몸뚱이로 그 긴 세월을 버틸 수 있을까 싶어요. 그러니 잘 간수해야겠더라구요."

여자들이 할 수 있는 한 가지 일은 그러한 연령차별을 과감히 거부하는 일이다. 연령차별이야말로 여자들을 망치는 지름길이니까. 꼬부랑 할머니를 놀리는 우스갯소리를 비웃지 말 것이며, 다음과 같은 보습 화장품 광고 문구도 무시해버릴 일이다. '휴일을 즐기는 당신 어머니를 보세요. 매번 거울에서 보는 당신의 모습이 아니라.'

노화가 자기한테는 일어날 수 없는 일이라고 부인하기보다는 자신들이 따라야 할 본보기를 모으는 여성들도 있다. "늙으면 차라리 주책없어지고 싶어요." 네바가 한 얘기다. "한번은 결혼식에 갔는데 피로연에서 글쎄 아흔 살 먹은 할머니가 사랑 노래를 부르더라구요. 훌라춤까지 춰가면서요. 몸도 꼿꼿하고 당당한 그 모습에서 내가 누구인지 보여주마 하는 자신감을 읽을 수 있었어요. 약간 민망스럽기도 하고 유쾌해 보이기도 한 게……. 어쨌거나 아주 즐거웠죠."

어쩜 좋아, 나 늙었어!

다시 샐리의 얘기로 돌아가보자. "난 내가 늙어가고 있다는 걸 알아요. 하지만 어쩜 좋아, 이제 마흔다섯 살이야라며 한탄만 하는 사람들은 이해할 수 없어요. 그렇다고 할머니용 책은 읽지 않아요. 꼬부랑 노인들 모임에도 들지 않구요. 꼬부랑이라는 그 말 자체가 싫거든요." 샐리는 아직까지는 건강을 유지하는 데 많은 시간을 들이지는 않는다. "친구들처럼 많이 투자하지는 못하겠더라구요. 온천 같은 데도 안 가고. 걷거나 정원 가꾸는 게 전부예요. 사실 살이 늘어지거나 주름살 같은 게 큰 걱정이 되진 않아요. 그보다는 몸이 아프거나 기력을 잃는 일이 더 걱정이지."

바바라는 이렇게 얘기했다. "밤중에 가만히 누워서 다이어트나 운동을 해야겠다고 생각해봐요. 그런데 다음날이면 어느새 뒤뜰에서 일하고 있는 거 있죠? 한번은 우편물을 받으러 나갔는데 우체부가 내 곁을 휙 지나치면서 날 쳐다보지도 않는 거예요. 마치 내가 거기 있지도 않았다는 듯이요. 그제서야 나는 아직도 남들이 나를 쳐다봐주기를 바라고 있구나 하는 걸 깨달았죠."

혼자 아이를 키우고 있는 변호사 저스틴은 이렇게 말한다. "최근에야 눈치챘어요. 남자들이 예전처럼 날 봐주지 않는다는 것을."

제인도 한마디 덧붙였다. "마을 축제에 갔었는데 거기 있던 남자들이 우리 딸애를 힐끔거리며 쳐다보길래 화가 나데요. 감히 우리 딸을 그런 눈으로 쳐다보다니. 하지만 속으론 왜 나는 쳐다보지 않을까라는 생각을 은근히 했던 것 같아요. 물론 대부분의 여자들이 그럴 거라고는 생각하지 않지만."

샐리는 열 살 아래인 남편과 살고 있다. "난 그 사람을 내 또래로 생각하고 살아요. 혹시 젊은 여자랑 살았다면 지금과는 다른 모습일까? 어쩌면 그럴지도 모르죠. 하지만 그 사람은 나랑 함께 있는 걸 좋아해요. 다른 사람과 내 얘기 하는 걸 우연히 들었는데 그 사람은 내가 정말로 낙천적인 사람이래요. 자기한테 활력을 불어넣어준다나? 우린 나이 갖고는 싸우지 않아요. 서로 입장이 부딪쳐서 싸우는 거지."

그러면서 샐리는 남편 덕분에 자신도 젊게 살 수 있다고 했다. "남편은 나한테 숨어 있는 소녀적 감성을 끊임없이 일깨워줘요. 그 사람 곁에 있으면 꼭 내가 아이 같아진다니까. 난 높은 곳을 무서워하는데 그이가 내 손을 잡아줘서 마야시대 피라미드도 올라가봤다니까요." 물론 샐리의 에너지는 그 자신의 모험적 기질에서 나오는 것이기도 하다.

생각해보면 난 늘 무모한 일을 즐겼던 것 같아요. 수영을 썩 잘하지도 못했는데 휴가 때면 산호초가 있는 데서 놀았어요. 거기가 잠수하기에 제일 좋은 곳이었으니까. 사람들 앞에 서는 일이 좀 그랬지만 그래도 텔레비전에 나가서 2백 명이나 되는 사람들 앞에서 말을 해보기도 했구요. 새로운 일을 시도해보는 걸 그만둬야 할 날이 올지도 모르겠네요. 그때 물어보면 이렇게 대답할 것 같아요. 이제야 늙었다는 걸 느낀다고. 하지만 나이 여든이 돼도 여전히 많은 옷을 갖고 있을 거고 하루에도 몇 번씩 갈아입을 거예요. 어쩌면 주책없는 할머니가 돼 있을진 모르지만 그만큼 재미있는 사람이 될 수도 있다는 거겠지요. 노인들은 낮잠을 잔다죠? 하지만 난 낮잠 같은 건 자지 않을 거예요.

잃어버린 기쁨을 찾아서

젊은 시절 좋아했던 일들이나 새로운 뭔가를 시작하는 자유를 나이가 들어 얻은 여성들도 있다. 이제는 더 이상 남의 눈을 의식하지 않으며 완벽해질 필요도 없는 나이이니 단지 재미를 느끼는 활동에 몰입할 수 있는 것이다.

오랫동안 자기 보트를 갖고 싶어했던 지니는 뒤늦게 소망을 이뤘다. 작은 모터와 물보라를 막아주는 차양이 부착된 작은 알루미늄 보트 한 대를 구입한 것이다. 그녀는 그걸 타고 제트 스키족들한테 방해 받지 않고 오붓이 헤엄칠 수 있는 웅덩이로 갈 계획이었다. 하지만 지니는 오붓하게 수영하는 것 이상을 얻었다. 고독과 안식을 발견한 것이다. 스스로 물러나는 일, 꿈꾸는 시간을 얻은 것이다.

교사인 그레첸은 이십 년이나 손에서 놓고 있던 첼로를 다시 켜고 있다. 학교를 쉬는 날 아침이면 그녀는 커피 한잔을 놓고 거실에서 첼로를 켠다. 아이들도 집에 없고, 남편도 일찍 출근했으니 오롯이 그녀 혼자만의 시간인 셈이다. 그럴 때 집은 그녀만의 공간이다. 고양이 몇 마리만이 주변을 서성거리며 그녀의 연주를 들어준다. "정말 좋아요." 그녀는 이 생활에 매우 만족한다고 했다. "내가 자신을 위해 한 일 중에서 제일 잘한 일 같아요. 내가 행복하니까. 이제 절대로 첼로를 구석에 처박아두지 않을 거예요. 늘 아이들한테 다짐했었죠. 두고 봐라, 언젠가는 엄마가 첼로를 다시 켤 거다. 하지만 삼십대일 때는 그 일이 쉽지 않더라구요."

그 일이 승마나 그림이 될 수도 있겠고 문득 새로 하고 싶어진 어떤 일이 될 수도 있을 것이다. 건강 프로그램 전문가인 다이애너도 행동에 옮긴 경우다. "내 삶의 각도를 제대로 잡아야겠다고 결심했죠." 열정을 쏟기엔 지나치게 빡빡한 생활을 조정하고, 유행을 따라 해볼 수도 있을 거고, 뭔가를 추구하는 일에서 얻는 단순한 개인적 즐거움이어도 상관없다. 시들해진 사랑을 회복시키거나 새로운 사랑을 시작할 수도 있다. 무대 위로 걸어나오는 다이애너의 얼굴은 마치 열두 살 소녀마냥 흥분된 표정이다. 또 스탠딩 코미디언이 되겠다며 배우고 있는 엄마도 있다. 시를 써보겠다는 헤어 아티스트도 있다. 잃었던 기쁨을 되찾는 일만큼 멋진 생일선물이 있을까? 그동안 제쳐두었던 일들을 생각해보자. 할 수 있다고 상상하면서.

"식구들은 내가 전통을 잘 따르기를 바랐죠." 오하이오주에서 자란 샐리의 애기다. "출세해서 뷰익 같은 차를 타라, 그런 거 있잖아요? 난 가족들을 사랑했지만 한편으론 우리 식구들과는 좀 다르다고 느꼈어요. 창의적으로 살려다 보니 왠지 따로 노는 것 같더라구요." 열아홉 살에 그녀는 음악을 하는 남편과 샌프란시스코로 갔다. "평소 신문 같은 건 안 보고 살아서 그냥 떠나자였어요. 그런데 너도나도 그리로 몰려가기 시작할 무렵이었어요. 우린 단지 오하이오가 싫었을 뿐이었는데……. 그래서인지 샌프란시스코로 온 사람들은 동병상련 같은 걸 느꼈다더군요." 아직도 그녀는 무엇에 홀려서 그랬는지 모르겠다고 한다. "어떤 일치감 같은 걸 믿었던 것 같아요. 정말이지 사랑과 관용으로 맺어진 커다란 가족 같았다고나 할까요. 우린 마냥 순수했어요. 벨벳 드레스와 히피풍 구슬 밑에는 진정한 나눔의 정신이 있었어요. 오토바이를 타고 한밤중에 골든 게이트를 달리곤 했죠. 하지만 우리는 마룻바닥이나 뒹굴면서 집단 섹스 같은 것을 즐기는 그런 부류랑은 달랐죠."

그녀는 그러한 분위기 한복판에서 올바르게 처신했다. 당시 그녀의 남편은 퀵실버 메신저 서비스라는 밴드를 만들었다. 그런데 그 즈음 약물 중독자들이 헤이트 지역으로 들어오는 바람에 그녀는 도시의 다른 지역으로 이사했고 그곳에서 당시에는 '자유 학교'라 불린 일종의 대안적인 사립학교를 세우는 일을 도왔다. 그 시절 그녀의 친구들은 샌프란시스코 주립대학에 들이닥친 경찰들한테 곤봉과 최루탄 세례를 당하기도 했다. 그 사이 그녀는 이혼을 했고 딸과 함께 북캘리포니아의 작은 마을로 옮겼다. 이곳에서 샐리는 다른 학교를 세우는 일을 도왔고 그 경험을 책으로 썼다.

　그렇다면 샐리는 자신이 사회변동의 한복판에 있었다는 걸 깨닫고 있었을까? "글쎄요, 그런 식의 옷을 입었고 대담무쌍한 면도 있긴 했지만 그래도 하하, 역시 오하이오군이라고 생각했죠. 우리에게는 책임질 일이 많지는 않았지만 서로를 배려할 줄 알았죠. 몇 시간이고 얘기를 나누기도 했고요. 그러자고 계획을 세워서 그런 건 아니구요."

　그녀는 자신이 전환기에 있는 사회의 전위에 서 있다는 인식을 늘 갖고 있었다. 한때 그녀는 조그만 시골 마을에서 스펀울과 실로 뜬 모자를 쓰고 살았다. 거기서 그녀는 꿈을 키우는 강좌를 진행했고 지방 대학에서 개설한 '인간과 자연' 시간에 홀치기 염색법도 가르쳤다. 그녀는 자신의 성인 레즈베리 Raspberry에서 p를 지우고 자신만의 성을 만들기도 했다. "나무딸기는 내가 제일 좋아하는 과일이고 제일 좋아하는 색깔이랍니다. 맛있고도 관능적인 색이죠." 한때는 샐리라는 이름마저도 지우고 그냥 레즈베리라고 쓰기도 했다. 삼십대에 접어들 무렵을 그녀는 이렇게 기억하고 있었다. "비로소 내가 나이를 먹어가고 있구나 하는 생각이 들더군요. 바야흐로 내 삶과 관계된 뭔가를 해야겠다고 여겼어요." 그래서 글쓰기를 시작했다고 한다. "갑자기 직업인이 된 거 있죠?" 어떠어떠한 나이가 되는 일을 걱정했던 건 그때가 마지막이었다고 한다. 물론 그렇다고 다른 고민들이 없었던 건 아니었다.

　"지금 내 나이를 크게 신경 쓰진 않아요. 그렇지만 말이죠," 그녀는 씩 웃으며 말을 이었다. "오십이 넘어서 나에게 따라붙는 꼬리표가 싫어요. 한번은 가게에서 젊은애가 나를 부인이라고 부르더군요. 순간 난 이크 했어요. 그 애는 열아홉이었으니까. 난 열아홉이 되고 싶은 생각은 없지만 내 나이가 장벽이 되는 건 싫거든요."

샐리한테 물었다. 만약 그때 샌프란시스코로 오지 않았다면 지금 어떤 모습으로 살고 있을 것 같냐고. 그러자 그녀는 몸서리가 쳐진다는 듯 얼굴을 찡그렸다. "남의 관심을 끌려고 약한 척 비실거리고 있겠지요. 또 애국부인회에 들었을 거고 팬티스타킹을 신고 다니겠죠. 어휴, 끔찍해."

중년에 접어들면서 샐리는 창의성에 관한 글을 쓰기 시작했다. 그녀는 당시엔 그 일을 하는 것이 참으로 절실하게 여겨졌다고 했다. "일단 어느 연배에 접어들면 어딘가에 고여 있거나 묶여 있다는 느낌이 싫어질 때가 있어요. 그럴 때면 나머지 삼십 년을 위해 또 나서보는 거예요. 나는 이런 식으로 세상일들을 더 잘 이해할 수 있게 될 때마다 책을 썼어요. 늘 성장하고 변화하는 일의 중요성을 한 번도 잊어본 적이 없죠. 하지만 중심을 단단히 세워야 해요. 그래서 가족과 친구들을 돌보고 정원을 가꾸는 일이 나한텐 늘 우선순위죠. 이런 일들은 하나같이 양분을 필요로 하는 일이거든요."

최근에 샐리의 관심은 더 늘었다. 손주들을 돌보는 일과 건강에 신경 쓰는 일이다. 그녀는 외모가 변해가는 일에는 크게 신경 쓰지 않지만 육신 구석구석이 예전 같지 않은 것은 신경 쓰인다고 한다. "사실 그게 두렵지요. 나이 든 사람들을 좋아하다 보니 그네들이 제대로 뛰지 못하는 모습을 볼 때마다 영 마음이 안 좋더라구요. 알잖아요? 그저 펄쩍 뛰거나 휙 뛰어넘는 일 같은 것도 못하고 말예요. 무릎이 시리기라도 할 때면 이젠 어쩌나, 뛰지도 못하면 하는 생각이 든다니까요."

　나이 드는 일을 걱정하는 것은 허영심이라든가 약간의 불편함 이상의 문제이다. 늙어가는 게 초조하다는 것부터 말을 시작하다가 몸이 아프거나 무력해지는 데까지 얘기가 흘러간다.

　"사실 뱃살이 늘어지는 건 부차적인 문제죠." 갑자기 병이 난 부모의 병수발을 하고 있는 마흔 살 된 나탈리의 얘기다. "조깅을 하는데 언젠가부터 등이 아픈 게 참 신경이 쓰이더라구요. 그런데 그 정도는 아무것도 아니라는 걸 알았지 뭐예요."

　"늙는 게 왜 무섭냐면요," 지니도 한마디 거들었다. "무엇보다 죽는 게 두려워서 아니겠어요? 어디선가 이런 말을 들은 것 같아요. 주변 여기저기서 죽음을 목격하는 사회에 살면서도 자기한테는 그런 일이 일어나지 않을 거라고 믿는 게 얼마나 어이없는 일이냐고."

　바바라도 말했다. "혹시 알아요? 육신이 늙어가는 것을 두려워하다 보면 기분 전환을 할 수 있을지? 살이 처지는 게 끔찍해서 부지런히 몸을 놀리잖아요?" 함께 깔깔거리던 나탈리는 돌연 심각한 표정으로 자신을 짓눌렀던 유방암에 대한 공포를 털어놨다. "어느 날 한쪽 가슴을 잃는다든가 방사선 치료를 받으면 어떡하나 생각만 해도 아찔하더라구요. 그래서 내 꼴이 얼마나 형편없어질지에 신경을 썼더니 진짜 공포, 내 딸이 엄마를 잃을지도 모른다거나 내가 죽을지도 모른다는 공포는 보이지도 않더라구요."

본보기를 찾자

샐리는 모름지기 이렇게 나이를 먹어야 한다는 본보기를 보여줄 여성들을 알고 있다. 그 중에는 그녀의 시어머니도 있다. "능력도 있으시고, 꿋꿋하고 아주 독립적인 분이세요. 전세계를 돌아다니며 사진을 찍는 분이셨는데 바로 얼마 전까지만 해도 암실에서 몸소 작업을 하셨어요. 지금 여든 줄에 들어선 노인이신데도 컴퓨터를 배우고 사진을 스캔해서 보내주곤 하신다니까요. 당신이 늙었다는 게 한탄할 일도 아니지만 그렇다고 무슨 훈장처럼 여기지도 않으시죠."

샐리가 꼽는 또 한 사람은 역시 여든 줄에 들어선 사회운동가이다. "여지껏 만난 사람 중에 가장 섹시한 여성일 걸요. 딱히 설명할 순 없지만 섹시하다는 것은 일종의 에너지와 관련 있는 것 같아요. 말 그대로 에너지가 철철 넘쳐나는 분이지요. 한마디로 자기만의 스타일과 기호가 확실한 분이죠. 그러면서도 자신감과 나약한 부분을 두루 보여주세요. 유쾌한 모임도 좋아해서 친구들은 또 얼마나 많은지 몰라요." 가수인 티나 터너도 샐리가 본보기로 삼고 싶은 사람들 중 하나다. "순수한 에너지, 자신의 한계를 능가하는 통 큰 모습, 마르지 않는 활력. 한마디로 기운이 쌩쌩 솟는 여성이죠. 도저히 어떤 일을 못할 것 같을 때 난 티나 터너를 떠올려요. 그럼 할 수 있다는 자신감이 생겨요."

마지막으로 궁금한 게 있었다. 만약에 샐리의 친구 제니스 조플린이 아직도 살아 있다면 어떤 노년을 보내고 있을까?

"제니스 조플린이 아직 살아 있다면 성가대에서 노래를 부르고 있지 않을까요? 아니면 전세계의 망토란 망토는 다 모으고 있을지도 모르고. 결혼을 해서 친구들을 집으로 불러 같이 음악을 만들 수도 있을 거구요. 바닷가를 한참 걸어볼 수도 있고 팬들한테 잊혀질 수도 있겠죠. 또 여전히 자신의 입장을 버리지 않고 모험을 무릅쓰고 살지도 모르죠. 여전히 만족이란 걸 모른 채 말예요."

남자들만의 네트워크 깨기

남자들은 확실히 뒤로 하는 거래에는 여자들보다 한 수 위더군요. 정치나 사업도 게임이라고 보면서 속으로는 빈틈없이 머리를 굴리면서도 겉으론 우스갯소리를 실실거리면서 상대방을 안심시켜주는 데 일가견이 있다는 거죠. 그들은 매사를 편하게 보고 남들도 편하게 생각하게 만들려고 애를 써요. 그런데 여성들은 어떤가요? 사업상 모임에서는 딱딱하다든지 사무적이란 말을 들을 때가 많아요. 자신의 모습을 자연스럽게 표출하지 못하는 것처럼 보인다고나 할까요.

아쉽게도 직장에서 다른 여성들을 지원해주지 않는 여성들이 많이 있다. 나는 이들을 '명예직 남성들'이라 부르고 싶다. 남자들에게만 힘이 주어져야 한다고 여기는 여성들이란 얘기다. 여성들도 경제적, 정치적 힘을 가지고 있다는 사실을 깨달아야 한다. 당신의 힘을 포기하지 마라. 그 힘을 당신 자신은 물론 다른 여성들을 위해 써야 한다. 진저 퍼디

성공은 우리를 두 가지 길 중 하나로 이끈다. 여주인공이 될 수도 있으나 자신만의 날을 무디게 할 수도 있다. 불안정함을 버리고 멋진 모습이 나타나게 하라. 바바라 월터스

그게 남자와 여자라는 기본적 차이에서 오는 건지 개인의 차이인지는 알 수 없지만 달라는 적어도 이건 알 수 있었다. 남자들과 자신이 다른 눈으로 세상을 보고 있다는 것을. "스키를 탈 때도 그래요. 우리 남편은 기어이 꼭대기까지 올라가고 싶어하더라구요. 난 주변의 경치를 보면서 슬슬 내려가는 게 좋던데." 그녀는 웃었다. 그렇게 서로 다른 취향도 주말 스키여행에서는 별 탈없이 화해할 수 있기 때문이다. 상대방의 생각에 크게 신경 쓰지 않고 일단 산을 내려온 다음엔 따뜻한 음료 한 잔씩을 들고 포근한 숙소에 몸을 누이면 이내 기분이 풀리는 것이었다.

일터에서도 그럴 수 있으면 좋으련만 달라한테는 음과 양을 조화시키는 일이 쉽지가 않았다. 컴퓨터 그래픽 회사에서 중간 관리인으로 발탁된 달라는 남자 상사들에게 인정받기 위해 지난한 싸움을 치러내야 했다. 그녀는 협력해서 일하는 스타일을 좋아했다. 다시 말해 생산성을 독촉하는 게 아니라 사람들과의 관계와 일하는 과정을 중시한다는 뜻이다. 그런 그녀의 스타일이 동료 관리자들에게는 다분히 느슨해 보였다. 그들은 그녀가 좀더 거칠어지기를 바랐다. 하지만 달라로 서는 이른바 '윗사람은 나잖아' 식의 접근은 받아들일 수 없었다. 그녀는 직원들이 불만이 있는 것 같아 보이면 커피라도 한잔 마시며 그 이유를 함께 얘기해보자는 쪽이었다. 물론 달라의 이런 스타일이 업무를 더디게 만들지도 모른다. 하지만 커피 한 잔 값과 15분 정도의 시간을 투자하는 것으로 직원들에게 자신의 이야기를 들어주는 사람이 있다는 것을 느낄 수 있게 해준다면 괜찮은 일 아닌가. "내 업무 스타일은 위압적으로 군림하는 것이 아니라 사람들에게 기회를 주는 쪽이죠. 그러니까 일종의 중개인이랄까요, 다른 사람들에게 성공할 기회를 준다는 의미에서 말예요. 직원들은 관리자가 자신들의 우선 관심사를 새겨듣고 있다는 것을 알게 되는 거죠. 그렇다고 그게 순전히 이타적인 것만은 아니에요. 그 사람이 잘 되면 나한테도 좋으니까."

처음 이 일을 시작했을 땐 그녀도 자기 부서에 대한 다른 관리자들의 의견을 얌전히 들었으며 직원들에 대한 이런저런 평판을 듣고 고개를 끄덕였다. 하지만 그녀는 그런 태도에서 벗어나 자신만의 관점을 가질 때까지 직원들과 직접 만나 작은 관계부터 다져가기로 결심했다.

그녀는 직원들에게 일방적으로 지시하기를 거부했다. 또한 다른 관리자들이 직원들을 가볍게 여기는 일에도 찬성하지 않을 참이었다. 얼마 지나지 않아 그녀는 회사라는 구조의 상부를 점하고 있는 고리로부터 빠져나왔다. 그러다 보니 그녀의 업무는 이도저도 아닌 상태에서 불안한 시소 타기를 하는 것처럼 보였다.

남자들과는 다른 방식

기업이라는 세계에 남자들과 평등하게 접근하기 위해 여자들은 수십 년간 싸워왔다. 관리직에 있거나 직접 사업을 하는 많은 여성들을 보면 머지않아 목표를 이룰 것으로 보인다. 하지만 여성들이 가장 많이 접근할 수 있었던 직업이 간호사나 교사 외엔 달리 없었던 시절이 그리 옛날 얘기가 아니다. 미국에서는 베이비붐 세대가 그러한 변동의 동인이 된 건 사실이다. 요즘은 여성들한테 문을 열지 않은 직장이 거의 없을 정도니까.

그럼에도 불구하고 여전히 눈에 보이지 않는 벽이 있다. 많은 조직에서 여성들은 일정한 지점에 도달하는 데 어려움을 겪고 있다. 특히 통제 중심의 관리 스타일이 오래 전부터 자리잡은 경제 분야에서는 그야말로 물 밖으로 튀어나온 물고기 같은 신세가 되기 일쑤다. 목숨을 부지하는 것 이상의 것을 할 수 없는 사무실의 숨막히는 분위기 속에서 자기만의 방법을 시도해보지도 못하는 것이다.

여성들은 대개 협력하는 방식을 좋아한다. 사람 사귀는 일을 좋아하고 업무상의 관계도 사람과 사람 사이의 일로 생각한다. 출세를 위해 무자비한 술수를 마다 않는 것을 두고 비즈니스라고 한 건 애초에 여자들이 아니었다. 여성들에게는 일을 완수하는 것만큼이나 질적인 관계에 대한 열망이 크다.

하지만 자신의 직관이 잘 먹혀들어가지 않는 상황에 처할 때면 포기하거나 케

케묵은 규범—권위를 내세우거나 공작을 펴는 치사한 행동—들에 의지하려는 여성도 많다. 그런가 하면 차라리 타협해버림으로써 경쟁에서 물러나는 여성들도 있다. 또 남의 눈치를 너무 살피느라 업무를 수행할 만한 능력을 잃어버리고 마는 여성들도 있다.

그런 점에서 달라는 불 속으로 걸어 들어가 사람들의 환호를 받으며 말짱하게 걸어나왔다고 할 만큼 성공한 경우이다. 영혼을 팔지 않고서도 일을 잘할 수 있음을 보여준 것이다. 요즘에 들어서야 지난날을 좀 돌아볼 수 있게 된 그녀는 자기만의 방식으로 자그마한 승리를 이루어냈음을 실감한다고 한다.

달라는 힘들었던 시절에 겪었던 일 중 아직도 생생히 기억나는 게 하나 있다고 한다. 그녀의 상사 중에 그녀가 말을 하면 늘 시계를 쳐다보는 사람이 있었다. "더러 내가 장황하게 얘길 하는 편이란 건 알아요. 그게 사람들을 지겹게 할지도 모르죠. 그래서 되도록이면 짧게 내 입장을 설명하는 연습을 했죠. 하지만 그게 그리 쉽게 되던가요?"

그녀는 자신이 신임 관리자로서 하는 일을 놓고 상사들과 의사소통할 수 있는 방법을 이리저리 찾아보았다. 그녀는 시간을 내서 직원들의 능력을 파악하고 창의성을 시험했다. 그녀는 생활의 균형을 깨뜨리지 않는 선에서 시간표를 작성했으며 직원들에게도 그렇게 하도록 독려했다. 그녀는 생각나는 대로 의견을 제시하라고 분위기를 끌어나갔으며 직원들은 그에 따랐다. 꼭 답을 얻지 않아도 된다, 해답은 시간이 지나면 자연히 오기 마련이므로. 그녀는 자신의 부서를 철저히 바꾸고 있었지만 그 과정은 참으로 더뎠다.

그녀가 행했던 방식은 회사라는 조직에서 쉽게 받아들여질 수 없는 것이었다. 어느 날 그녀의 상사가 함께 점심식사를 하자면서 회사 내에서 유별나다고 소문난 그녀의 업무 방식에 대해 논의해보자고 했다. "내가 직원들을 대하는 방식이 못마땅하다고 그러더군요. 엉뚱하다나요? 내 일처리 방식이 회사라는 집단에 어울리지 않고 유별나다는 거였죠. 내가 태도를 고치길 바랐던 거죠."

다른 관리자들 역시 그녀가 좀더 권위적으로 행동하길 바랐다. 하지만 그건 달라에게 없는 품성을 요구하는 일이었을 뿐 아니라 그녀가 소중하게 여기는 근본적인 가치들을 일거에 버리라는 뜻과 다름없었다. 달라는 주위의 비난과 뼈아픈 지적들에 요령있게 대처하고 다른 관리자들과도 잘 지낼 수 있는 전략을 세워야 했다. 하지만 여기에도 문제는 있었다. 그녀 역시 남에게 호감을 사고 싶다는 착한 여자 기질을 가지고 있다는 것이었다. 그렇지만 자신의 부서 직원들을 대신하자면 상사들의 노여움을 사지 않고 옳은 일을 할 도리가 없었다.

그래서 그녀는 직원들을 지원하는 일이 아니라면 구태의연한 남자들의 네트워크 따위엔 들지 않겠다는 입장을 확실히 하기로 했다. 하지만 자신에게 퍼부어질 비난을 생각하면 막상 일을 어떻게 풀어가야 할지 막막했다. 게다가 그녀에게는 보란 듯이 '이까짓 회사 관두겠어요!'라고 소리칠 만한 경제적 여유가 없었다. 세 아이를 키우고 융자금까지 갚아야 하는 실질적인 가장이었기 때문에 어떤 식으로든 그곳에 남을 수밖에 없었다.

다행히 달라는 그 전 직장에서 성공적으로 일했던 경험이 있어 새 회사에서 싸울 때마다 거기서 배웠던 가르침이 도움이 되었다. 결국 그녀는 지난한 싸움을 선택한 셈이었다. "내 방식대로 유산균을 얻어내야 하는 일이었죠." 그럴 때마다 그녀는 직원들의 능력을 존중하고 북돋우며 긍정적으로 반응하고 되도록 자유롭게 풀어두라는 옛 선배의 충고를 되새겼다. 그녀는 새 조직에서도 자신이 예전에 이뤘던 것을 할 수 있으리란 걸 알았으며 그러자면 상사들을 뒤에서 지켜보게 해야 한다는 결론을 내렸다. 늘 착하게 구는 것만이 능사는 아닐 터였다. 때로는 정직할 필요도 있다.

그래서 그녀는 말하기로 했다. "확실하게 내 입장을 세워야 했죠. 먼저 상사에게 부탁했어요. 내가 말할 때마다 시계를 쳐다보는 일은 그만두셨으면 한다고. 그 말에 그도 뜨끔했었나 봐요. 이렇게 말하는 거 있죠, '글쎄, 우리 집사람도 똑같은 얘길 하더구만.'"

일단 자신의 입장을 확실히 세우고 나니 대화 통로를 열기가 훨씬 쉬웠다. 그녀가 세운 전략은 상사가 싫어하는 게 무엇이며 또 그의 목표가 무엇인지를 명확히 이해하고서 그의 비판에 맞서 나가자는 것이었다. 그녀는 직원들을 대할 때도 같은 원칙으로 대했다. 궁극적으로 상사를 이해하려는 노력을 통해 협조를 다지자는 것이었다.

나 자신은 물론이고 다른 여성들도 꼭 배워야 할 게 있다고 생각해요. 상사들이 우리를 좀더 편하게 대할 수 있도록 만든다면 그들도 우리를 믿을 거라는 점이죠. 알고 보면 상사들 중엔 우리보다 훨씬 소심한 경우가 많거든요. 그래서 상사들이 내가 믿을 만한 사람이라는 생각을 갖도록 했어요. 상사가 나를 밀어주길 기다리는 게 아니라 내가 할 수 있는 범위에서 그를 밀어주는 거죠. 그 일이 상사가 이루고 싶었던 일이라면 내가 힘이 돼줄 수 있는 게 아니겠어요?

상사인 자기가 무엇을 하고 싶어하는지 이해하고 있으며 힘껏 돕고 싶다는 그녀의 의지를 확인한 상사는 마침내 그녀의 부서에 일일이 간섭하는 일을 그만두었다. 그리고 나니 업무가 아주 매끄럽게 진행되었고 사사건건 트집 잡히던 일도 줄었다.

얼마 지나지 않아 그녀의 부서는 대단히 혁신적인 작업을 해냈고 회사 밖에서도 좋은 평가를 얻었다. 그러자 이제는 보상이 줄을 이었다. 한때 그녀를 엉뚱하다고 얘기했던 상사도 이제는 관리자들에게 달라의 리더십을 본받으라고 충고할 정도였다. 그녀가 시도했던 많은 방법들이 점점 다른 부서에서도 '꼭 필요한' 것들로 자리잡았다. 직원들을 더 많이 모이게 하고 팀에 기반을 둔 접근 방식이 채택되었던 것이다.

직장과 가족 문제 등으로 달라가 다른 주로 이사가게 되었을 때 지위고하를 막론하고 회사 사람들 전부가 아쉬워했다. 그녀의 부서 직원들은 그녀가 내린 결정이 마음에 안 들 때도 있었지만 모두가 그녀를 무척 좋아했다고 말했다. 그녀가 결코 완벽한 사람이라고는 할 수 없지만 다가가기 쉬운 사람이라는 것이다. 그 얘기는 진정한 관계를 맺을 줄 알고 그 관계를 공통의 목표를 이루는 데 쓸 줄 안다는 뜻이다. "언제부턴가 우린 달라를 무슨 여신처럼 생각했던 것 같아요." 달라의 부서에 있던 한 그래픽 아티스트의 얘기다. "그 분이 회사를 떠나고 얼마

지나지 않아서였을 거예요. 우리 부서 사람들이 모였는데 꼭 엄마 잃은 참새 새끼들마냥 우는 소리가 사무실에 진동했더랍니다." 다른 직원도 그 말에 덧붙였다. "그 분을 잃었다는 슬픔에 어찌나 눈물이 나던지."

여자도 힘을 가질 수 있다

직장에서 갈등과 비판, 분쟁 등은 성공하고 싶어하는 대부분의 사람들을 괴롭히는 일상적인 시련들이다. 하지만 많은 여성들은 그런 싸움판에 뛰어들고 싶어 하지 않는다. 그들은 창의적이고 분명 리더가 될 만한 잠재력도 있지만 무언가가 뛰어들기를 주저하게 만든다. 어쩌면 오래 전에 남자아이들한테 테더볼(기둥에 공을 매달아 라켓으로 치는 2인용 게임—옮긴이) 게임을 하자고 했을 때 남자아이들이 보인 반응에 상처 받았던 사람들인지도 모른다. 이들이 게임을 하자고 했을 때는 남자아이들과 충분히 겨룰 만한 준비가 됐다는 뜻일 게다. 어려움을 헤쳐나온 여성들은 대개는 자기 자신은 물론이고 타인에 대한 믿음을 갖고 있을 뿐 아니라 남이 능력을 발휘해도 초조해하지 않고 지켜볼 줄 안다.

정치계에서 자리를 잡거나 경제적으로 성공하거나 혹은 일터에서 작으나마 자신의 목소리를 낼 수 있게 된 여성들은 대개 자신에게 가해지는 비난을 감수할 만한 사람들이다. 비록 그런 비난들이 의도적으로 성차별을 담고 있지는 않다 해도 성공한 여성들에 대한 얼마간의 차별적인 메시지가 담겨 있음은 부인하기 어렵다.

한 예로 마사 스튜어트(미국의 가사문화를 혁신시켰다는 평을 듣는 여성. 평범한 주부에서 출발해 인테리어, 요리, 정원 가꾸기 등 모든 분야를 포괄하는 출판과 미디어를 소유하고 있다.―옮긴이)는 가사 문제 전반을 다루는 사업으로 커다란 제국을 세운 사람이다. 하지만 그녀는 자신의 사업적 재능을 칭찬 받기는커녕 좋지 못한 점을 꼬집는 사람들로부터 비난을 받는다. 이를테면 직원들을 무지 부려먹는 독한 상사라든가 말을 함부로 하고 요구가 많다는 것 등이다. 만약 그녀가 남자였다면 《포브스》의 표지를 단골로 장식했을 것이다. 힐러리 클린턴을 두고 숙덕대는 얘기들도 이와 다르지 않다. 웃음거리라는 뜻을 가진 '필러리'가 '힐러리'로 바뀌었다고 비꼬는 사람까지 있으니 말이다. 퍼스트 레이디가 이런 일을 겪는 마당에 하물며 보통 여성들은 오죽하겠는가.

힘을 가진 여성들―직장 상사나 시의회 의원 아니면 성공한 대중스타든―에게 가해지는 비난을 뜯어보면서 우리가 과연 그 같은 비판을 남자들에게도 하고 있는지 물어볼 일이다. 여자들이 너무 방정맞고, 천박하고, 거칠고, 멍청하고, 달라의 경우처럼 엉뚱하다는 소리를 얼마나 많이 듣고 사는가?

여성들이 직장 생활에 대해 터놓고 얘기를 나누다 보면 종종 성적인 요인, 즉 남자 상사나 남자 직원과 여성 자신과의 문제가―이십여 년 전만 해도 귓속말로나 소곤대야 했을―직장 생활에서 큰 비중을 차지한다. 평등이라는 목표가 여성과 남성의 차이만을 강조하는 데서는 오지 않는다는 것을 깨닫는다면 일을 가진 여성들에게는 큰 힘이 될 것이다.

이 여성들을 만나다 보니 좀더 높은 직위에 오를 때 주변 분위기에서 공통적으로 감지됐던 것들이 어찌나 많은지 철철 넘쳐날 지경이었다.

젠더라는 개념을 두고 여성들과 직장에서의 경험을 얘기하다 보면 과연 여성적인 스타일이 무엇인가라는 것을 한마디로 정의하기 어렵다는 것을 알게 된다. 그렇지만 업무를 수행하는 데 있어 고전적인 남성적 스타일에 대한 대안은 분명 있다. 여성들이 선호하는 협조적인 방식이 잘 어울리는 업무들이 있기 마련이며 사업도 실제 삶과 조화되어야 한다는 생각이 확대되면서 변화를 일으키는 일터들이 있다.

론다, 간호사 내가 일하는 병원의 간호사들은 대다수가 여자죠. 우리는 그런 척하는 게 아니라 정말로 서로를 잘 챙겨줘요. 서로 터놓고 얘기하면 되니까 다른 사람 등뒤에서 숙덕거릴 일도 없죠. 혹시 누가 실수라도 저지르면 이런 일이 일어났는데 어떻게 할 생각이니라고 묻고 우린 그 일에 관해 솔직하게 얘기해요. 무엇보다 의사소통이 중요하단 걸 알고 있죠. 그래서 새로 사람을 뽑을 때에도 우리는 그 사람의 됨됨이를 봐요. 일과 삶이 따로 노는 사람들이 뭘 남기고 가겠어요? 생활의 대부분을 일터에서 보내는데 뭘 하고 사는지는 알아야죠.

린, 건축가 건축가들은 사람들을 위해 디자인을 하는 사람들이죠. 내가 선택한 협조적인 접근 방식이란 되도록이면 고객이 그 과정에 참여하도록 권하는 거예요. 그러다 보면 결과도 훨씬 만족스럽거든요. 처음엔 남자 동료들이 내 방식이 좀 황당하다고 생각했던 것 같아요. 하지만 지금은 일반적인 경향으로 자리잡은 것 같아요.

저스틴, 변호사 우리 사무실에는 여자들밖에 없어요. 왜 그런지 아세요? 바로 남자들이 경쟁적인 방식으로 일하기 때문이죠. 여자들하고는 모두가 하나가 되라는 얘기를 할 필요가 없다고 봐요. 나름대로 다 쓸모가 있는 사람들이기 때문이죠. 사업적인 감각이 좀 뛰어난 사람도 있고, 몽상적인 사람도 있을 수 있죠. 그러다 보면 다툼도 생길 수 있구요. 하지만 남자들 투성이인 사무실에서 벌어지는 것처럼 꼭 경쟁적인 다툼은 아니라는 거죠.

제인, 작가 우리 사무실에서 관리직에 있는 남성들 몇몇이 이혼을 했거나 아니면 이혼 직전에 있으면서 전부인과 이런 저런 일을 함께 하고 있다는 사실을 알고 나니 세상이 확 달라 보였어요. 학교 끝나고 아이들을 데리러 가는 일이나 학부모 상담 때문에 회사에 늦는 일도 있을 수 있겠구나 하는 생각이 들더군요. 그래서 우리는 노조의 협약사항에 아이가 아플 때 병가를 낼 수 있다는 조항을 넣게 했죠. 결국 남자 직원들도 그걸 이해하게 되었어요. 일하는 엄마들을 그토록 오랫동안 종종거리게 만들었던 가정과 직장을 조화시킨다는 일이 어떤 것인지를요.

그렇다. 진전이 있었던 건 분명하다. 하지만 달라가 자신의 경험에서 배웠듯 평등이라는 개념과 현실 사이엔 분명 크나큰 간극이 있다. 즉 아주 최근까지도 사업이나 직무에서 자신의 방식으로 성공을 쟁취하는 일은 주로 남성의 영역을 의미한다. 여성들도 아주 원대한 목표를 세울 수 있다. 그러나 그 목표를 이루려면 어쩌면 나쁜 여자들의 짓거리로 느껴질 싸움도 수행해야 한다.

저스틴은 그런 점에서 톡톡히 경험을 한 사람이었다. 법조계에서 제대로 자리 잡기 위해 그녀는 험한 꼴까지 보여야 했다. 하지만 그녀는 여자들이 보다 많은 영향력을 발휘할 수 있으리라는 희망을 버리지 않고 있다.

내가 하는 변호사 일은 전통적으로 남성이 지배하는 싸움터라고나 할까요. 그건 뭐랄까, 내 생각이 이러이러하니 일이 이렇게 진행되어야 해요라고 말할 수 있는 어떤 지점에 도달하기까지 끊임없이 할퀴고 조정하죠. 혹시 속깊은 남성들과 서로 배려하면서 계속 일해나갈 수 있다면……, 그런 협조야말로 세상을 바꿀 수 있겠죠. 하지만 여성은 여전히 더 거칠어져야 하고 더러는 지독한 년이 되는 일도 불사해야 할 때가 많아요. 그렇게 하니까 일이 이렇게 된 거야, 당신이 좋아하든 싫어하든 난 상관하지 않겠어라고 말할 수 있을 정도는 돼야죠. 사실 그건 쉽지는 않아요. 사람들이 여전히 날 좋아해주기를 바라는 유혹을 뿌리치기가 좀 어려워야죠. 그들이 나랑 입장이 틀린 동업자들이라고 할 때는 더욱 그렇죠.

바바라, 부기계원 운동을 하다 보면 꼭 직장 생활에도 적용되는 경우들을 보게 돼요. 테니스 게임에서 이겼다 쳐요, 그건 어떤 면에선 의도하지 않게 상대방과 멀어지는 일이지요. 공을 있는 힘껏 치거나 진짜로 격렬하게 게임을 하기 위해선 상대방을 적으로 삼아야 한다는 거예요. 이기고 싶다면 남한테 호감을 사고 싶다는 바람과는 멀어져야죠.

조이, 한때 사업체를 경영 일을 잘해 나가는 데는 잘해 나가고 싶다는 바람과 멋진 결과를 얻고 싶다는 바람이 작용하는데요, 여기엔 적잖은 양의 정신적 에너지와……고분고분함이 필요해요. 만약 당신이 고분고분한 사람이라면 그 기회는 당신이 만들어 낸 것이 아니죠.

성공한 여성들과 얘기를 나누다 보면 되풀이해서 나오는 얘기가 하나 있다. 여성들은 사물을 개인적으로 받아들이려는 경향이 강하며 또 그 때문에 조종당하기에 딱 좋다는 것을 깨닫는다는 것이다.

대학에서 행정업무를 보는 패티는 정치적 사안들을 훤히 꿰고 있다고 소문난 똑똑한 여성이다. 그런데 어느 날 한때 친구였던 사람이 그녀에 대한 얘기를 나쁘게 퍼뜨리는 바람에 그녀는 고약한 소문에 휘말리게 되었고 신용에도 타격을 입었다. 패티는 늘 시합은 정당하다고 믿고 있었다. 아무리 어려움에 처하더라도 '사람들이야 제 입장에서 최선을 다하려고 하니까'라고만 생각했다. 그녀의 남편은 이런 그녀에게 직격탄을 날리는 발언을 했다. 당신의 낙관주의가 당신을 만만한 사람으로 보이게 하는 거라고. 그래서 요즘 패티는 뻔뻔스런 사람들한테 주의를 기울이게 되었고 그들로부터 자신의 생활이나 의견을 보호하는 데 신경을 쓰게 되었다.

인신 공격에서 살아남은 여성들은 대개는 최선의 방어로 거기서 벗어난 사람들이다. 그 최선의 방어란 그네들의 심장을 겨냥하는 펀치에도 결코 약하지 않다는 모습을 보여준다는 얘기다. 어떤 이들은 살아남자면 초연해질 수밖에 없다고 한다. 그러나 경험 많은 사람들은 남성들만큼 여성들한테는 그리 쉬운 일이 아니라고 한다.

활발히 정치활동을 하면서 정책기획을 하고 있는 제시카는 성의 차이에 따라 보여주는 모습도 다른 것을 보아왔다고 한다. 그녀는 꼭 남성들의 전례를 따르라고 권하지는 않지만 기존의 남성 시스템이 어떻게 기능하는지 알아두는 것은 나쁠 게 없다고 생각한다. "남자들은 확실히 뒤로 하는 거래에는 여자들보다 한 수 위더군요. 정치나 사업도 게임이라고 보면서 속으로는 빈틈없이 머리를 굴리면서도 겉으론 우스갯소리를 실실거리면서 상대방을 안심시켜주는 데 일가견이 있다는 거죠. 그들은 매사를 편하게 보고 남들도 편하게 생각하게 만들려고 애를 써요. 그런데 여성들은 어떤가요? 사업상 모임에서는 딱딱하다든지 업무적이란 말을 들을 때가 많아요. 자신의 모습을 자연스럽게 표출하지 못하는 것처럼 보인다고나 할까요."

제시카가 보기에 여자들은 남자들보다 사물을 개인적으로 받아들이는 경향이 있는데 특히 상대방과 의견이 다를 때 그렇다고 한다.

관공서에서 함께 일한 여성들 가운데 성공한 사람들은 대개 책임감 있고 자제력이 강한 이른바 장녀 스타일이 많더군요. 그러다 보니 매사를 상당히 심각하게 받아들이는 것 같았고 그 때문에 일이 어려워지고 거기에서 스트레스를 받는 것 같더라구요.

남자들과 여자들의 가장 큰 차이점은 이거예요. 많은 여자들이 상당히 고민하고 있는 게 뭐냐면요, 혹시 여자 동료한테 반대표를 던지면 날 친구라고 생각해줄까, 사람들을 자르면 동료들한테 원성을 사지 않을까 따위죠. 그런데 남자들은 이런 것들을 게임의 일부로 보는 거예요. 에잇, 표를 던졌으면 잊어버리자, 자를 사람이 있으면 자르고 더는 생각 말자. 뭐, 그런 식이죠.

나탈리, 대본 작가 남자들은 여자들처럼 일에서 맺는 관계에 안달복달하지 않더군요. 우리 남편이 딱 그 경운데 그 사람이 남성미가 철철 넘치는 사람이냐 하면 전혀 아니거든요. 운동도 별로고 딱히 큰 야심도 없고, 그렇다고 친구라면 목을 매는 타입도 아니고 여기저기 단체 같은 데 기웃거리지도 않구요. 그런데 일을 어떻게 처리해야 하는지도 굳이 고민하지 않는 거 있죠? 내가 좀 신경을 쓸라 치면 이렇게 말해요. '남들이 뭐라든 무슨 상관이야.' 정말 그럴 생각이 안 드나 보더라구요. 그 사람은 늘 내가 이해가 안 된대요. 왜 내 일을 남들이 어떻게 생각할지 그렇게 신경 쓰냐는 거죠. 뭐라는지 알아요? '왜 그러는데? 그냥 그 일만 하면 안 돼?' 그 사람은 직장에서도 그렇게 사는 게 훨씬 편한가 봐요. 어쩌면 그 사람 상사들도 남자들이어서 그런지 모르지만.

저스틴 남자들은 우리 여자들처럼 매사를 어렵게 보지는 않는 것 같아요.

지니, 사업체 경영 일반적인 남자들은 그게 자기 일이니까 일을 해요. 그냥 일하는 거죠. 토끼 같은 자식들한테 저녁식사를 챙겨줄 일도 없을 거고 집안을 치워야 한다는 부담도 덜 느끼고 살 테니까. 대부분은 자기를 챙겨줄 마누라를 데리고 있죠. 우리 사무실에서 일하는 남자들 중 한 사람만 집안일을 좀 도와주고 나머지는 매일매일 남편

뒷바라지를 하는 아내를 데리고 있더라구요.

삐걱거리는 가정 같은 회사

직장에서 원만한 관계를 맺지 못하는 여성들은 그 문제를 가정에 비유하면서 분석하는 일이 많았다. 문제 많은 일터를 '삐걱거리는 가정'에 빗대면서 직장과 가정의 역할에서 합쳐지지 않는 평행선을 긋는 것이다.

킴, 주식 중매인 경영은 꼭 부모 노릇 같다니까요. 난 남자들하고 여자들하고 그렇게 큰 차이가 있다는 생각은 안 해요. 그보다는 안정되고 유능한 사람들과 그 반대인 사람들의 차이를 더 크게 보는 편이죠. 불안정한 관리자는 대단히 권위적이에요. 반면 안정된 관리자들은 직원들을 편하게 풀어주고 개개인이 가치있다는 걸 느끼게 해주죠.

메리, 법률 사무소 근무 내가 모시는 상사는 사람이 너무 좋다 보니 그게 문제가 되는 것 같더라구요. 이건 여자 상사들한테도 같은 문제라고 보는데요, 나 또한 그러니까. 화가 났는데도 그걸 비켜가는 거예요. 예를 들어 내가 여자 상사나 동료랑 어떤 점에서 의견이 안 맞다고 쳐요. 그러면 일단은 단호하게 내 의견을 밀고 나가려 하죠. 그럼 그이는 이렇게 말해버리는 거예요. '내가 잘못했어. 내 실수야.' 그렇게 착한 모습을 보이는데 내가 어떻게 계속 따지겠어요? 그러다 보면 하루 종일 괜히 화가 나는 거 있죠? 그런데 남자 상사들하고는 별로 부딪혀보지 않았어요. 여자 상사들하고는 어쩐 일인지 잘 안 맞데요. 생각해보면 내가 엄마하고 잘 지내지 못하는 것도 같은 이유인 것 같아요. 나이 든 여자들이 나한테 이래라 저래라 하는 게 왜 그리 싫은지 모르겠어요.

쉐아, 보조교사 남자 상사들과 당신 멋대로 일을 처리해놓고 '이번 여행에는 이러이러한 일을 할 계획이다'라고 말하는 우리 아버지들 사이에는 비슷한 점이 있는 것 같아요. 물론 내가 일하는 학교는 남자들이 지배하는 직장은 아니지만 남자 경영자들과 얘기하는 것은 뭐랄까, 목에 힘을 주는 아버지랑 얘기하는 것 같을 거란 생각이 드네요. 그러고 보면 나는 별로 달갑지 않은 방식으로 아버지랑 맺어져 있는 게 아닌가 싶어요. 그런 식에서 벗어나서 아버지가 어떤 식으로 얘기하든 신경 쓰지 않는다는 건 대단한 일일 거예요. 나도 내 할 말을 하고 내가 원하는 바를 얘기하긴 하죠. 하지만 그게 쉽지가 않더라구요. 독하게 맘을 다져먹고 그 기회를 노려야 하거든요. 아버지가 나를 이러저러하게 이끌거나 어떻게 하라고 분명히 얘기할 때 내 목소리를 낼 준비를 하고 있어야 하죠. 이것을 일 속에서도 배워가는 중이에요.

제인 상사와 지내는 일은 아빠나 남자 친구랑 만나는 것과 같다는 말이 어떤 점에선 맞을지도 모르겠어요. 그것도 남녀간의 문제 아니겠어요? 그러니까 이런 거죠. 그래, 이 일을 어쩐다? 혹시 퇴짜 당하지나 않을까? 하기야 내가 퇴짜당하는데 누가 상관하겠어? 내가 상관할 일이지.

나탈리 동생이나 동료들은 보살펴줄 수 있겠는데 직장에서 나 자신한테만은 영 안 되더라구요. 상사한테 가서 이런 말을 할 수는 있어요. '그 사람을 너무 부당하게 대하신 거예요. 그러시면 안 되죠. 규범이란 게 있잖아요?' 그런데 막상 내 일일 때는 안 되는 거 있죠? 그 앞에 가면 어쩐 일인지 우물쭈물하게 되는 거예요. 집안에선 아버지겠고 직장에서는 상사인 사람, 그러니까 나를 이끌고 지원해주고 일을 어떻게 처리하라고 보여주는 그런 사람 앞에서 자기 목소리를 확실히 낸다는 게 정말이지 어렵더라구요. 물론 그 사람이 꼭 완벽하지만은 않다는 걸 알지만요.

나는 높은 곳에서 낮은 곳을 맞춰주는, 팀에 바탕을 둔 경영 방식이 좋아요. 그게 진짜 협력이죠. 사람들이 함께 일한다는 게 바로 그런 거 아니겠어요? 내가 꿈꾸는 일터는 어떤 거냐면요, 남자들도 있어요. 하지만 어떻게 함께 일할 수 있는지를 아는 곳이죠. 일이 잘 안 풀리면 누구를 콕 집어서 비난하기보다는 모두가 책임을 져요. 완벽해야 한다고 여기는 상사 한 사람만의 문제로 몰지 않구요. 계획대로 잘 안 된다면 함께 고민하고 더 잘 해나가기 위한 방도를 찾아보는 거죠.

일에서 맺은 관계들로부터 초연해지는 게 도움이 된다는 여성들도 있다. 그러니까 호감을 사고 싶다는 목표를 포기함으로써 위안 같은 것을 얻는다는 얘기다. 진정한 힘은 여성들이 선택의 자유를 느낄 때, 마음이 통하는 동료들과 진정으로 협조를 할 때, 모든 이에게 사랑 받겠다는 허황된 꿈을 포기할 때 생긴다.

저스틴 법률 일이 왜 좋은지 알아요? 바로 내가 직접 싸우지 않아도 된다는 거예요.

다시 말해 남의 싸움을 도와주는 거죠. 내가 어떤 변호사랑 싸웠다 쳐요, 그리곤 그 사람을 어떤 파티에서 만나면 그 사람의 좋은 점을 진짜 알 수도 있다는 얘기죠. 물론 법정에서 만날 때는 그 사람들을 좋아할 수야 없죠. 하지만 법정 밖에서도 꼭 그래야 한다는 법은 없어요. 그럴수록 더 잘 이해할 수 있다고 봐요.

제인 난 여자들이 여전히 전략을 모색하고 있는 지점에 있다고 생각해요. 남성 위주의 체제에서 일하고 있는 남자들은 그걸 따로 생각할 필요가 없겠죠. 그들은 알고 있으니까요. 남자들이야 서로 어울려 술도 마시고 변기 앞에 서서 농지거리도 주고받을 수 있잖아요. 나는 이런 일들을 전부 알지 못하는데 남자들은 알고 있는 것 같더라구요. 그 패턴이란 게 그들을 위한 거니까요.

하지만 여자라고 장점이 없는 것은 아니죠. 우리 여자들은 서로 어울려 일을 하는 것에 대해 남자들보다 선명한 의식을 갖고 있어요. 여성의 행동을 가르쳐주는 지침서 같은 것이 없기 때문에 그것을 더 의식하는지도 모르죠.

나는 일을 하면서 좋은 인상, 아주 밝고 이해심 많은 모습을 보여주고 싶을 때가 많았는데요, 한번은 어떤 일로 화가 나서 상사의 사무실로 쳐들어가기로 한 적이 있었어요. 늘 그랬던 것처럼 생글거리지도 않을 작정이었죠. 그런데 늘상 미소를 달고 다니다 보니 그게 왜 그리 어렵던지……. 그 상사는 날 볼 때마다 이제 내가 미소를 지어야 될 차례라고 생각한 듯 오, 그래요. 알았어요라고만 대꾸했거든요. 하지만 난 그렇지 않았거든요. 그땐 정말이지 냉정해질 필요가 있었고 실실 웃어서는 안 되는 때였어요. 난 늘 내 생각을 온전히 알리고 싶었는데 그렇게 하지 못했죠. 하지만 그날은 사무실을 걸어 나오는데 얼마나 개운하던지. 나 자신과 쉽게 타협하지 않았다는 느낌, 확실한 입장을 보여줬다는 뭐 그런 느낌 때문이었죠. 어쨌거나 그 사람, 적이 놀랐을 걸요.

린 남이 나한테 허락을 내려줄 때까지 기다려선 안 된다는 것을 배웠어요.

바바라 좋은 사람인 척하는 것과 좋은 사람이 되는 것에는 엄청난 차이가 있죠.

그게 그렇게 가치 있는 일일까?

'어떤 사람의 행동을 관리하는 일'로 전세계를 돌면서 재계와 정치계 지도자들과 일을 하는 제시카는 이렇게 말을 꺼냈다. "전략을 배우고 게임을 하는 일은 비싼 대가를 수반해요." 그녀는 이른바 기존 남성들의 네트워크를 확실히 깨닫고 그 규칙에 잘 적응해가다가 이윽고는 자신을 잃어버리는 여성들을 많이 보았다고 한다.

여자도 남성들의 네트워크 속으로 들어가지 말란 법은 없어요. 아주 선명한 규칙을 갖고 게임을 치를 수 있다면 말이죠. 그 여성은 냉정하고 호들갑스럽지 않고 아주 침착한 사람이죠. 회의 때는 남의 얘기도 귀담아들으면서 꼭 필요한 순간에 명석하고 쓸모 있는 제안도 내놓아요. 성실하다 보니 점점 책임져야 할 일도 많이 맡게 되지만 그게 남한테는 위협적으로 보이지 않게 하는 요령도 있어요. 그녀는 쓸모 있는 비서 타입이 아니라 일종의 조력자가 더 어울리는 사람이죠. 어려운 상황도 잘 풀어나가고 자기가 모시는 일 잘 못하는 상사나 별로 똑똑하지 못한 정치집단을 위해 매사를 원활하게 풀어나갈 줄도 아는 사람이니까. 머리 모양도 정돈되어 있고 차림새도 단순하면서 품위를 잃지 않아요. 늘 몸가짐이 단정하고 절제되어 있으며 좀체 낯을 붉히는 일도 없죠. 이제 그 여성은 점점 뒷거래도 잘 성사시킬 수 있는 단계까지 올라서게 돼요. 이처럼 그녀는 유능하고 혁신적이고 지적인 사람이라는 기대를 절대 저버리지 않고 자신의 기준에서 한치도 벗어나지 않죠. 남들이 저지른 실수도 이 사람한테만 맡겨놓으면 해결되고 회사나 조직의 상사나 다른 관리자가 보여주는 엉뚱한 행동들도 다 무마시켜줍니다.

자, 이제 이 여성한테 어떤 일이 생길까요? 다름 아니라 정작 자신의 느낌을 읽지 못해간다는 것입니다. 그녀는 늘 긴장하고 스트레스를 받고 있기 때문에 관계를 잘 풀어나가지 못하게 됩니다. 어쩌면 남들보다 일찍 생리가 끊길지도 모르고 불규칙한 식사에 속을 버릴지도 모르죠. 오랫동안 그녀는 남들의 청을 들어주는 데만 신경 쓰고 살다 보니 정작 자기가 먹고 마시고 싶은 게 무엇인지, 살면서 진짜 열광했던 게 무엇인지 말을 할 수가 없게 된 것이지요. 그제야 그녀는 혼란스러워져요. 난 MBA도 땄고 그럴듯한 직업과 돈과 권력까지 가지고 있는데 어째서 늘 뭔가가 빠져 있다는 느낌이 드는 걸까? 당연히 그녀의 삶은 공허하죠. 남자 같은 여자가 되었기 때문이지요. 경쟁심과 완벽에 대한 열망이 이 사람의 삶을 갉아먹어버린 겁니다.

제시카가 얘기한 '참으로 혹독하게 게임을 치르는 여성'의 모습을 염두에 두면서 달라의 모습을 다시 얘기하는 것으로 이 장을 마쳐야겠다. 그녀는 중요한 순간에 머릿속에서 맴도는 복잡한 생각을 콕 집어 표현할 수 있는 말을 찾지 못하고 고심하다가 결국은 이런 말을 내뱉을 게 분명하다. "저, 잠시만 더 기다려주실래요?" 학부모회의 때문에 몇 시간 회사를 비워야 되겠다고 이메일을 슬쩍 보내기도 하고 더러는 직장에서 나가떨어진 동료들과 마티니를 홀짝거리기도 한다. 토요일 오전에 회사에 나와서 조용함을 즐기며 밀렸던 일을 처리하기도 한다. 관리자 회의에서는 곧잘 실수를 저지르기도 한다. 소문난 애물단지가 해놓은 일을 칭찬할 줄도 알며 전혀 엉뚱한 곳에서 아이디어를 건져 올리기도 한다. 그 외에도 그녀가 자기만의 방식을 계속 지킬 수 있게 하는 것이 있을 수도 있다. 달라가 일하는 방식이 기업에 그리 어울리지 않는다고 보는 사람들도 있을지 모르겠다. 하지만 그녀는 어쨌든 자신의 방식으로 잘해나가고 있지 않은가? 많은 이들이 그런 그녀를 지켜보고 있고.

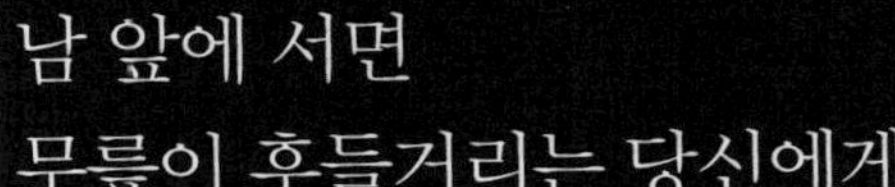

뭔가 다른 걸 해보고 싶더라구요. 강하고 절실한 그 무엇이랄까. 그 얘길 친구한테 했더니 정말 새롭게 살고 싶으면 매일매일 정해진 대로 살았던 틀을 확 바꿔보라더군요. 출근할 때도 맨날 가는 길 말고 다른 길로 가보고, 사무실에 들어가서도 으레 커피잔을 놔두던 곳에 지갑을 놔둬보는 거죠. 그러자 내가 얼마나 습관의 노예가 돼서 살아왔는지 보이기 시작하더군요.

우리가 입을 열 용기를 가지는 것은 나머지 '보통 사람들'이 자신의 목소리로 의사를 표명할 수 있도록 자극을 주는 셈이다. 샤론 슈스터

내가 대담하고 겁도 없는 데다 거만하다고까지 생각하는 모양이지만 알고 보면 내가 얼마나 떨고 있는데요. 캐서린 햅번

혹시 여전히 이런 말이 귓가에 맴돌고 있지 않은가? "그렇게 입고 나가면 어떡하니? 사람들이 어떻게 보겠어?"

"어린 시절에 늘 그런 식이었죠." 다이애너의 말이다.

다이애너는 늘 조심스러운 사람이 되라는 말을 듣고 자랐다. 그녀는 캘리포니아 북부에서 아이 셋을 키우며 살았었다. 온화하고 나긋나긋한 목소리를 가진 그녀는 직업조차 다른 사람 뒤에서 일하는 치과 위생사이다. 사람들 앞에서 얘기를 하고 있다는 생각만 들어도 그녀는 손바닥이 축축해지고 목이 바싹 타는 사람이었다. 그러던 그녀는 딸의 죽음을 계기로 완전히 변했다. 한때는 그토록 견고하게 짓누르던 것들을 단번에 산산조각 내버린 것이다.

그녀는 그 조각들 몇 개라도 수습해볼 수도 있었으나 더 이상 자신만을 위해 간직할 수는 없으리란 걸 알았다. 딸을 잃은 상실감이 그녀를 여성에 가해지는 폭력에 대항하는 활동으로 이끌었고 많은 사람들 앞에 나서게 했다. 다른 여성들과 관계를 맺으면서, 또 내면에 깊게 잠겨 있던 무엇인가가 펄떡거리기 시작하면서 그녀는 활동가들의 강의를 듣기 시작했다. 그녀는 다른 사람들 앞에 섬으로써 삶을 지속해나가고 자신의 고통을 견딜 수 있는 치유법을 찾게 되었다.

여성들이 주변의 관심을 한몸에 받기 전까지는 자신에게 닥친 어려운 상황을 극복해야 할 필요성을 잘 못 느끼는 경향이 있다. 타고나기를 조용하게 타고났고 독창을 하기보다 합창대 틈에 끼여서 노래 부르는 게 더 편하다는 사람들이 많다. 하지만 살다 보면 남 앞에 나서야 될, 어쩌면 남한테 자신의 이야기를 들려줘야 하는 위험을 감수해야 될 때가 있는 법이다.

쉿! 누가 들을라

발성 연습과 리허설을 시작하기 전에 잠시 틈을 낸 다이애너는 어째서 여자들은 입을 열기 싫어하는지, 그 오랜 세월을 자기는 왜 또 그런 용기를 갖지 못했는지 자주 생각해본다고 했다. 이런 현상은 반대 의견이 곧 목숨을 맞바꾸는 일과도 같았던 그 옛날에 기인할지도 모른다고 했다.

상대방이 잘한 일을 서로 축하해주던 시절이 있었지요. 내가 세상에 태어났는데 사람들은 내 재능을 보여주길 바라고 있는 거예요. 그러니 누구도 필요하지 않은 사람이 없었겠죠. 그러던 것이 악마를 핑계로 사람들이 자신들의 재능 때문에 서로 죽고 죽임을 당하는 시대가 왔어요.

처음으로 광장에 서서 강간과 살인에 대해 얘기를 하는데, 꼭 화형대에서 불에 태워지기 전의 심정이 이럴 거라는 생각이 들데요. 엄연한 진실이지만 말해지지 않았던 것을 말했다는 죄로 말예요.

다이애너는 자신의 목소리를 내야 했다. 그녀는 자신이 당한 고통을 다른 엄마들이 당하지 않게 할 수만 있다면 무슨 짓이든 해볼 참이었다. 그녀는 다른 딸들을 지켜주고 싶었다. 그녀는 자신의 딸이 당한 일로 하나의 본보기를 만들려고 노력했다.

이안은 다이애너의 세 아이 중 맏이였다. 다이애너의 가족은 샌프란시스코로 이사했는데 옆집에 마약 중독자가 살고 있다는 사실을 몰랐다. 개구쟁이 같은 미소를 짓고 다니던 채 열여덟도 안 된 딸은 예술학교에 들어가보지도 못하고 도시 생활의 재미도 느껴보지 못한 채 세상을 떠났다. 옆집에 사는 남자가 스테레오를 훔치려고 그녀의 아파트로 들어온 것이었다. 이안이 저항을 했는지는 알 수 없지만 딸은 침입자의 칼에 찔려 목숨을 잃었다. 이안이 그렇게 죽고 난 뒤 다이애너는 계속 살아갈 수밖에 없었고, 남은 두 아이들을 위해 마음을 독하게 먹어야 했다. "한마디로 살아 있다고 할 수 없는 지경이었죠. 쇼크 상태에서 한참을 빠져나오지 못했어요."

다이애너는 아예 거실에 제단을 만들어놓고 산다. 딸의 트레이드 마크였던 반달눈썹이 선명한 어린 시절부터 죽기 전까지 찍었던 사진들을 죽 늘어놓았다. 또 딸이 아끼던 곰인형과 세서미 스트리트 인형, 어머니날에 썼던 카드 등도 빠짐없이 진열해두었다. 친구들은 그걸 보고 있으면 마음이 더 아프지 않냐고 묻는다. 딸의 죽음은 악몽을 실제로 만들어주었다. 자기 자식과 더 이상 한지붕 아래서 살 수 없다는, 일어날 수 있는 가장 끔찍한 일을 상상하면서 누워 있는 겁에 질린 부모들이 느끼는 두려움이 현실이 된 것이다.

아주 느리게 다이애너는 자신의 슬픔을 표현하기 시작했다. 그녀는 재판에 빠지지 않고 참석했으며 서른한 살 된 살인자는 일급살인 혐의로 종신형을 선고받았다. 재판이 벌어지는 동안 다이애너의 친구들은 여성과 아동을 상대로 한 폭력에 반대하는 운동을 시작했다. 그들은 '여자로 태어나서'라는 단체를 조직하고, 범죄 현장을 감시하고, '치유 서클'이라는 모임을 구성했다. 그들은 조깅하던 여성이 강간당한 현장엘 갔고, 십대 소녀가 겁탈당한 골프장에도 갔으며, 살해당한 여성이 버려진 쓰레기장에도 주저하지 않고 갔다.

다이애너로 하여금 목소리를 내도록 만든 건 바로 그런 끔찍한 범죄들이었다. "그 전이라면 꿈도 못 꿀 일이죠. 하지만 슬픔을 느끼는 이상 그것을 표현 못할 이유가 어디 있겠냐는 생각이 들데요. 혹시 알아요? 그래서 범죄를 막을 수만 있다면 말예요. 여자들이 우는 소리에 귀기울여야 해요. 그것은 단지 하나의 비극, 나만의 비극이 아니니까. 우리 중 누군가에게 그런 일이 일어났다는 건 우리 모두한테 일어날 수 있다는 얘기예요. 그래서 우리 모임은 제대로 말하기를 저지르고 있는 셈이죠." 이들이 저지르는 일은 부당한 취급을 당하는 여성을 보거나 정당한 대접을 받지 못하는 여성을 볼 때 적어도 그녀에게 도움이 필요한지는 물어

보자고 주장하며 거리로 나서는 것이다. 그녀는 어둡고 음침한 곳에서 목소리가 나오는 게 아직도 흥분된다고 한다. "몸을 일으켜서 침대 밖으로 나서는 일조차 용기를 필요로 하던 시절이 있었는데 말이죠."

남 앞에 선다고 화형당하는 건 아니다

애초에 다이애너를 무대로 끌어낸 것은 분노와 고통이었다. 그러나 머지않아 그녀는 무대에 서는 일이 편해졌다. 딸이 죽고 시간이 흐르면서 그녀는 단지 고통에 몸부림치는 엄마의 목소리가 아닌 다른 목소리도 내보려고 했다. 그녀는 노래를 시작했으며 사람들 앞에 섰고 이제 그 일에서 살아 있는 기쁨마저 느낀다고 했다.

다이애너는 자신이 즐거워하는 일을 찾았다. 어떤 점에서 그건 그녀가 이제껏 시도했던 가장 극적인 변화일 것이다. 착한 여자는 조용하고 자신의 생각을 속으로만 삭이며 슬픔조차도 묻어둬야 한다는 틀을 부수어버린 셈이었으니 말이다. 감히 누가 그 분노에 찬 목소리를 탓하겠는가? 이제 그녀는 좀더 미묘하고 은밀한 사회적 인습에 도전할 참이다. 사람들은 희생자들을 어떤 면에선 저멀리 사라져야 할 존재로서 대중의 시야에서 멀어지길 원하는 경향이 있다. 미소 짓거나 크게 웃지도 말 일이며 설쳐대지도 말기를 바란다. 하지만 다이애너는 삶을 송두리째 바꾼 그 경험을 통해 자기 안에서 무언가를 확 걷어냈다.

"부글부글 끓던 속이야 벌써 터져버렸죠. 하지만 내부 어딘가에서 살아남으라는 듯 옜다, 이게 사는 거다라고 외치는 것 같아요."

다이애너는 지역의 극단에서 연기를 시작했고 자칭 '마약 상용자들의 재활을 돕는 사람'이 되었다. 그녀는 무대에 서는 것처럼 활동적인 일이 죽은 딸과도 관계 있다고 생각한다. "맹꽁이처럼 지낼 수도 있었겠죠. 우리 이안은 유머 감각이 참 뛰어난 아이였어요. 그 앤 예술 쪽으로 나가고 싶어했죠. 그 애가 죽고 내가 마냥 멍청히 지냈다면 나나 그 애한테도 좋은 일이 아니었을 거예요." 그래서 다이내너는 자신의 영역을 계속 넓혀가고 있다.

"예전부터 내 목소리가 좋다고 어디 카페 같은 데서 노래 불러보라는 말을 많이 들었어요." 비록 카페에서 노래 부를 생각까지야 안 하지만 그녀는 이제 안다. 남 앞에 나서는 일을 막는 장애물은 우리 자신을 믿지 못하는 것임을.

다이애너는 즉흥극 훈련을 받으면서 그런 생각을 떨쳐버릴 수 있었다고 했다. 효과는 만점이었다. 어느 날 저녁 우리는 그녀를 지도하는 교사의 입에서 떨어진 장면을 즉석에서 연기하느라 다른 사람과 열기구를 나눠 타는 연기를 하고 있는 그녀를 보았다. 단지 금문교 위를 날아오르는 모습만을 연기하는 게 아니라 교사의 입에서 떨어지는 온갖 주문들—겁먹은, 실망한, 악랄한 표정들—을 표현함으로써 자신의 감정과 표정과 목소리를 즉각 바꿔야 하는 것이었다. 다이애너는 '현혹되다'라는 말이 좋다고 했다. 그녀는 남들의 감탄을 자아내는 그 스릴이 좋다고 했지만 그녀가 그 일을 하는 것은 비단 그 이유에서만은 아니다. "즉흥극의 가장 멋진 점은 바로 자신을 감탄시키는 거예요. 자신이 한 일을 보고 감탄하는 거. 꼭 관객이 없어도 돼요. 중요한 건 그 순간이니까. 와우 하고 감탄을 내뱉을

170

수 있는 그 순간에 우리는 살아 있음을 느끼죠. 무언가를 이뤄냈으니까요. 내가 일하는 치과에 오는 사람들은 즉흥극 얘기를 듣지 않곤 문을 못 나서죠. 그렇다고 그네들한테 꼭 선택하라고는 안 해요. 그냥 시도는 해보지 않겠냐고 말해볼 뿐이에요. 해보면 무지 재밌는 일이라고."

노래 부르는 일이 직업인 샌디한테는 자기 자신을 감탄시키는 일이라기보다는 자기 자신을 믿고 의지하는 일이라는 게 맞는 표현일 것이다. "내가 잘해낼 거라고 믿지 말라는 법 있나요? 난 친구들을 실망시키지 않아요. 난 늘 '날 믿어. 거기 내가 있을 테니까'라고 말하고 다녀요. 그러니 나를 위해서도 그러지 말란 법 있겠어요? 물론 내 자신을 실망시키지 않지요."

다이애너가 다니는 '여자들만의 계발' 강좌에 참여한 사람들은 자신들의 한계까지 한껏 밀고 가보라는 권유를 받는다. 그 모임에서 연기를 가르치고 있는 폴린은 어떻게 행동해야 할지를 결정할 여유조차 허락치 않는다. 바보처럼 보일지 모른다는 두려움이 사람들을 뒤로 물러서게 만들기 때문이다. 즉흥극에서는 두려움을 가질 시간조차 없는 것이다. 폴린에 따르면 여기엔 두 가지 규칙이 있다. "안 돼, 난 할 수 없어라는 말은 안 돼요. 또 제대로 하지 못했다고 해서 괜히 죄스러워해서도 안 돼요." 이 즉흥극에서는 '올바른' 방식을 허용하지 않는다. 그저 전문가 흉내나 내고 정답이나 말하도록 키워진 착한 여자들에게는 참으로 낯선 개념일 게 분명하다. 이제 막 대학생활을 시작한 사라에게 그것은 참으로 살맛 나는 경험이었다.

즉흥극의 가장 좋은 점은요, 미리 연습이나 연구를 할 수 없다는 거죠. 그러다 보니 최고로 잘하겠다는 부담감도 떨쳐버릴 수 있고요. 그냥 참여해서 거기에 맞춰 가면 되는 거예요. 내가 생각해도 그런 일을 해냈다는 게 믿기지 않아요. 우리는 차례차례로 무대 한가운데로 들어가서 노래를 불러요. 아무 노래나요. 그러면 사람들이 열렬히 환호해줘요. 도저히 노래를 못 부르겠고 생각나는 게 〈생일 축하합니다〉밖에 없어서 그걸 불렀죠. 얼마나 힘차게 불렀는지 목이 쉴 정도였다니까요. 그 순간에 내가 발전하는구나 하고 느껴요.

다이애너나 사라를 비롯해 그 모임에 참여한 많은 여성들이 연기와 책읽기 그리고 글을 쓰는 데 즉흥극의 덕을 많이 보았다. 그네들은 여성들만으로 이뤄진 모임에서 스스로에게 감탄했고 다른 세계로 들어갈 수 있는 용기와 새로운 목소리를 얻었다.

나를 넘어선 나

작가인 사라는 무대에 서는 일이 단지 치료에 도움이 된 것만이 아니라 전혀 새로운 방향으로 글을 써볼 수 있게 했다고 한다. "남이랑 부딪히는 게 싫고 진짜 속내를 내보이기 싫어하는 사람이라면 엄청나게 개운한 경험을 할 수 있을 거라 믿어요. 우린 그 수업시간 내내 부딪히거든요. 속에 품고 있던 감정들을 모조리 풀어놓아도 히스테리컬하다는 소릴 듣지 않으니까요. 게다가 내 내면을 들여다볼 수 있고 허구적인 인물을 만들어내서 감정과 말을 불어넣어줄 수 있으니 나 같은 직업을 가진 사람한테 큰 도움이 돼요. "

사라는 이처럼 새롭게 발견한 자유 속에서 단편소설을 썼다. "나 자신은 물론이고 내가 알고 있는 누구도 아닌 인물을 만들어봤어요. 남에게 완전히 다 드러내보이면서도 심판 받을 걱정일랑 아예 집어던지고 말이죠. 예전 같았으면 감히 그런 인물을 만들 생각이나 했겠어요?"

자신을 완전히 까발리는 위험이 어디 무대 공연자에게만 해당되겠는가. 홀로 서기를 작정한 사람 누구라도 겪을 수 있는 일이다. 자신을 밖으로 내보이는 일은 대중으로부터 당신에 대한 이러저러한 말을 들어야 하는 대가를 요구한다. 이 점은 한때 순하고 겸손하고 착한 여자였다는 틀을 깨고 떠들썩하게 세상으로 나온 모든 여성들한테도 마찬가지다.

실리콘 삽입물 제조회사를 상대로 소송을 걸었던 수많은 여성들은 자신들의 몸상태를 만천하에 알리는 것에 대해 고민했었다. 자신들의 가슴 얘기가 법정에 올려지고 저녁뉴스 시간에 소개되는 걸 누군들 반기겠는가. 프래니는 권위에 의문을 갖지 말라는 가르침을 극복하는 싸움을 평생에 걸쳐 해야 했다. "바로 나한테 뭐가 좋은지 가장 잘 안다는 사람들, 나를 진찰한 의사부터 시작할 일이더라구요." 프래니는 실리콘 삽입물 논쟁에서 자신이 대변인으로 나선 건 순전히 분노 때문이었다고 말했다. "처음엔 내가 만든 지지자 모임에 내 이름을 올리는 일조차 고민되더라고요. 그리고 보면 이젠 가슴은 갖지 못하더라도 내 건강을 갖겠다는 각오를 신문사에 당당히 보낼 정도니 대단히 발전한 셈이죠?"

마침내 프래니와 다른 여성들의 목소리는 의료 행위를 바꾸게 했으며 대중들에게도 잠재된 위험을 경고하고 대기업들한테는 여성들이 순하디 순한 기니피그가 아니라는 점을 알렸다.

한발 앞으로 걸어 나오는 일은 뒤에 섞여 남의 이목을 끌고 싶어하지 않는 착한 여자들을 엄청나게 뒤흔드는 일이다. 물론 일정한 패턴에서 조금만 방향을 돌리는 일 역시 마찬가지일 터이다. 그러나 다이애너가 배운 것처럼 성장을 위해 변화가 꼭 필요하다면 더러 작은 시도나마 시작해볼 일이다.

뭔가 다른 걸 해보고 싶더라구요. 강하고 절실한 그 무엇이랄까. 그 얘길 친구한테 했더니 정말 새롭게 살고 싶으면 매일매일 정해진 대로 살았던 틀을 확 바꿔보라더군요. 출근할 때도 맨날 가는 길 말고 다른 길로 가보고, 사무실에 들어가서도 으레 커피잔을 놔두던 곳에 지갑을 놔둬보는 거죠. 그러자 내가 얼마나 습관의 노예가 돼서 살아왔는지 보이기 시작하더군요. 그걸 바꾸는 일은 우리를 좀 편하게 풀어놓는 일이에요. 즉흥극이 겨냥하고 있는 게 바로 그거지요. 우리 자신의 딱딱하게 굳은 부분에 저항하는 거 말예요. 불교에서 이런 말 하죠. 우리가 하려고만 들면 변하지 않는 게 없다고. 펄쩍 뛰어오르고 난 뒤 땅에 닿기 전, 바로 그곳에 신이 있는 거랍니다.

변화를 시도하고 무대의 중심에 나서는 일은 경우에 따라 비판을 불러올 수도 있다. 밖에서 보이는 것만큼 안에서 보이는 것도 있는 법. "가끔 아이 참, 그러면 안 되는데, 이렇게 했어야 했는데 하는 생각도 들어요." 다이애너의 얘기다. "그

건 또 다른 내부의 잔소리죠. '네가 줄 게 뭐가 있니?'라든가 '남들이 널 뭐라 생
각하겠어?' '정말 멍청하다' '넌 이중에서 제일 한심한 인간이야' '사람들이 집
에 가서는 전화통을 붙잡고 죄다 네 흉만 볼 걸' 이런 것들이죠. 하지만 내가 멋
진 사람이 될 필요는 없어요. 그건 멋지게 행동한다는 것과는 다른 얘기죠. 그러
니까 중요한 건 실제로 내가 무엇인가를 행동에 옮긴다는 거지요."

앞날을 생각하며

재능 때문일 수도 있겠고, 그 자신의 됨됨이에서 우러나온 것일 수도 있겠고,
또 그녀가 헤쳐나온 일들을 사람들이 알고 있기 때문이기도 하겠지만 다이애너
는 다른 이들에게 힘을 북돋워주는 스승이 되었다. 그녀가 "잃을 게 뭐가 있어
요?"라고 물을 때 그 질문은 힘이 된다.

한번은 사라가 친구들과 식구들 앞에서 보여줄 종강 기념 연극을 도저히 못하
겠다고 우기자 다이애너는 그녀를 딱하다는 듯 바라보며 이렇게 꾸짖었다고 한
다. "넌 그렇게 시시한 일조차 할 시간이 없다는 거니?" 나중에 다이애너는 이
일에 대해 설명했다. "내 말은 심각하게 생각하지 말자는 뜻이었어요. 외부의 지
지를 얻어내지 못하면 어떡하나 하면서 너무 골머리를 썩고 살잖아요. 우릴 지지
해주지 않을 거라는 걱정에 아예 늙고 만다니까요."

작가인 앤 라모트도 자신의 글에서 그와 비슷한 감정을 토로한 적이 있다. 그
녀는 자신의 허벅지가 너무 굵어서 새로 산 스커트와 어울리지 않을지 모른다며

툴툴거렸다. 그녀의 친구 팸은 말기 암 환자였는데 친구의 불평을 듣더니 그런 시시한 짓에 쓸 시간이 어디 있냐고 했다고 한다. 걱정만 하고 불필요한 일에 시간을 소모하는 것은 아무짝에도 쓸모 없는 노릇이다.

하지만 어떤 무대든 올라설 때마다 무릎이 후들거리고 입은 바싹 마르고 뱃속이 뒤틀린다는 사람도 있다. 여배우 캐서린 햅번은 매번 공연하기 전에 거의 고통에 가까운 긴장을 느꼈다고 털어놓은 적이 있다. 하지만 햅번은 그 불안증이 자신을 괜찮은 배우로 만든 것도 사실이라고 했다. 결코 안심을 못하는 성격이 늘 최선을 다하도록 채찍질했다는 것이다.

다이애너도 대학교 신입생들 앞에서 '말하기' 강좌를 진행하면서 파김치가 되었던 경험을 들려주었다. "아예 입을 뗄 수가 없더라구요." 남이 커텐을 열어주기를 기다리는 것은 무대에 올라서지 않는 것과 같다. "진짜로 무대에 올라서기 전까지도 내가 과연 해낼 수 있을지 자신이 없었어요. 정말 떨리더라구요. 또 그만큼 흥분이 되기도 하고. 그럴 때마다 나는 이렇게 생각하기로 했어요. '지금 난 대단히 무시무시한 일을 하도록 부탁 받은 거야. 그래, 잘된 일이야.'

연단의 뒤편에서

정치계에 있는 사람들한테 비춰지는 조명은 좀 다르다. 제시카는 시의원으로 당선되고 나서 이른바 '공동체를 위해 자발적으로 봉사하는 사람들에 대한 무례'를 목격하고 어이가 없었다고 한다.

176

제시카네 도시에서는 환경보호계획을 우선하다 보면 경제발전을 가로막는다는 문제로 열띤 논의가 벌어졌다. 제시카는 열렬한 환경주의자였고 자신의 신념을 거침없이 표명하다 보니 늘 혼자 반대편에 서야 했다. 그녀는 자기가 여자라는 점이 비판자들이나 다른 정치인들을 곤란하게 만든다고 생각했다. "내 입장을 주장하다 보니 문제를 일으키게 되더라구요. 강한 여자들은 비단 남자들만이 아니라 다른 사람들을 화나게 하죠." 제시카의 임기 동안 지방 신문에는 여지껏 어느 남성 시의원보다 그녀에 대한 기사가 많이 실렸다. 그녀는 못됐고 무례한 여자로 손가락질 받았다. 제시카는 그 일을 두고 이렇게 말했다. "근본적으로 목소리가 컸던 거죠." 물론 그녀를 지지하는 편에서는 그녀가 지방 정계에 필요한 자극을 주었다고 생각하기도 한다.

사실 지금은 할 말을 다하는 여자가 전 시대보다 훨씬 살기 편해졌다. 여자가 입을 여는 것을 꼭 바가지를 긁거나 입이 험하다거나 잔소리꾼으로 몰아붙이던 시절에 비하면 확실히 그렇다. 하지만 제 목소리를 내는 것이 누군가를 공격하는 것으로 여겨질 위험이 없어진 것은 아니다. '저 여잘 뭐라고 생각하겠어?'라고 얘기하는 사람들이 아직도 있다.

"지난한 길을 걸어왔다고 할 수 있죠. 하지만 목소리 큰 여자에 대한 편견이 아직도 남아 있어요." 제시카의 말이다.

자기 목소리를 내려고 앞으로 나서는 일은 글 쓰는 작가들한테도 모험이다. 수잔은 여론칼럼란에 처음으로 글을 쓰기 시작했던 시절을 기억했다.

사업을 하고 있던 친구가 나한테 경고를 해주더군요. 나의 가장 거친 부분이 부각될지 모른다고. 사실 난 내 자신을, 내 생각을, 내 가족 얘기를 솔직하게 표현하고 싶었어요. 기자로서보다는 한 인간으로서 내 자신을 말예요. 그런데 내 의견을 밝히는 일이 사람들한테 불쾌감을 준다나요? 그런데 정말 그렇더라구요. 당신 제정신이야 하는 소리도 들었어요. 사람들이 날 좋아하지 않는다는 사실을 받아들이는 데 한참이 걸렸어요. 착한 여자들은 인기를 얻고 싶어하잖아요. 하지만 우리가 하나같이 같은 의견만 갖고 있다고 쳐요. 그보다 따분한 노릇이 어디 있겠어요? 대화가 이어지는 데 도움을 주는 것은 바로 서로 다른 의견들 아니겠어요?

자기 안에 살고 있는 착한 여자가 걱정할지 모른다. 밖에는 늘 매정한 관객이 주시하고 있다고. 하지만 사람들이 진정으로 우리를 환영할 가능성도 있다. 다이애너의 즉흥극 선생인 폴린은 대부분의 관객은 호의적이라는 사실을 믿는다고 했다. "무대 위에 섰을 때 늘 명심할 것은 말이죠," 그리고 자신있게 덧붙였다. "자기가 관객이라면 어떻게 느낄까 하는 생각이죠. 배우든 가수든 코미디언이든 관객들이 모두 다 진짜로 성원을 하고 있다고는 할 수 없어요. 하지만 적어도 실수를 하는 건 원치 않지요. 아니 잘하기를 원하지요. 재미를 얻고 싶으니까요. 그래서 무대 위에 선 사람이 어수룩해도 용서해주죠. 이처럼 관객들은 관용적이랍니다. 당신이 무대에 섰다면 이젠 스스로 해나가야 해요. 관객들은 이런 생각을 하면서 앉아 있을 거예요. '나한테도 저런 배짱이 있으면 좋으련만.'"

샌디는 여성들과 어울려 캠핑을 갔었는데 그들 중 일부는 샌디를 특수학교 교사로 알고 있었고, 누구는 밤무대 가수로 알고 있는 등 그녀에 대해 전혀 모르는 사람들이었다. 그날 저녁식사 후 그녀는 노래를 부르라는 재촉을 받았다. 그러자 샌디는 양해를 구하거나 당황해서 사양하지 않고 앞으로 걸어나와서 자기의 십팔번인 조 윌리엄스의 〈여기에 삶이 있네〉를 불렀다. 헐렁한 바지에 플란넬 셔츠를 입고 서서 오로지 모닥불의 타닥거리는 소리를 반주 삼은 샐리의 목소리는 드넓은 계곡에 꿈처럼 울려퍼졌다. 그 노래는 온전히 그녀만의 것이었다. 몇 안 되는 청중이지만 그들을 자신의 것으로 만들었다. 노래가 끝나자 그들은 박수 이상의 반응을 보여줬다. 그 여성들 눈에는 하나같이 눈물이 고여 있었다. 그들이 들은 건 단지 샌디의 노래가 아니었다. 그들은 바로 샌디라는 사람이 하는 얘기를 들었던 것이다. 이윽고 샌디는 한 사람 한 사람을 껴안으며 말했다. "울어줘서 고마워요."

8장

소설은 소설일 뿐

그건 꿈이었다. 무조건적인 사랑으로 충만하고 달콤한 포기감 같은 것. 나도 여느 여자아이들과 다름없는 꿈을 가지고 있었다. 동화 속 공주 같은 결혼, 잘 생기고 매너 좋은 남자가 날 기쁘게 해주려고 몸을 아끼지 않는 그런 꿈. 내 기억저장창고에 있는 신혼의 기억은 이국적인 아름다움 그 자체였다. 온갖 새로운 것들과 함께 시작한 신혼집. 너무나 달콤한 꿈이라서 계속될 줄 알았는데……. 그러나 미래는 날개 없는 추락이었다.

미칠 노릇은 당신이 제 아무리 똑똑하다 해도, 젊은 시절 존 던이나 버나드 쇼우를 읽었다 해도, 역사학이나 동물학, 물리학을 공부했다 해도, 어려운 분야에서 경력을 쌓고 싶다 해도 당신의 마음속엔 여전히 여고생 시절에 빠져 있던 감상적인 기대가 들어차 있다는 것이다. 그건 당신의 아이큐가 170이건 70이건 상관없는 일이다. 겉모양새만 좀 다를 뿐이고 좀더 고상한 말로 꾸몄다는 것만 다를 뿐 똑같이 세뇌되어 있으니까. 속내를 보면 한결같이 사랑 때문에 죽고 못살고 싶은 열망에 젖어 있다. 남들이 말하는 결혼의 실상이 무엇인지도 귀에 들어오지 않는다. 유럽의 소녀들처럼 냉소주의라든가 실용주의로 무장하고 있지도 않다. 에리카 종, 《날기가 두렵다》

　　그건 꿈이었다. 무조건적인 사랑으로 충만하고 달콤한 포기감 같은 것. 나도 여느 여자아이들과 다름없는 꿈을 가지고 있었다. 동화 속 공주 같은 결혼, 잘 생기고 매너 좋은 남자가 날 기쁘게 해주려고 몸을 아끼지 않는 그런 꿈. 내 기억저장창고에 있는 신혼의 기억은 이국적인 아름다움 그 자체였다. 온갖 새로운 것들과 함께 시작한 신혼 집. 너무나 달콤한 꿈이라서 계속될 줄 알았는데……. 그러나 미래는 날개 없는 추락이었다.

　　자스민이 쓴 이혼일기의 한 구절이다. 그녀가 꿈꾸던 동화 같은 결혼은 일 년이 안 돼 산산조각 났고 그녀는 공포와 수치심에 밤잠을 설쳐야 했다. 사랑의 포로가 되어 자신을 잃어버린 경험 후에 그녀는 이혼을 겪으면서 더욱 강해진 자신을 찾았다. 그것은 고통에서 길어올린 것이 아니라 생각을 많이 하고, 친구들과 터놓고 이야기하고, '이혼 일기'를 쓰면서 얻어진 것이었다. 일기를 쓰면서 그녀는 자신의 내면에, 낭만적인 사랑의 속성에 눈을 떴으며 자기가 배운 것을 함께 나누자고 마음먹었다. 그녀는 그런 일은 자신뿐만 아니라 어느 누구에게도 일어날 수 있다고 생각한다.

스물네 살의 신부 자스민은 의지가 굳고 영리했으며 장래가 창창한 여성으로서 어느 모로 보나 자신에게 주어진 운명의 짐을 충분히 감당할 만한 사람으로 보였다. 그녀는 '남자가 없으면 아무것도 아니다'라는 구시대적 사고방식을 어느 정도는 뛰어넘은 세대였다. 그러나 그녀는 자신의 독립심에 자부심을 갖고 있으면서도 한편으론 남들의 동의를 구하는 착한 여자 기질을 버리지 못하고 있었다. 그녀는 마이클의 눈에서 그런 지지를 읽어냈고 이윽고는 이 멋진 커플의 결합을 축복해주는 남들의 지지도 얻어냈다.

자스민은 사랑에 빠졌던 당시를 이렇게 썼다.

우리는 대학 신입생 오리엔테이션 프로그램의 하나인 얼음 깨기 시간에 만났다. 그때 참가자들이 악수를 하고 자신을 소개하면서 상대방을 칭찬해주는 순서가 있었다. 모두가 테이블 앞으로 걸어 나와서 자기 이름을 말하고 칭찬을 하는 동안 나는 그의 손을 잡고 웃으면서 내 이름을 말했다. 이제껏 본 중에서 가장 아름다운 눈을 갖고 있군요라고 내가 말했다. 그게 큐피드 화살이 된 걸까. 오리엔테이션 내내 그는 식사시간에 케첩병을 갖다주는 것부터 책을 들어주는 일까지 나를 기쁘게 하는 일이라면 무슨 일이고 하겠다는 듯 적극적이었다. 오리엔테이션 마지막 날, 나는 피곤해서 소파에 앉아 잠이 들어버렸다. 그리고 그가 자기 입술을 부드럽게 가져왔다.

그 뒤로 우리는 2년을 만났다. 새로운 생각이 들 때마다 우리의 마음을 시험해보았고 밤새워 시험 공부도 하고 리포트를 쓰기도 했다. 나에게 그는 제2의 인생이었다. 말이 필요 없었다. 아무리 붐비는 방이라 해도 우리는 상대방의 얼굴 표정만 봐도 속마음을 금방 알아차릴 수 있었다. 그는 나에게 충만감을, 무조건적인 사랑을 느끼게 해주었다. 그와 함께 있을 땐 손톱만큼의 불안감도 느끼지 못했다. 머리를 감지 않았거나 화장 안 한 맨얼굴이거나 콧잔등에 주먹만한 뾰루지가 돋아 있더라도 괜찮았다. 그는 나를 여신처럼 떠받들었으며 달콤함으로 끊임없이 나를 매료시켰다.

자스민의 연애담은 낭만적인 구애 속에서 펼쳐지는 달콤한 춤을 얘기하고 있다. 우리는 그 춤이 어떤 것인지 안다. 멀리 떨어져 있어도 순식간에 얽혀드는 눈빛(얼마나 많은 사랑 노래에서 붐비는 사람들 속에서 두 남녀의 눈이 마주치는 장면이 묘사되는가), 서로에게 가까이 다가서면서 장애물은 사라진다(예예, 그녀는 내 뒤로 다가서고 있었네) 그리고 마침내 둘은 하나가 된다(그날 밤 이후, 우리는 하나가 되었네). 아, 사랑에 빠진 것이다. 이성적으로는 사랑이 지난한 작업임을, 교류와 열린 눈으로 보아야 할 진정한 관계이자 상황이라는 걸 안다. 그럼에도 여전히 우리의 마음은 진정한 교류의 빈도보다는 바이올린 선율이나 장미꽃 같은 데 더 반응하고 있음을 부인할 수 없다. 소녀 적부터 우리는 낭만적인 구애와 꿈 같은 결혼으로 끝맺는 영화를 보고, 그런 책을 읽고, 사랑 노래를 듣고 살아왔기 때문이다.

그런 낭만적인 모습의 위력이 얼마나 센지 오래 전에 결혼생활을 정리한 여자들도 전남편과 사랑에 빠졌던 추억을 쉽게 떠올릴 수 있을 정도다. 25년 전에 이혼을 한 마사는 뒤돌아보면 젊은 시절, 자신을 그토록 억눌렀던 독단적이고 빼딱했던 남자와 어떻게 이십 년을 같이 살 수 있었는지 지금도 신기하다고 말한다. 그러면서도 한다는 말이 "어떤 노래를 듣거나 그 사람과 함께 다녔던 장소엘 가면 감상이 몰려와 잠시 찡해지기도 하데요. 참 어이없게도 그땐 그 남자한테 왜 그리 죽자 사자 열중했는지."

로맨스 소설처럼

왜 사람들은 사랑에 빠져서 결혼에 골인하는 착한 여자들의 이야기를 좋아하고 그것을 열렬히 믿는지를 따져보기 위해 굳이 깊이 들어갈 것도 없이 우리 주위만 돌아봐도 알 수 있다. 수퍼마켓이나 공항 같은 데서 팔리는 소설의 상당수가 이상형의 남자를 만나는 여자의 이야기를 버무려놓은 것이다. 로맨스 소설의 열렬한 독자들인 여성들은—침대 머리맡에는 다니엘 스틸을, 거실에는 조앤 디디온을 구비해놓은—이른바 '그 후로도 잘 살았습니다' 식 디저트를 제공하는 소화 잘 되는 이야기를 읽으면서 은밀한 만족감을 맛본다. 사실 21세기를 코앞에 두고 있는 이 시점에도 가장 잘 나가는 책들 중 하나가 어떡하면 남자를 잘 낚아서 꼭 붙잡아둘 수 있는지 그 '기술'을 알려주는 책이다. 진정한 관계 같은 건 안중에도 없고, 오로지 결혼으로 몰고갈 요령을 터득하라는 식이다.

대중문화는 어떻게 하면 대중을 만족시킬지 잘 안다. 로맨스 소설들은 첫눈에 반해 불꽃이 튀고, 가슴이 두근거리고, 성적 욕망을 느끼고, '넌 내 거야' '난 싫어' 식의 밀고 당기다가 마침내 신랑 신부가 되어 제단 앞에 서서 요정의 꽃가루 세례를 받는 일로 끝이 나는 이야기들이다. 그리고 이런 사랑 얘기는 동화 같은 꽃가루 세례 뒤에 과연 무슨 일이 일어날 것인지를 이야기하지 않음으로써 더 마력을 갖는다. 꿈 같은 왕실 결혼식을 치른 다이애너 황태자비의 모습에 넋이 나갔던 우리들이 한참 뒤 그 이면에 숨은 슬픈 현실을 알게 되었을 때 어땠었는가?

자스민의 경우, 치밀하게 준비된 결혼식은 '그 후로도 잘 살았습니다'라는 미국식 이상과 자신의 멕시코 문화를 모두 만족시키기 위한 것이었다. 결혼식을 준비하면서 모두를 만족시켜야 한다는 자스민의 허황된 욕심은 그녀를 무겁게 짓눌렀다. "마치 남한테 이런 말을 하고 있는 꼴이었어요. 내 식대로 하고 있지만 당신들이 하라는 대로도 하고 있어요라구요."

희망으로 점철된 꿈 같은 그 시절의 흔적을 더듬느라 자스민은 결혼 사진들을 꺼내 보고 그 사진 속의 신부였던 자신을 되돌아보았다. "우리 결혼식은 잘 차려입은 52명이 꾸민 것이었죠. 신랑, 신부, 들러리들, 벨라시온의 신부님, 축의금, 꽃다발, 결혼 반지, 양가 부모님들…… 미국과 멕시코의 전통이 합쳐진 결혼식이었어요. 정말 동화 같았죠."

사진사가 갖은 재주를 다 부려 찍어놓은 결혼 앨범을 펼쳐본 자스민은 그날의 감동을 다시 느낄 뻔했다고 한다. 자부심과 긴장감, 1미터가 넘는 길다란 드레스 뒷자락을 끌며 식장으로 들어설 때의 흥분, 진주로 장식한 면사포 속에 숨어 있는 멋지게 틀어 올려진 머리칼.

한 사진에서 그녀는 웃고 있었다. 들뜬 감정 때문에 카메라에 잡힌 줄도 몰랐었나 보다. 또 다른 사진에서는 뭔가 잘못됐나 하는 표정으로 먼 곳을 응시하고 있었다. 그러나 그때는 그것이 뭔지 알 리가 없었다.

위기의 신호

뒤돌아보면 자스민은 무언가 삐걱거리기 시작한다는 신호가 있었던 것 같다고 한다. 그녀의 남편 마이클은 한 직장에 진득하게 붙어 있지 못했다. 홀어머니 손에서 키워지다 보니 어려운 시기를 가족과 함께 극복한다는 가치를 심어줄 역할 모델을 갖지 못했던 것이다. 돈에 대한 개념도 없어서 신용카드를 멋대로 쓰고 다녔다. 덕분에 추진력과 책임감이 강한 자스민이 가장 노릇을 했다. 물론 입 밖에 낸 적은 없었지만 그녀가 그리던 이상적인 그림에서는 그런 모습도 서로간에 부족함을 메워주는 균형으로 비춰지는 것일지도 몰랐다.

새로운 사랑의 흡인력은 너무 강력해서 우리의 시야를 흐리게 하고 빤한 일도 가려버릴 수 있다. 바깥 '그림'이야 그럴듯해 보였겠지만 자스민의 마음속에는 처음부터 미덥지 못한 의혹이 숨어 있었다. 한 장의 결혼 사진에서 언뜻 보이는 미심쩍어하는 시선이 결혼식을 치르는 그 순간조차도 어떤 의혹을 품고 있었음을 기억해내게 했다. 그에게 푹 빠져있다 보니 자신을 동화 속 주인공과 혼동했겠지만 그런 와중에도 거기서 헤어나오지 못할까봐 내심 불안했던 것이다. 언젠가 그녀가 남편에게 말한 적이 있었다. "사랑이 영원한 것이라고는 장담 못하겠어." 그녀는 '차라리 내가 힘들고 말지'라는 착한 여자 기질이 그런 의혹을 덮어버리지 않았나 하는 생각이 든다고 했다. 그를 밀쳐내려고 해봤던가? 어떤 면에서 그녀는 로맨스를 사랑하고 있었다. 그러나 다른 한편으로 정말이지 개운치 못한 게 있었다.

　다른 사람을 피곤하게 하지 않을까 하는 생각이 언제나 크게 자리잡고 있었어요. 남편에게 사랑이 영원할 것 같냐고 물었던 것도 바로 그런 뜻에서였죠. 그러니까 그 사람에 대한 경고이자 나 자신에 대한 경고이기도 했던 거죠. 사실 의심스러웠어요. 난 벌써 결혼한 몸인데 정말로 맘이 맞는 사람을 만나면 어쩌나 해서요.

　나는 무의식중에 여러 관계들에서 끌려가고 있다는 걸 알았어요. 뛰쳐나가고 싶었어요. 오직 나 자신만을 책임질 자유를 간절히 원했으면서도 착한 여자가 될 수밖에 없는 조건을 받아들였죠. 내 생각만 한다면 그건 너무 이기적이라고 생각하니 죽어도 아내라는 역할을 포기하지 못하리라는 건 뻔했죠. 그러다 보니 아프더라구요. 머리도 지끈거리고 생리도 불규칙해지고 무기력과 권태에 빠져버렸어요. 점점 삶에 대한 열망이라든지 활기는 찾아볼 수 없이 축 늘어진 여자가 돼버린 거예요. 그게 그를 한눈팔게 만들었고 결국은 다른 길을 택하게 했던 것 같아요. 서럽고 원통해서 울기도 많이 울었지만 한편으론 그의 용기가 고맙게도 여겨지더군요. 나라면 도저히 그를 떠나지 못했을 테니 차라리 내가 당하는 게 더 낫겠다 싶기도 하데요. 그 사람도 알고 있었을 거예요. 나라는 여자는 내가 자라온 문화적 배경에 너무 충실한 데다 감히 나 혼자 행복해지려고 남을 힘들게 만들 일은 죽어도 못할 사람이라는 걸요.

자스민은 결혼생활 내내 몸이 아팠지만 당시에는 그 고통의 정체를 깨닫지 못했다. '이상적인 부부'에 대한 욕구가 너무 컸고 그 이상을 망가뜨리는 데 따르는 책임을 지고 싶지 않았던 것이다. 이렇듯 착한 여자들은 어떤 관계를 끝장내기 전에 자주 앓는다.

반면 또 한 여성, 버지니아는 약혼식 종이 울리기 전 자신의 육체적 증세에 귀 기울여 일찌감치 포기한 경우이다. 지금 생각해도 그녀의 약혼자는 이상적인 배우자감으로 흠잡을 데 없는 사람이었다고 한다. 잘 생긴 외모에 전도가 양양하고 게다가 그녀를 무척 아껴주었다. 그런데 그 사람과 같이 있으면 배가 아파오는 일이 점점 잦아지고 자기 안의 어떤 곳이 좀먹어들어가고 있다는 생각이 들더란다. 그녀는 대단히 금욕적인 독일 이민 가정에서 자랐다. "우리집 같은 분위기에서는 감정 표현을 잘 안 해요. 하지만 난 뭔가 잘못 돼가고 있다는 것을 깨달았어요." 가족의 기대를 저버리고 그녀는 약혼을 깨버리고 말았다. 그녀로서는 약혼자를 탓할 수도, 가족을 탓할 수도 또 그렇다고 자신을 탓할 수도 없는 노릇이었다. 어쨌거나 뱃속이 조여오는 그런 느낌을 더는 견디지 못하겠다는 생각뿐이었다. 어쩌면 결혼 같은 건 영영 안 하게 될지 모른다고 생각했다.

그런데 다시 한 남자를 만났다. 그와 함께 있으면 마음껏 웃을 수 있고 편했으며 자신의 존재감을 느낄 수 있었다. 그녀가 첫번째 남자와의 관계에서 얼마나 많은 것을 놓치고 있었는지를 깨닫게 되면서부터였다.

진짜 사랑 이야기는 눈을 멀게 하는 현혹이 물러가고 현실이 자리잡으면서 시작되기 마련이다. 그러면 상대방의 단점, 기이한 습관, 고지서들 그리고 화장실 버릇 등이 갑자기 눈에 들어오기 시작한다. 두 사람의 차이와 삶의 굴곡들을 포용하면서도 여전히 한때의 불꽃의 흔적을 버리지 못하는 것이야말로 진정한 삶의 모습이다. 하지만 이것은 이상을 버리는 일이며, 문제를 정면으로 보고, 상대방의 원성을 감내하며, 때로는 요란한 싸움을 수반하는 일이다. 한마디로 착한 여자가 취할 행동은 아닌 것이다.

원만하게 15년의 결혼생활을 이끌어온 메리에 따르면 비결은 완벽함에 있는 것이 아니라 일어날 수 있는 어떤 일도 헤쳐나갈 수 있다는 마음가짐에 있다. "우리라고 상대방의 목을 조르고 싶다는 생각이 왜 안 들겠어요? 하지만 한편으론 우리가 데이트하던 시절에 느꼈던 낭만이 아직 남아 있어요. 섹스도 물론 중요하지요, 하지만 그게 전부는 아니라고 봐요. 부부간에도 우정과 믿음, 사랑만 있으면 어떤 일도 견뎌낼 수 있어요. 거기에 유머감각이 있으면 더 좋구요. 그래서 우리 부부는 걸죽한 농담을 자주 주고받아요."

자스민은 모든 것이 마냥 아름답게만 보이는 연애할 때의 달콤한 기억을 오랫동안 간직하고 있었다. 완벽한 커플의 모습을 지키고 싶었던 욕심이 자신과 마이클에게 닥친 어려운 상황에 잘 대처하는 것을 가로막았다는 것을 뒤늦게 깨달았다.

자스민이 기억해내는 마이클은 문제가 한두 가지가 아니었다. 자스민에게 결혼이란 '그 후로도 잘 살았습니다'라는 이야기로 여자아이들을 길들여온 사회적 기대감을 의미했다. 문제는 정작 결혼생활에서 꼭 필요한 여성으로서의 자기 정체성을 지키는 훈련은 거의 받지 못했다는 것이었다.

이제 그녀는 백마 탄 왕자를 기다리지 않는다. 그녀는 기만적인 부드러움에 몸을 맡기는 눈먼 사랑보다는 처음부터 견고하게 맺어지는 진실한 관계를 다룬 이야기들을 즐겨 읽으려고 한다.

뭐, 나랑 결혼하자구요?

결혼은 당연지사라는 문화적 압력에도 불구하고 그런 사고를 과감히 거부하는 여성들을 보는 것은 신선한 충격이다. 이런 독립적인 여성들이 어떤 관계 속에 발을 들이밀 때는 거기에서 견고하고 현실적인 무언가를 발견했을 때이다.

주디스는 어린 시절, 아버지와 이웃 남자가 자신의 엄마가 아끼던 차나무를 베어버리는 걸 보았다. "우리 엄마는 막 울었어요. 그걸 보며 나는 절대로 저런 권위적인 사람은 되지 않을 거라고 다짐했지요." 남자로 인해 발생할 어떤 위험도 지고 싶지 않았던 주디스는 절대로 결혼 같은 건 하지 않겠다고 결심했다. 하지만 스물두 살 무렵엔 그런 그녀의 의지를 꺾어줄 남자를 꿈꾸었다. 그녀는 자신의 폭스바겐을 쓰다듬으며 이렇게 속삭이는 꿈을 꾸었다. "지금은 널 데려갈 수 없단다. 하지만 곧 돌아올게." 주디스에게 결혼은 무언가를 포기하는 일이었던 것이다. 그것은 엄마의 차나무가 아니었다. 그녀의 엄마는 기자가 되고 싶었다는 말을 입버릇처럼 달고 다녔지만 한 번도 그 꿈을 위해 노력하는 모습을 보여주지 않았다. "당신만의 노트조차도 갖고 있지 않았어요. 대신 아이들을 가졌지만."

그래서 주디스는 수년 동안 모성애의 유혹을 물리치려 애썼지만 결국 서른 살 무렵에 한 남자를 만났고 자신의 삶을 그와 함께 엮어가는 일을 생각해볼 만큼 그에게 빠졌다. 몇 달이 지나 두 사람은 동거에 들어갔다. 둘은 아예 일도 같이 하기 시작했다. 쇼윈도우 장식을 하는 그녀와 실내 디자인을 하는 그 남자는 일의 성격상 한 공간을 쓸 수 있었다. "하지만 우린 법적인 사업 파트너는 아녜요. 그러려면 계약서를 써야 하잖아요." 계약서를 썼든 안 썼든 간에 둘은 여러 해 동안 밤낮을 공유했다. 주디스는 애를 낳고 싶다는 생각은 털끝만큼도 없었지만 상대방 남자의 아이들을 키운다. "여전히 내 생물학적 시계가 울리기를 기다려요. 그런데 배터리가 안 들었는지 감감 무소식이네요."

한편 완벽함과 절망의 틈에서 생긴 안 좋은 경험들을 현명하게 뒤엎어버릴 방도를 찾아낸 여성들도 있다. 이상적인 사랑에서 추락한 뒤 새롭고 보다 현실적인 사랑을 찾고 싶어하는 여성들 중에는 불행했던 관계에서 남은 좋은 기억들을 쉽게 떨쳐버릴 준비가 돼 있지 않은 경우가 많다.

자신의 가장 친한 친구와 남편이 바람 피웠다는 걸 안 제인은 가슴이 무너지고 뱃속이 뒤틀려서 한 동안 음식을 입에 대지도 못할 정도였다고 한다. 그러나 딸이 겨우 초등학교 4학년이었던지라 그녀는 어떡해서든 결혼생활만은 유지시켜보려고 했다. 하지만 그녀 자신이 강해지고 남편에게 덜 의존하게 되면서 마침내 그녀도 다른 사람을 만나게 되었다. 그녀는 남편을 떠났고 새 애인과 결혼했다. 그녀의 두번째 결혼은 보다 현실적이었지만 그 또한 낭만적인 측면이 아주 많았다고 한다. 첫 남편의 결함 때문에 모든 남성들을 적대시했다면 그녀는 새로운 사람을 만나지 못했을 것이다. "이혼을 겪었다고 해도 결혼에 대한 모든 기억들을 나쁘게만 생각할 필요는 없다고 봐요. 뒤를 돌아보면서 앞선 결혼에서 있었던 좋은 것들은 남겨둬도 돼요. 그래서 난 우리 딸한테 이렇게 얘기해요. 만약 네 아빠가 없었다면 엄마는 지금처럼 발전하지 못했을 거야. 그리고 너 같은 딸도 얻지 못했겠지."

몇 해 사귀다가 그 사람이 예전에 가졌던 완벽한 남성상에 부합하지 않는다는 것을 깨닫기 시작하면서 친구 같은 관계를 발견하는 여성들이 있다. 오드리가 그런 경우였다. 그녀가 이상형의 남자를 만났을 때 그는 오로지 결혼 대상일 뿐이었다. "우리는 서로에게 금방 빠져들었지만 앞날에 대해서는 생각이 좀 달랐어요." 그를 만나기 전에 오드리는 아이를 갖기 위해 결혼을 하는 것이 당연하다고 생각했고 실제로 아들 하나를 키우고 있었다. 그녀는 아이를 더 낳고 싶어했다. 그런데 그의 태도는 애매했다. 그녀가 따뜻하고 화창한 날씨를 좋아한다면 그는 약간 서늘하고 비오는 날을 좋아했다. 오드리는 '그 후로도 잘 살았습니다'에 대한 집착을 버리고 그냥 둘이 함께 하는 시간을 즐기다 보니 스스로도 훨씬 편해졌다고 말한다. "비록 그 사람이 서약 같은 걸 중요하게 생각하지 않는다 해도 우리 사랑이 실제라는 걸 본능적으로 믿을 수 있었어요. 그 사람이 결혼에 대해 어느 정도 생각을 하기까지는 꽤 오래 걸렸지만요. 몇 가지 약속들만 더 하면 됐지요." 마침내 그들은 건조한 여름과 축축한 겨울이 한 집에 머무르게 하자고 합의를 보았다. "우리가 합쳤을 때 둘 다 서른을 넘기고 있었죠. 내가 볼 때 서른이라는 나이가 서로에게 상당히 도움이 됐던 것 같아요. 그러니까 관능적인 욕망을 느낄 만큼은 젊구요, 그런 욕망이 전부가 아니라는 걸 알 만큼은 늙었다고나 할까요? 우리 둘 다 단순히 양보단 하기엔 자기만의 방식에 너무 길들여져 있었지만 갈라서기엔 너무 사랑했어요. 그래서 우리는 상황을 명료하게 만들어야 했어요. 일단 결혼을 저지르기 전에. 그게 몇 년이 걸리더라구요."

오드리의 얘기를 듣고 있던 자스민이 빙그레 미소를 지었다. 그녀는 오드리가 서두르지 않으면서 자기 자신에게 충실한 모습이 좋아 보인다고 했다. 자스민은 자신의 지난날을 돌아보건대 누군가와 짝을 짓겠다는 열망만 전적으로 쫓다 보니 끊임없이 고개를 들던 '뭔가 잘못되어가고 있다'는 걱정을 받아들일 수 없더란다. 모든 게 '완벽하다'는 환상에 의지하던 그녀의 환상은 우연한 사건을 계기로 무참히 깨졌다.

그날 남편과 함께 파티에 참석했던 자스민은 갑자기 몸이 좋지 않아 집에 가야 했는데 마이클은 그녀에게 혼자 집에 가라고 했다. 남편의 갑작스런 무관심에 그녀는 충격을 받았다. 집에 와서도 배가 너무 아팠고 마이클은 파티장에서 돌아올 생각을 안 했다. 결국 그녀의 친정 아버지가 병원까지 데려다주었다. 큰 병은 아닌 것으로 밝혀졌지만 그녀는 화가 머리끝까지 치밀어 남편한테 말했다. "우리 아무래도 갈라서야겠어." 그러자 남편이 태연하게 대답했다. "당신 말이 맞아." 그러더니 그는 집을 나가버렸다. 그의 태도에 너무 기가 막혀 충격을 받았지만 남편한테 돌아와 달라고 전화를 걸기엔 그녀의 자존심이 너무 셌다. 그때부터 그녀는 언젠가 남편이 돌아오면 보여주리라 여기면서 그에게 보내는 편지 형식의 글을 일기에 썼다. 그가 다시 그녀를 보러 온 건 몇 주일이나 지나서였다. 그는 자기가 그녀의 앞길을 가로막고 있다는 생각이 든다고 했다. 나중에 알게 된 사실이지만 그때 마이클은 부부가 다 알고 지내던 사람과 바람을 피우고 있었다. 마이클을 향해 구구절절 써내려가던 글은 결국 이혼일기로 변했다. 그녀가 영어와 스페인어로 번갈아 쓴 시가 있다. 한 달 뒤에 이혼을 요구하러 온 그를 다시 만났을 때 그녀를 휘감았던 낯선 감정을 표현한 시다.

당신은 여전히 같은 사람으로 보이지만

당신은 같은 사람이 아니군요

당신한테 말하고 싶지만

당신은 지금은 없는 사람

얘기를 나누고 싶지만

당신은 나한테 보이지 않는 사람

당신이 아직 살아 있으니 울 수도 없군요

그러나 당신은 나한테는 살아 있지 않은 사람

예전처럼 당신과 함께 눈을 뜨고 싶지만

이제 당신은 다른 세계의 사람

당신은 여전히 같은 사람 같지만

당신은 다른 사람입니다.

자신에게로 돌아가기

자스민의 시는 그녀가 갖고 있던 환상의 종말을 보여준다. 요즈음 그녀는 남자에게 투사했던 로맨틱한 환상을 버리려 하고 있다. 예전에 자신을 휘둘리게 했던 어떤 설렘도 믿지 않는다. 또 자신을 믿게 되기까지는 당분간 시간이 걸릴 거라 생각하고 있다.

많은 여성들의 경우, 이상화된 로맨스에 길들여져 있었다는 사실을 깨닫는 것이 진정한 자신을 찾기 위한 첫 단계라는 것을 알게 된다. 경찰관인 홀리는 관계를 제대로 풀어나가지 못할 만큼 자신이 얼마나 로맨스에 세뇌되어 있었는지 깨닫는 데 몇 년이 걸렸다고 한다. 그러나 그녀가 가망 없는 환상을 버리기 시작하면서 공허감을 메워줄 현실적인 무엇을 깨닫는 데는 그리 오랜 시간이 걸리지 않았다.

원탁의 기사 이야기나 중세 시대 로맨스를 읽으면서 환상을 키워왔던 것 같아요. 그런 데서는 죄다 다가갈 수 없고 이루어질 수 없는 사랑의 고통만 얘기하잖아요. 그건 흥분되면서도 한편으론 슬픈 아주 비극적인 이야기들이죠. 내가 맺는 관계들이 그런 식이었어요. 정말 열렬했지만 늘 가망 없는 삼각관계에만 매달려왔어요. 그럴 때마다 천국에서 지옥으로 내동댕이쳐진 기분이었죠. 나는 수년째 그런 어두운 관계에 매달려 있다가 마침내 풀려날 수 있게 되었어요. 그리고 내가 생각해도 신기한 것이 보다 분별력 있고 정상적인 행동을 했다는 거예요. 친구가 괜찮다고 얘기한 남자를 소개받았거든요. 괜찮다니? 이제껏 내 사전에 그런 말은 없었거든요. 어쨌거나 이제 새로운 무언가를 준비할 때였죠. 나라고 괜찮은 사람 만나지 말란 법 있나? 나는 만나자마자 이 사람이다 싶었어요. 하지만 그건 말이죠, 불꽃이 번쩍이는 그런 이끌림이라기보다는 뭐랄까, 보다 따뜻하고 편한 그런 느낌이었어요. 그제서야 이거 괜찮은 기분인데라는 생각이 들더군요. 꼭 집에 온 것 같은 그런 느낌 있죠?

그들은 그해에 결혼해서 지금은 아이 셋을 두고 있다.

제인 오스틴의 여성소설이나 로맨스 소설들을 보면 구시대의 이상적인 결혼관은 많은 재산, 훤칠한 키, 적극적인 성취 욕구 등을 남자들한테 요구한다. 그런데 홀리가 환상을 버리고 만났던 남자는 키도 작고, 돈도 많지 않았지만 그가 자신을 만났다는 사실만큼이나 자신이 그를 만났다는 사실을 행복하게 느끼게 해주는 사람이었다.

소설책이나 미디어에서 만들어낸 이상형과는 전혀 거리가 먼 '천생연분'을 알아보는 일은 구시대의 문화가 심어준 이미지를 무시하고 나서야 가능하다. 물론 착한 여자에 대한 기대감을 떨쳐버리고 난 뒤임은 말할 나위도 없다.

자스민은 이성과의 만남 속에서 자신의 길을 명확하게 보려면 아직은 갈 길이 멀다는 걸 알고 있다. 그래서 우선 자신의 문화적 전통에 눈을 돌렸다. 그것은 바로 미술이다. 그녀는 그림을 통해 멕시코 신화에 나오는 치유자이자 현명한 여성상을 묘사하려고 한다. 그러면서 그녀는 충분한 휴식과 자기 연마 그리고 여자 친구들과의 잦은 만남을 즐기고 있다. 마이클이 떠나자 그녀를 그토록 괴롭혔던

편두통과 생리통이 씻은 듯이 사라지면서 건강도 훨씬 나아졌다고 한다.

혼자 오셨나요?

자스민은 요즈음 독신 생활에 재미를 붙여가고 있다. 혼자 사는 여자를 딱한 눈으로 바라보는 짝짓기 지향적인 문화를 부단히 거부하면서 혼자만의 활동을 즐기는 법을 배우고 있는 것이다. 얼마 전에 그녀는 한 식당에서 식사를 할 일이 있었는데 지배인은 그녀가 동행을 기다리고 있는 줄로 생각한 모양이었다. "혼자 오셨나요?" 하고 지배인이 물었다. "물론이죠!" 그녀의 대답이었다.

결혼하고 나서도 혼자만의 일을 감행해볼 수 있다. 누군가를 사귈 수도 있고 독신 생활을 선택할 수도 있다. 하지만 어떤 상황이든 혼자 있는 여성을 바라보는 사회적 시각은 우호적이지 못하다. 그렇다면 남자의 팔짱을 끼고 있거나 더 낮게는 아이들을 데리고 다니는 착한 여자가 되어야 한다는 말일까? 독립적인 생활을 즐기는 린은 오로지 배우자와 자손만을 강조하는 분위기에서 자랐다. "사람들을 만나도 어쩜 하나같이 남편과 아이들 얘기만 해대는지 어이가 없어요. 내가 그런 얘기에 관심이 없다는 게 아니라 혼자 사는 여자로서 나 자신이 왠지 겉도는 느낌을 받게 되더라는 거죠."

토니는 결혼은 했지만 여행을 많이 하는 남편 때문에 독신과 다름없이 산다고 한다. 남들을 만날 때 혼자 나가는 것이 그리 불편하지는 않지만 한편으론 남편과 함께 나서면 은근히 자부심을 느낀다는 걸 인정한다. "남편이 별로 내켜하지 않는 행사에 그와 함께 가고 싶어서 스케줄을 조정해보라고 부탁을 하게 되더라구요. 그가 당연히 내 저의를 묻죠. 그럼 난 인정할 수밖에 없어요. 함께 가는 게 즐겁다는 것 이상의 무엇이 있다는 걸요. 물론 남편이랑 함께 가면 즐겁기도 하지만 역시 겉모습 때문이기도 해요. 그걸 인정하자니 속이 쓰리더군요. 그래서 나 혼자 어디든 가보는 재미를 찾아보기 시작했어요. 그러다 보니 우리 사무실에서 사람들이 뭐라는 줄 알아요? 내가 유령 남편과 살고 있대요."

짝짓기를 지향하는 우리 문화는 여성이 배우자를 가져야 안정되고 성공할 수 있다는 의식을 심어준다. 그러다 보니 결혼이 성공의 지표라는 문화적 가치체계를 의식적으로나 무의식적으로 수용하는 여성들 사이에 모종의 경쟁심마저 생기는 것이다.

대중매체는 모종의 신화들을 지속적으로 밀고 있다. 일례로 일정한 나이가 넘어서면 괜찮은 남자들은 다 제 짝을 갖고 있기 때문에 여성들은 자신에게 어울리는 짝을 못 찾는다는 말이 그렇다. 그런 사고는 사람 사이의 만남을 음악이 뚝 그치면 의자를 선점한 사람이 이긴다는 '의자 놀이'로 만들어버린다.

쌍을 이뤄야 한다는 압력은 이처럼 많은 여성들을 짓누르고 있지만 잠시만이라도 그 틀로부터 자유로워질 필요를 느끼는 여성들 또한 없지는 않다. 현실에서 환상을 걷어내느라 많은 시간을 보냈던 이들은 자기들 귀에 속삭이는 목소리가 마음 가는 대로 따르라는 권유인지, 진정한 자신에게로 눈길을 돌리라는 것인지, 여성들이 익히 알고 있는 그 역할로 도피하라는 재촉인지 구분할 줄 안다.

이혼일기의 말미에 자스민은 이렇게 썼다. "설사 외로운 숫자라 하더라도 1은

강하고 꼿꼿하며 당당하다. 1은 견고하고 지속적이며 안정되어 있다. 지지를 구하느라 기대지 않는다. 다시 혼자가 되는 건 외로운 일이다. 그러나 불안정한 둘보다는 강건한 하나가 낫지 않을까."

9장

완벽주의자 노릇은 이제 그만

남편이랑 같이 살아야 하니까 내 방식보다는 남편을 의식하게 돼요. 만약 혼자 살았다면 난 여기저기에 책을 마구 쌓아뒀을 거예요. 나도 나름대로 정리를 하는 편이긴 하지만 완벽한 것과는 거리가 있죠. 속으로 늘 이렇게 중얼거려요. 날 사랑해줘요, 내가 어지른 것들도 사랑해줘요. 집을 깨끗이 치우는 일을 제일 중요하게 여기는 사람이었다면 그 관계는 벌써 끝장났을 걸요.

전래의 여성상에 맞추기를 그만두자 그녀는 비로소 여성이 되는 일을 즐길 수 있었다. 베티 프리단

세상에는 많은 현실들이 있다. 우리가 이것을 명심해야 하는 이유는 세상의 나머지가 사는 방식이나 모양새를 우리가 너무 의식하기 때문이다. 나탈리 골드버그

칼라는 엄마이자, 주부며, 보건 의료 분야에서 능력을 인정받고 있는 여성이다. 집안일만 놓고 봐도 그녀는 침대 정리에 있어서는 호랑이 훈련교관도 무색하게 만들 자신감이 있었다. 마룻바닥은 또 어찌나 깨끗한지 그대로 베어먹어도 될 정도였다. 그녀에게 청결은 기본이었다. 그녀는 그 기준에 맞추는 방법을 알고 있었고 실제로 여러 해 동안 그렇게 살았다. 어쩌면 그녀는 지금이라도 시간만 있으면 그 기준에 맞추기 위해 팔을 걷어붙일지도 모른다.

마루 청소를 해야 하는데 시간이 너무 늦었다. 그러면 그녀는 그날 밤을 새서라도 하고야 만다. 그리고 피곤해서 나가떨어진다. 물론 하려면 제대로 해야 한다. 마루를 닦느라 엎드릴 때 무릎을 보호해줄 무릎 감싸개와 바닥에 들러붙은 얼룩을 긁어낼 칼과 잘 빠지지 않는 때를 지울 연마제를 준비해야 한다. 마룻바닥 청소는 단순한 허드렛일이 아니라 확실히 무장하고 임해야 할 얼룩과의 한판

전쟁인 것이다. 그녀가 얼룩에 대한 정면 공격을 하나씩 감행할 때마다 그녀의 내부에서는 전진의 북소리가 울린다. 하지만 상대적으로 낯선 목소리가 한 구석에서 소리친다. "관둬라, 이 여자야!" 그러자 무릎으로 기어다니며 얼룩과 전쟁을 치르던 그녀는 벌떡 일어나 대걸레를 들고 양동이에 물을 받는다. 바닥에 엉겨붙은 얼룩도, 구석구석에 앉아 있을 게 분명한 먼지도 무시해버린다. 그녀는 마루를 후다닥 닦고 죄책감을 날려버리고 기분 좋게 이층으로 올라가서 남편 곁에 눕는다. 몇 년 전이라면 생각도 할 수 없는 상황이었다. 하지만 이제는 그렇게 흘러간 날들에 대한 아쉬움으로 가슴이 욱신거린다. 그리고 그녀는 생각한다, 어느 누구도 완벽한 사람은 없다고.

청소가 그렇게 좋을까?

한때 칼라는 엄격한 가사윤리를 가진 여성상을 광적으로 숭배했다. 하지만 이제는 그것을 극복했다. 그 과정은 이 장 말미에서 살펴보겠지만 칼라를 비롯한 많은 여성들에게 정돈된 집이란 정돈된 생활의 상징이다. 그러므로 그들은 집안정리를 목숨만큼이나 중요하게 여기는 것이다.

집안일과 정리 정돈에 대해서 많은 여성들은 카펫 아래를 들춰 보거나 더러운 먼지를 들키는 것과 연결지어 생각한다. 지난 세대로부터 귀가 닳도록 들어왔던 정돈된 생활이 의미하는 메시지가 이들에게 여전히 남아 있는 것이다.

206

혹시 구멍 난 속옷을 입고 있다가 사고라도 당하면 병원 사람들이 너를 칠칠치 못한 여자로 여길 거야.

탈의실에서 네가 브래지어 끈을 핀으로 묶어 다니는 걸 보면 얼마나 가난하다고 생각하겠니?

아이들이 거실에 담요로 텐트를 치게 놔뒀다가 혹시 옆집 사람이라도 들르면 어쩌려구. 아마 네가 집안을 엉망으로 해놓고 산다고 생각할 거야.

침대에 들어간 지 일 분 안에 벼룩에 물려 몸이 가렵다면 그건 시트를 간 지 정확히 일주일이 지났다는 뜻이죠.

그 프라이팬을 보고 누가 네가 내온 음식을 먹겠니?

네가 욕조를 잘 닦고 사는지 손님이 들여다볼 거야.

우리가 가사노동을 아무리 평등하게 분배한다고 해도 가정이라는 영역의 책임은 최종적으로 여성에게 있는 것처럼 보인다. 혹시 누가 흉이라도 본다면 그건 죄다 여자의 잘못으로 돌아오는 것이다.

항상 깨끗해야 하고 모든 것이 제자리에 놓여 있어야 한다는 생각은 고루한 지난 시대가 남긴 기준이다. 그런데 요즘은 여성들이 과연 무엇을 우선시해야 할지 그 선택마저도 불가능하게 만드는 경우가 많다. 엄마 노릇과 아내 노릇, 직장, 사교 생활, 지역 공동체 참여 그리고 가사노동 아니면 그 여섯 중에 두 가지만이라도.

기대치가 높으면 모든 것이 완벽해야 한다는 덫에 걸릴 수 있다. 사려 깊은 엄마라면 아들이 학교에서 연극을 공연하는 첫날, 아들과 약속한 대로 지도 교사에게 꽃을 보내는 일을 잊어서는 안 될 것이다. 또 자신이 쓰고 있는 거의 완벽에 가까운 소설의 마감일을 코앞에 두고 있어서 거실 청소할 시간이 없다고 해도 불시에 손님을 데리고 들이닥칠지 모를 남편의 요구대로 만반의 준비를 하고 있어야 한다.

전형적인 수퍼우먼은 반들반들한 마룻바닥과 그만큼 빛나는 직장 경력을 자랑스럽게 여긴다. 한마디로 미쳐 날뛰는 착한 여자라 부를 수 있는 이 완벽주의 여성은 자기 생활의 모든 부분에 세워놓은 이상에 부합하려고, 모든 것을 한꺼번에 긁어모으려고 기를 쓴다. 최선에 최선을 다해서. 그녀는 인생이란 시험에서 만점을 받고 싶어한다. 그러니 적당히 넘어가는 일이란 있을 수 없다. 쉬지도 않는다. 사실 그 이유조차 확실히 모른다. 그녀가 수퍼우먼이 된 것은 부분적으로는 외적인 요인 때문이기도 하지만 '만약 네가 완벽하다면 누구도 널 흉보지 않을 거야'라는 자기 내부의 목소리를 좇기 때문이다.

완벽한 여자는 노력만 하다가 자기 관점을 잃어버린다. 해야 할 일들의 목록을 끄적거리다 보면 중요한 일들이 꼬리에 꼬리를 물고 떠오른다. 친구랑 점심을 먹은 다음 바로 제라늄 화분을 손질하고, 그 다음에는 멋진 저녁을 먹은 다음에 개를 데리고 사진을 찍어주러 가야지 등등.

작가인 토니는 어느 날 자신이 살면서 얼마나 많은 역할들을 수행하고 있는지, 또 그것들을 잘해내려고 얼마나 애를 쓰고 있었는지 눈여겨보기 시작했다.

나는 애들을 돌보는 메리 포핀스처럼 되고 싶었어요. 거, 있잖아요, 한결같이 명랑한 모습으로 '설탕 한 스푼……' 같은 노래를 부르면서 모두를 편하게 하는 모습 말예요. 또 일 때문에 에이전트나 편집자들하고 만날 때에는 냉철하고 유능한 모습을 보여주고 싶었어요. 노라 에이프런(미국의 영화감독. 맥 라이언이 주연한 로맨틱 코미디를 많이 만들었다.—옮긴이) 식의 실없이 사람만 좋은 그런 모습 말고요. 하지만 독창적인 글을 쓰는 작가로서 나는 자연스러우면서도 기발한 예술가의 모습도 상상하죠. 이를테면 제니스 조플린과 조지아 오키페(미국의 화가. 사실주의에서 출발하여 신비주의적인 그림을 그렸다.—옮긴이) 그리고 버지이나 울프를 합쳐놓은 모습이랄까요? 세상 사람들이 생각하는 것처럼 만만하게 보이지는 않겠다는 거죠. 그래서 친구들한테는 테레사 수녀처럼, 부엌에서는 줄리아 차일드(미국의 작가.《미국 가정을 위한 프랑스 요리법》을 써서 큰 성공을 거두면서 그 분야의 정상을 달리고 있는 여성—옮긴이)처럼, 욕실에서는 프리티 우먼처럼 되고 싶었죠.

이 목록을 수첩 뒤에 붙여놓았더랬어요. 무언가에 휘둘리는 것 같고 왠지 허전해지는 날 보려구요. 나중에 그걸 보니 픽 웃음이 나더라구요.

오랫동안 품어왔던 불가능한 기대들의 파편을 헤치고, 비록 지하실은 엉망진 창이라도 마음은 개운한 여성으로 다시 태어난 사람들이 있다. 그들은 정리 정돈 이라는 외부의 기준이 지배하는 막연한 생각을 털어버릴 방도를 찾았으며 진정 으로 중요한 것은 좋은 관계 맺기와 의미 있는 일을 하는 것임을 어느 날 문득 깨 달은 사람들이다. 칼라를 포함한 많은 여성들이 보다 중요한 일을 찾은 경험은 그네들이 간직했던 세계에서 일종의 작은 폭발이 일어난 것과 같았다.

놀고 있는 손가락은 말썽을 일으킨다

한때 칼라에게는 대충 청소를 하는 것은 벌거벗고 길거리로 나서는 것과 다름 없다고 여기던 시절이 있었다. 완벽하게 쓸고 닦은 집은 자신의 내부 규율의 상 징이었으며 좋은 엄마, 좋은 아내임을 보증하는 증명서 같은 것이었다. 혹시 누 군가가 그녀한테 강박적이라고 말한다면 그녀는 갈색 눈동자를 반짝이면서 가지 런한 흰 이를 드러내 보이며 낭랑하게 웃으면서 대답했을 것이다. "어머, 고마워 요"라고. 그녀의 어머니는 홀몸으로 네 자매를 길렀다. 그녀의 어머니는 '놀고 있 는 손가락은 말썽을 일으킨다'는 속담을 입에 달고서 끊임없이 딸들을 닦달했다.

'깔끔이'이자 '종횡무진의 통제자'인 칼라는 건강한 아들 둘의 엄마이자 공인 간호사 자격증을 갖고 있으면서 보건 의료분야에서 잘나가는 사람이었다. 그런 데 두번째 결혼에서 남편이 전부인과의 사이에 낳은 아이들 넷을 데려오자 갑자 기 여섯 아이들을 한꺼번에 돌봐야 하는 엄청난 혼란에 직면하게 됐다. 그녀로서는 상상조차 해보지 못한 복잡한 상황이었다.

나는 일종의 사회적 신분 상승을 가져다줄 직업을 갖고 싶었어요. 또 내 체면과도 관계 있는 일이니 아이들 공부도 잘 시키고 싶었죠. 하지만 서로 부딪히기만 하는 목표들을 너무 많이 갖고 있었고 사실 그것들을 다 이룰 수도 없데요. 게다가 나는 집안 분위기를 즐겁게 만들어서 화목한 가정을 꾸미고 싶었거든요. 한마디로 의지할 만한 엄마가 되고 싶었던 거죠. 그런데 그러기는커녕 집안 꼴을 볼 때마다 길길이 날뛰면서 소리만 질러댔으니.

그녀의 기대수준에 맞추다 보면 일상은 한마디로 기진맥진일 수밖에 없었다. 그녀는 매주 욕실 벽을 닦았다. 매일 저녁, 적어도 세 가지 코스 요리는 내놓아야 직성이 풀렸다. 그러나 열네 살도 안 된 아이들 여섯을 데리고 꾸려가야 할 집안 일에서 협조가 잘 이뤄질 리가 없었다. 이 점이 그녀의 분노를 폭발시켰다. "정말이지 미치고 환장할 노릇이었죠."

칼라의 어머니도 직업을 갖고 있었지만 가정을 확실하게 장악할 줄 알았다. 칼라와 자매들은 정기적으로 집안을 청소하면서 한치의 흐트러짐 없는 정결한 분위기를 유지했다. 물론 그것은 그녀가 자란 시골에서는 당연하게 여겨지는 일이었다. 찬장이 지저분하다면 금세 거미들과 온갖 벌레들이 밀가루로 달려들기 때문이었다. 하지만 그런 현실적인 이유말고도 그녀의 집에서는 어머니가 집에 없는 낮 동안 집안을 깨끗이 해놓아야 한다는 규칙이 있었다. 칼라는 '청소는 신앙이다'라는 가치관을 한 점의 의문 없이 받아들였다. 일찍이 그녀는 매일 방을 치우는 게 훨씬 편하다는 것을 배웠다. "물건을 어디 뒀는지 몰라 허둥대는 게 싫었어요. 규칙적으로 신경만 쓰면 훨씬 깨끗하잖아요. 그게 차라리 편하더라구요."

그 규칙은 그녀가 첫번째 결혼생활을 하는 동안에는 잘 먹혀들었다. 신학교를 다니는 전남편을 따라 그녀는 조그만 지역 생활에 적응해야 했다. 그녀는 어디를 가든 집안을 깨끗하고 산뜻하게 가꿀 수 있다고 말했다. "집안일을 깔끔하게 처리하는 게 참 중요하게 보였죠." 잠시 동안 그녀와 남편은 시누이네 차고를 개량한 집에서 산 적이 있었다. "나는 거기서도 열심히 쓸고 닦아서 작은 집처럼, 조그만 둥지처럼 깨끗이 꾸미고 살았어요."

시간이 지나 칼라와 남편은 직장을 구했고 자기들만의 집도 마련했다. 책임은 늘었고 집은 더 커진 데다 아이들까지 태어나다 보니 예전처럼 모든 일을 잘 해내기가 쉽지 않았다. "정말 그렇데요." 칼라의 완벽주의 또한 결혼생활에서 갈등을 일으키는 요인이었지만 더 큰 차이점들이 불거져 나오면서 그 문제가 그리 크게 부각되지는 않았다.

처참한 이혼의 경험으로부터 그나마 얻은 위안은 이제 마룻바닥에 굴러다니는 양말짝 줍는 일도 줄어들 것이고 자신의 취향대로 집을 말끔하게 꾸밀 수 있다는 것이다. 그러던 것이 두번째 남편이 될 다니엘을 만나고서 변했다. 칼라는 여섯 아이들을 충분히 건사할 만한 능력이 있다고 자부했다. 하지만 그녀가 염두에 두지 않은 것이 있었으니 그건 바로 그녀의 기준에 맞추도록 새 가족들을 납득시키는 일이었다. 일단 흠잡을 데 없는 그 방식을 남한테 강요할 수 없다는 사실이 점점 명확해지자 그녀는 사는 의욕을 잃어가기 시작했다.

어느 날 출근 준비를 하는데 갑자기 다리 힘이 쫙 빠지더라구요. 정말이지 쓰러지겠데요. 집에 왔을 때 눈앞에 펼쳐질 광경을 생각하니 아예 집에 들어가기가 싫은 거 있죠? 싱크대에 되는 대로 쌓여 있을 접시들을 보느니 차라리 집을 나가버리고 싶었어요. 이런 식으로는 도저히 못 살겠더라구요. 그날 저녁, 남편하고 얘기를 많이 했는데, 내가 완벽주의에 얼마나 눌려 살았었는지 어렵사리 깨닫게 됐어요. 엉망진창이 되면 어떡하나 하고 늘 두려워했던 것 같아요. 내 자식들을 곳간 같은 데서 키우고 변변치 못한 음식을 먹인다면 사람들이 날 어떻게 생각하겠어요?

남편과 나는 몇 가지 약속을 했어요. 그리고 다음날 가족회의를 열었죠. 나는 몇 가지 사항을 교환해볼 참이었어요. 우선 냉동식품을 허용하기로 했죠. 그러면 애들이 굳이 접시를 쓰지 않고 언제든지 먹고 싶을 때 먹을 수 있을 테니까요. 그리고 아이들 하고 싶은 대로 방을 놔둬도 상관 않기로 했어요. 아예 방문을 열어보지 않을 작정을 했죠. 다만 애들끼리 역할을 잘 분담해서 1층을 깨끗이 치우기만 한다면요. 주중에는 자기 하고 싶은 대로 해도 되지만 주말만은 꼭 함께 지내자는 약속도 했어요. 즐겁게 살자, 이게 우선순위가 되었어요. 나로서는 눈높이를 한참은 낮춰준 거죠.

착한 여자의 완벽주의는 일찌감치 시작된다. 이른바 '범생이' 여자아이들은 어떻게 해야 선생님이 좋아하는지 안다. 살아가면서 그 시스템을 잘 파악하고 거기에 따라 행동하는 데서 보상이 돌아옴을 깨닫는 것이다.

로즈는 대학시절 내내 A학점만 받는 모범생이었다. 그런데 졸업이 가까워지면서 그녀는 자신이 진정으로 만족하는 일과 교수들 마음에 들려고 했던 일을 구별하기 시작했다.

좋은 점수를 받으려면 리포트나 과제를 어떤 식으로 작성해야 하는지 알죠. 거기엔 일종의 공식이 있으니까. 그리고 그걸 판단할 사람이 교수라는 걸 아니까요. 학점은 일종의 상이죠. 그런데 과제인 비디오 작업을 할 때였어요. 문득 내가 이 일을 정말로 즐겁게 하고 있다는 걸 깨달은 거예요. 내가 궁극적으로 원하는 것은 내 자신이 그 일로 진정 행복해지는 거라는 걸 알게 된 거죠. 거기에는 어떠한 공식도 없어요. 그래서 그 일이 내가 볼 때 좋다는 느낌이 들면 된다고 생각하기로 했어요. 그 비디오 작업에 한참을 매달렸는데요, 완전히 빠져들었어요. 내가 마음을 여니까 작업도 술술 풀리고 훨씬 재밌더라구요. 누군가의 기대에 부응하려고 하면 그보다 스트레스를 받는 일이 없어요. 그런데 자기 자신을 위해 한다고 해봐요. 물론 거기에도 스트레스는 있지만, 진짜 재미있고 흥분된 순간을 맛볼 수 있다는 게 다르죠. 마치 중독된 것처럼요.

대체로 완벽주의자는 자신을 잘 표현하지 않고 다른 이들이 정해놓은 규범에 맞추려는 경향이 강하다. 그나마 젊은 나이에 이 사실을 깨달은 로즈는 운이 좋은 경우이다. "어떤 경우엔 완벽주의도 나쁠 건 없지요. 하지만 그게 어떤 경우일지는 내가 선택하고 싶어요."

완벽주의자는 울타리 안에서만 종종거린다. 그 울타리는 우리가 얼마나 더 멀리 나갈 수 있을지 말해주는 정해진 변수와 규칙들로 벽을 두른 곳이다. 그러다가 어느 나이에 도달하면서 의문을 갖기 시작한다. 대체 그런 규칙들은 누가 만들었으며 우리는 어째서 그것을 따르려고 이다지도 애를 쓰고 있는 것일까?

"내가 자랄 때만 해도 오만가지 규칙들이 있었어요." 지니의 말이다. "일례로 식탁에서 흥얼거리면 안 된다고 했어요. 도대체 어째서 안 된다는 거죠?"

칠칠치 못한 여자들

완벽주의의 반대편에 있는 사람들을 흔히 칠칠치 못하다고들 한다. 이 사람들의 일상은 산더미처럼 쌓여 있는 빨래며 채 뜯어보지 못한 우편물들 속에서 시계마저도 "너 또 늦었잖아!"라고 끊임없이 소리치고 있는 것처럼 보인다. 온갖 상자 더미를 뚫고 이 사람들의 차고로 들어가는 일은 흡사 고고학 탐사에 비길 만하다. 그럴 때는 차라리 잊어버리는 게 마음 편할 것이다. 그냥 앉아서 책이나 보다가 나가거나, 지뢰밭 같은 마루에서 그나마 앉을 만한 곳을 찾아서 아이들하고 체커 게임이나 하고 노는 것이다.

이런 일을 받아들이는 데는 유머감각이 상당히 도움이 된다. 평상시 뒤죽박죽인 채로 살면서도 용케도 말짱한 친구들의 거의 재앙에 버금가는 무용담을 듣는 것도 나쁘지 않다. 아니면 당신네 냉장고 야채칸을 쓱 열어 보면서 이런 말을 던질 줄 아는 친구는 어떨까? "와, 냉장고에다 퇴비도 보관하다니, 정말 기발하구나, 너!"

여자들은 대개 완벽했던 어머니에 대한 기억에 사로잡혀 있는 경우가 많다. 특히 집안일이라면 전문가를 자처하는 전업주부인 경우에는 더 그렇다. 완벽주의에서 벗어나는 일은 컵을 얼마나 반들반들하게 닦아두는지로 여자들의 가치를 매기던 전 세대와는 다른 가치관이 있음을 인정할 때 가능하다.

"난 우리 엄마가 아녜요!" 일을 가진 엄마면서 자신의 집을 한 번도 반들반들하게 쓸고 닦아본 적이 없다는 론다는 이 말부터 했다. "엄마에 대한 기억은 대부분 집안을 쓸고 닦는 모습이에요. 늘 집안을 청소하는 데 시간을 보냈죠. 지나칠 만큼 깨끗하게요."

이제 많은 여성들은 깨끗이 쓸고 닦는 것보다 먼저 해야 할 일이 있음을 분명히 밝힘으로써 만족을 얻을 줄 안다. 론다는 심사숙고한 끝에 고동색 카펫을 샀다. 시골집이라 금방 쌓이는 먼지에도 크게 티가 나지 않는 색깔로 고른 것이다. 그녀는 혹시 친척이라도 들렀을 때 정리 안 된 잡동사니들을 쑤셔 넣을 후미진 곳까지 마련해두었다. "그래서 우리집은 깨끗해요." 그러면서 그녀는 웃었다. "그게 보건소에 신고할 만큼 공중보건을 해칠 만한 짓은 아니잖아요?"

론다네 집에서 매주 토요일은 대청소 날이다. 그런데 그 청소라는 것이 대단히 상대적이다. "우리 애들 방을 보면 그게 청소한 거냐고 물을지 모르겠네요. 하지만 그 기준이 어떤 것이냐에 따라 다른 것 아니겠어요? 우리 아들녀석한테 정리라는 것은 바닥에 있는 걸 죄다 책상 위로 올려놓는 일이거든요. 사람은 저마다 가능한 수준에서 받아들이지요. 내 경우는 목욕탕이 더러운 꼴은 못 봐주겠고 부엌 싱크대 정도는 깨끗이 치워요."

이런 교환이 주는 의미는 명백하다. 완벽하게 살려다 보면 정작 좋은 일을 할 시간을 뺐는 온갖 의무들 때문에 분주해질 수밖에 없다. "친구들하고 빈둥거리고 노는 게 좋아요. 주말에는 주로 식구들하고 지내구요. 내가 뭘 하면서 시간을 보내겠다고 선택한 일 중에 후회할 만한 건 거의 없어요. 다만 바라는 게 있다면 지금보다 더 느슨하게 보내고 싶어요. 아직도 좀 빡빡하게 사는 것 같다는 생각이 들어서요." 론다의 말이다.

론다를 성가시게 만드는 일 중 하나는 물건을 보관하는 것이다. 그녀의 집은 한마디로 가족사 박물관이자 점점 늘어나는 물건들의 수납창고가 돼가고 있는 지경이다. "뭘 버리긴 버려야겠는데 그게 영 어렵더라구요." 그러다 보니 버려야 할 물건들로 가득 찬 상자들과 바구니들이 벽장 안을 가득 메우고 있다. 심지어는 그녀가 당장 써야 할 물건들까지 그 안에 뒤섞여 있다. 물론 그녀가 그것들을 어디다 뒀는지만 안다면 괜찮겠지만. "도대체 찾을 수 없는 것들이 많네요. 물론 어디다 뒀는지 기억하고 있는 건 찾을 수 있지만요. 요즘은 아이들 물건은 고사하고 내 물건도 못 찾겠더라구요. 한번은 잘 숨겨둔다고 숨겨둔 크리스마스 선물을 그 이듬해 11월까지 못 찾은 거 있죠?"

기억마저 가물가물한 서류철이 난데없이 튀어나오는 경우가 적지 않다는 것을 보면 저스틴은 분명 청소를 잘하고 사는 사람은 아니다. 하지만 그녀는 자기에게 맞는 정리 기준이 있어 크게 불편하지 않다. "내 에너지 이상의 것을 투자해서 집을 깨끗이 하고 살아야 한다는 생각은 벌써 버렸어요. 하기야 남자랑 같이 살아도 그랬을까 하는 생각을 해보긴 하죠. 아마도 지금보다는 좀더 큰 압력을 받을 것 같아요."

농장에 사는 조이는 이렇게 말했다. "남편이랑 같이 살아야 하니까 내 방식보다는 남편을 의식하게 돼요. 만약 혼자 살았다면 난 여기저기에 책을 마구 쌓아뒀을 거예요. 나도 나름대로 정리를 하는 편이긴 하지만 완벽한 것과는 거리가 있죠. 속으로 늘 이렇게 중얼거려요. 날 사랑해줘요, 내가 어지른 것들도 사랑해줘요. 집을 깨끗이 치우는 일을 제일 중요하게 여기는 사람이었다면 그 관계는 벌써 끝장났을 걸요."

서로 비슷한 친구를 보는 일도 너그러움을 키우는 데 한몫 한다. 저스틴은 말 그대로 북새통 속에서 사는 친구들 몇을 가지고 있다. 그이들의 집을 방문할 때마다 저스틴은 지뢰밭 같은 그곳을 대충 헤치고 앉을 곳 정도만 만들 수 있으면 괜찮다고 한다. "내 집이 그렇게 보이는 건 싫지만 그 애들이 그렇게 해놓더라도 난 별로 상관 안 해요."

그래, 나 그런 사람이다. 왜?

문제는 여성이 스스로에게 부과하는 기대치와 현실적으로 할 수 있는 일과의 차이에서 발생한다. 당신이 '그렇게도 많이' 할 수 있다고 느끼는 거야 자유지만 때로 주위 상황은 그보다 더 많은 것을 요구하니 말이다.

누군가 불시에 들이닥쳐서 신문이 어질러져 있는 탁자나 빨래가 넘쳐흐르는 광주리를 볼지 모른다는 불안감은 참으로 유구한 역사를 가지고 있다. 나탈리한테 가장 무시무시한 손님은 바로 '완벽하게 집을 유지할 수 있을 만큼 많은 돈을 가진' 사람들이라 한다. 쉐아의 경우에는 정리 정돈에 대해 높은 기준을 가지고 있는 나이 많은 사람들이 가장 무서운 손님이다.

바바라는 집을 팔려고 내놓으면서 혹시 깐깐하고 피곤한 구매자가 찾아오지 않을까 하는 염려를 짊어지고 살았다. 그녀의 집이 팔리기까지 2년이나 걸렸다니 얼마나 가슴을 졸였겠는가. 집을 사려는 사람이 그녀의 집에 찾아와 옷장은 물론이고 지하실 구석구석까지 살펴볼지 모를 상황에 대한 대비를 2년 내내 하고 살았던 것이다. "난 본디 정리 정돈엔 젬병인 사람이거든요. 그런데 어느 날 갑자기 그렇게 살면 안 되게 되었던 거예요. 부동산업자가 언제 들이닥칠지 모르는데 치워두지 않고 있을 재간이 있겠어요? 그때까진 내 집인데도 제대로 신경 써서 본 적이 없었거든요. 소파에 얌전히 올려져 있는 쿠션들을 보니 완전히 딴판으로 보이는 거 있죠?"

시골에 있는 집으로 이사한 뒤 바바라는 아예 자기만의 기준을 세웠다. "우리 집은 시내에서 차로 45분 떨어진 곳에 있었어요. 그래서 나는 우리집을 찾아오는 사람들한테 중간에 교차로가 나오면 전화를 하라고 했죠. 그러면 그 전화를 받고 나서 15분 안에 집을 웬만큼 치워놓을 수 있거든요."

요즘 바바라는 다시 시내에서 사는데 그녀는 여전히 15분 안에 손님을 맞기에 부족함 없는 상태로 청소하는 법을 터득했다고 한다.

재밌는 일은 완벽주의자치고 완벽함을 내세우는 사람이 없다는 것이다. 그런 태도는 너무 건방지다고 생각하기 때문이다. 완벽주의자 여성은 모든 일에 녹초가 되도록 자신을 밀어붙이면서도 대단히 겸손한 모습을 보여줘야 하는 것이다. "보고서 정말 잘 썼던데요. 일주일 내내 고생했겠어요." 동료가 이런 얘기를 한다. 그러면 우리의 '미스 완벽'께서는 "어머, 무슨 말씀을, 그렇게 봐주시니 그렇지요"라는 말로 그 상황에서 재빨리 빠져나온다. 정말로 상을 받아 마땅한 일일 경우에도 자신을 은근히 낮추면서 칭찬의 무게를 약화시킨다. "나 때문에 우리 식구들은 일주일 내내 냉동식품으로 연명해야 했어요! 빨래통에 넘쳐나는 빨래를 보셔야 했는데!"

착한 여자는 어렸을 때부터 겸손함이 최고의 미덕이라는 것을 배우고 자란다. 자만심이야말로 병 중의 병으로 취급된다. 하지만 자신이 해낸 어려운 일을 폄하하기를 자주 하다 보면 남들 역시 그녀가 해낸 일이 별 거 아니라는 생각을 하기에 이른다. 이런 겸손병에 특효인 약이 있다. 우선 눈 딱 감고 '고맙습니다'라는 말부터 하는 것이다. 물론 착한 여자들한테는 결코 쉬운 대답이 아니겠지만. 칭찬을 받아들이는 데도 연습이 필요하다.

마르타는 그 점을 중년이 넘어서야 배웠다. "그림을 다 그리고 난 뒤 손주한테 이런 말을 한 적이 있었다우. '내가 그린 그림이지만 암만 봐도 너무 잘 그렸어' 그러자 손주 녀석이 뭐라는 줄 알아요? '할머니, 너무 심하다.' 그래서 내 그랬죠. '그래, 나 그런 사람이다. 왜?' 그 애도 내 말이 참 재밌다고 여기는 것 같았다우."

겸손은 온유하고 조심스러운 품성으로 여겨지면서 여러 세대를 거치면서 훈련되어 왔다. 그러다 보니 우리 세대에서는 별 생각 없이 무조건 '죄송합니다'라는 말을 자연스럽게 할 수 있는 지경에까지 이르렀다. 토니는 자신이 하루에 몇 번이나 사과를 하는지 세어보았다. 하지만 여섯 번을 세다가—그것도 오전에만—그만뒀다고 한다. "미안한 일 투성이더라니까요. 그런 태도가 어디서 온 걸까요? 골다 메이어(이스라엘 최초의 여자 수상—옮긴이)가 이런 말을 한 적이 있죠. '그렇게 겸손해 하지 마라. 당신이 그럴 만큼 대단한 사람이 아니라면.' 내가 스스로를 낮추면 낮출수록 사람들이 더 좋아할 거라는 생각이 언제부터 생긴 것일까요?"

그런 의미에서 여행 기획자인 조디는 자신의 겸손함을 부추기는 것이 무엇인지 찾아냈고 다 털어버린 사람이다. "그럴 수 있을 때까지 몇 년은 걸린 것 같아요. 하지만 결국은 햇볕 아래 당당히 나 자신을 드러낼 수 있게 되었어요. 나한테 좋은 일이 일어난다면 그 일로 마음이 언짢은 사람이 있지 않을까 하는 생각을 늘 품고 살았던 것 같아요. 하지만 이제 사업도 잘 풀려가고 성공한 셈이죠. 좀 넘치게 갖는다고 해도 나쁠 건 없다고 봐요. 난 앨리스 워커가 쓴 《컬러 퍼플》에 나오는 한 구절을 늘 새기며 살아요. '꽃들은 자기가 보라색인 걸 갖고 사과하지는 않는다.'"

날 따라해 봐 '되는 대로'라고

우리는 '되는 대로'라는 말이 안 좋은 의미로 쓰인다고 배웠다. 특히 성취지향적인 사람이라면 결코 닮고 싶지 않은 0순위—틀에 박힌, 평범한, 창의적이지 못한—로 꼽기에 충분하다. 하지만 모든 일을 지나치게 세세히 따져야 직성이 풀리고 심지어는 얼토당토않은 기대의 노예가 되고 마는 완벽주의자들한테는 한번쯤 고려해볼 만한 단어가 아닐까 싶다.

항상 완벽하지 않으면 어떤가. 마지막 전화는 잊어버리고 조금 일찍 퇴근할 수도 있다. 또 저녁식사에 초대한 손님에게 사온 음식을 대접하면 좀 어떤가. 촛불을 켜거나 벽난로를 때고 조명을 조금 어둡게 한다면 청소하느라 수선을 피우지 않아도 될 일이다.

'미스 완벽'과는 딴판인 여동생 '미스 대충'의 얘기를 귀담아듣자. 더러는 '뭐, 괜찮겠지'가 좋은 대답일 거란다. 오랜 세월에 걸쳐 쌓아 올린 기대들을 느슨하게 풀어주고 크게 숨을 쉬어보라는 것이다.

우리 어머니들은 이른바 '헬로이즈의 가르침'(가사의 전분야에 걸쳐 질문과 대답으로 정보를 주었던 신문 칼럼. 1959년부터 헬로이즈라는 여성이 시작해 지금은 그 딸이 이어가면서 이 분야에서 독보적인 위치를 점하고 있으며 책으로도 출판되었다.—옮긴이)에 따라 가정을 꾸려나가는 일을 배웠다. 그런데 오늘날에도 우리 중 많은 수가 '이제 봤으면 됐어'라는 식의 겉치레 기술과 빗자루 쓰는 훈련에 열중하고 있다.

"당장 치워야지 하면서 부엌 싱크대에다 일거리들을 쌓아두게 돼요. 당장 치우기는커녕 어느 순간에 보면 엄청나게 불어나 있죠." 조이의 말이다. "그런데 친구 하나가 아주 그럴듯한 요령을 알려주데요. 혹시 누가 오면 키친타월을 그 위에 덮어두라는 거예요."

건축가인 린은 서류를 쌓아 올려두는 걸 좋아한다. 누가 들어와서 보면 정신없다고 할지 모르겠지만 그녀는 필요한 도면이 정확히 어디 있는지 안다고 한다. 문제는 그걸 찾아내는 데 얼마나 시간이 걸리는가 일테지만. "납득할 만한 시간 안에 찾아내려면 과연 어느 정도까지 쌓아놓아야 하는지 그 한계는 알아야 해요. 하지만 그 납득할 만한 시간이라는 게 유동적인 것 아니겠어요? 10분 안에 찾아 내야 할 때도 있을 거고 그 이상일 때도 있을 거고. 그래서 지금 당장 필요한 것들은 되도록 바깥쪽에 쌓아두려고 해요."

토니는 책상 위에서 쌓아놓기와 정리하기라는 두 마리 토끼를 잡는 법을 찾아 냈다. '급히 처리할 것들' 일체를 마분지 상자에다 넣어두는 것이다. 그리고 답을 보내지 않으면 채무자를 감옥에 보낼 수도 있을 우편물이나 친구와 관련된 일, 사업상 계약서에 빠뜨린 사항 등 긴히 처리해야 할 일들을 먼저 검토한다. 그리고 나서 나머지는 다른 상자에 넣고 날짜를 기록해둔다. 그렇게 하다 보면 정해진 시간 안에 해야 할 일들이 무언지 알 수 있고 예전 것을 다시 뒤질 일이 없다는 것이다.

요즈음에야 완벽한 가사 전문가가 될 만한 능력이나 시간 또는 그럴 생각을 갖는 여성이 거의 없다고 봐야겠지만 그럼에도 가사노동에서 뿌듯함과 기쁨, 편안함, 때로는 감당해내기 어려운 일들로부터 머리를 식혀주는 위안을 발견하고 싶어하는 여자들이 적지 않다.

나탈리는 어쩌다가 한바탕 대청소로 온 집안을 뒤집어놓음으로써 답답한 집안 사정으로부터 잠시나마 숨을 돌린다고 한다. "가끔 한바탕 청소를 하는 게 전혀 어떻게 해볼 도리가 없던 일을 조금이나마 해보게끔 하네요. 우리 엄마는 얼마 못 사실 것 같고 아버지 역시 병을 앓고 계세요. 남편이랑 휴가를 내서 해변으로 가면 우린 바닷가 오두막을 깨끗이 치운답니다. 아픈 부모를 위해 실제로 내가 해줄 수 있는 일이 거의 없는데 그 분들의 오두막 마룻바닥은 깨끗이 닦아드릴 수 있거든요. 대단한 일을 할 수는 없지만 조그만 일이라도 했다는 생각에 위안이 되더라구요."

대부분의 여성들은 가사노동에서 위안 같은 것을 찾으려 한다. 토니는 자기가 다리미질을 얼마나 좋아하는지 얘기를 하면 친구들도 대부분 수긍한다고 한다. "주름을 쫙 펴다 보면 일종의 희열 같은 게 느껴지지 않나요? 엄마한테 배운 것처럼 칼라의 날을 빳빳하게 세우는 것부터 시작해서 점점 안쪽으로 다려가죠. 다리미에 물을 채우고 슉 하고 김이 나오는 순간이 얼마나 좋은지 몰라요. 그 순간 자, 이제부터 열심히 해야지라고 마음을 다져먹게 된다니까요. 깨끗하게 잘 다려진 옷을 입을 때마다 나 자신마저 새로워진 기분을 느끼죠."

"난 빗질을 좋아해요." 바바라의 얘기다. "우리집은 강화마루가 깔려 있는데 비로 마루를 쓰는 게 은근히 재미있더라구요. 사실 난 청소에 목숨을 걸 정도는 아니지만 빗질은 좋아해요."

준도 깨끗이 세탁한 옷에서 나는 냄새를 좋아한다고 한다. 그녀는 주름을 펴고 세탁물 상자가 깨끗이 비워지는 일에서 기쁨을 느낀다고 한다. 그걸 고치라고 할 수는 없는 노릇이다.

은밀한 비밀을 갖자

여성들이 서로에게 더 정직해지다 보면 나름대로 어려워하는 부분을 서로 도울 수 있는 길이 찾아지기도 한다. 우리가 스스로의 부족한 점은 물론이고 자기가 잘하는 일을 인정하면서 허드렛일을 나누는 데 재미를 붙이다 보면 우정에 바탕을 둔 협조를 이룰 수 있는 것이다.

토니의 경우, 할아버지 때부터 내려온 물건들은 물론이고 이미 저세상으로 간 가족들의 추억이 담긴 물건들을 어떻게 정리해야 될지 전전긍긍하던 중에 새로운 관계를 맺기 시작했다. 어느 날 그녀는 친구 마리에게 도움을 청했다. "어떻게 하면 제대로 버릴 수 있는지 좀 가르쳐줄래?" 보관할 것은 보관하고 버릴 것은 잘 버리는 친구를 뒀다는 것이 참 도움이 됐다.

마리는 팔을 걷어붙이고 집안을 돌아다니며 정리 정돈하는 데는 선수였다. 토니로서는 어디서부터 시작해야 할지 몰라 손을 놓고 마는 일이었다. 그런데 마리는 남편의 셔츠 다리는 일을 별로 좋아하지 않았다. 또 토니는 다리미질을 좋아했는데 그녀의 남편은 자기 옷은 무슨 일이 있어도 손수 다려 입는 사람이었다. 그러던 어느 날, 두 사람은 일을 바꿔서 해보면 어떻겠냐는 데 생각이 미쳤다. 마리는 세탁물을 가져왔고 토니는 신이 나서 그것들을 완벽하게 다려놓았다. 그동안 마리는 토니의 부엌에 되는 대로 쌓여 있던 온갖 잡동사니와 접시들, 프라이팬 따위를 말끔히 정리해놓았음은 물론이다. 그리고 나서 두 사람은 음악을 들으며 재미있게 수다를 떨었다.

"그건 우리 둘만이 갖고 있는 작고도 은밀한 비밀이죠." 토니가 말했다. "자기 마누라들이 서로 찬장 속을 들여다보면서 산다는 걸 알면 남편들은 아마 까무라칠 걸요? 철딱서니 없는 여편네들이라고 생각할 사람들도 있을 거고. 하지만 우린 계속 그럴 거예요. 아예 영역을 넓힐까도 생각중인 걸요? 나중엔 음식도 한꺼번에 두 배씩 해서 서로 나누려고 해요. 이건 서로의 능력을 전적으로 믿어야 가능한 일이죠."

10장

죽을 때 가져갈 것도 아닌데

어느 날 마사지를 받고 나서 샤워를 하는데 내 안에 꾹꾹 눌러 담아놓았던 모든 것이 일시에 터져 나와버리더라구요. 그날 샤워를 마치고 거울을 바라보며 그 손에 서 있는 여자한테 말했죠. '넌 더 이상 이 일을 하고 싶지 않은 거구나.' 그러자 이내 마음이 편해지더군요. 남편한테 그 얘길 했더니, 이제야 자기 짝을 돌려받은 것 같다고 하더군요. 늘 일에 치어 있다 보니 아내 노릇도 제대로 못했던 거죠.

나는 진짜만을 원한다. 하늘에 구멍을 뚫어주는 음악 같은. 조지아 오키페

좀더 자유로워지기 위해서는 단단히 뿌리박아야 한다. 벨라 레비츠스키

캐롤라인은 저 멀리 뻗어 있는 태평양에 눈길을 주면서 동시에 자기 앞에 펼쳐질 또 다른 인생을 생각한다. 그녀는 자기를 기다리고 있는 것이 어떤 것일지는 알 수 없었다. 다만 자기가 뒤에 두고 온 것이 무엇인지는 알았다. 좋은 직업, 커다란 집 그리고 한때 그토록 애지중지하던 모든 것들을. 그녀는 자신의 심리상담소 고객들로부터 삶의 고비고비마다 혼자서 조용히 치를 수 있는 의식의 중요성을 들었다. 그녀는 혼자였다. 그녀는 새롭게 선택한 간소한 생활을 펼치게 될 땅에 앉아 있었다. 그녀는 비를 피할 작은 오두막 한 곳을 구했다. 그녀는 혼자 있었다. 남편은 그들 부부의 삶에 생긴 극적인 변화를 곰곰이 생각해보도록 그녀를 놔두고 도시로 돌아갔다. "정말이지 눈 깜짝할 사이였어요." 그녀가 말했다. "먹구름을 뚫고 달이 나타났어요. 나는 밖으로 나가서 촛불 세 개에 불을 붙였죠. 그리고 곧장 앞을 응시했어요. 예전의 내 모습을 버리기로 했지요. 내가 갖고 있던 것, 내가 되고 싶었던 모습을."

성공한 여자는 죽을 때 옷을 많이 남긴다

모든 것을 갖고 싶다는 이상이 문화적인 규범으로 자리잡은 지는 오래되었다. 자동차 범퍼에 붙이고 다니는 스티커에 '죽을 때 옷을 많이 남긴 여자는 성공한 인생을 산 것이다' 하는 말이 써 있을 정도다. 그러므로 어느 날 문득 고개를 들고 이제 더는 바라지 않겠노라고, 자신이 갖고 있는 게 더 이상 필요치 않다고 — 큰 집일 수도 있겠고 캐롤라인처럼 좋은 직업일 수도 있겠지만—다짐한 여성은 자기 자신에게는 물론 '더 많이' 갖는 것을 보상받은 삶의 척도로 여기는 세상에 그 이유를 설명해야 하는 상황에 빠진다.

이 일은 다른 누군가의 가치 체계에 맞춰 모든 것을 잘해보겠다던 착한 여자의 본능에는 상당히 심각한 도전일 것이다. 또한 사회가 중요하다고 누누이 강조해 온 것이자 그녀 자신에게도 가장 소중한 덕목으로 여기도록 강요된 그러한 덫을 거부하는 일인 것이다. 언론매체 같은 데서도 얘기하듯 어떻게 보여야 한다는 것은 모름지기 성공한 삶이란 어떻게 보여야 하는지를 말해주는 것이 아니던가.

혼자만의 촛불 의식을 치루던 그날로부터 2년 전, 캐롤라인은 덴버시의 중심가를 달리고 있었다. 시속 10마일로 빙판 위를 달리던 그녀의 차를 트럭이 받았고 그녀의 차는 그대로 길옆으로 나동그라졌다. "그땐 영낙없이 죽는 줄 알았어요. 등하고 목 그리고 머리를 다쳤죠. 매일 치료를 받아야 했는데 정말 비참하데요." 그녀가 완쾌하기까지는 9개월이 걸렸다. 그러는 동안 과연 내가 이렇게 살고 싶었는지를 곰곰이 생각해볼 기회가 많았다고 한다.

사고를 당하던 무렵 캐롤라인은 특히 성폭력을 당한 사람들을 대상으로 하는 정신치료요법 전문가였다. 보수도 높았고 사회적으로 존경을 받을 만큼 좋은 직업이었다. 전문가로서 종종 법정에서 증언을 해 달라는 요청을 받기도 했다. 하지만 좋은 직업인 만큼 대단히 피곤한 일이기도 했다. "그 6년 동안 대부분 어린이 성폭력 문제에 집중하고 있었어요. 정말 고통스럽고도 힘든 일이었죠."

그녀는 동업자와 함께 십 년 동안 사무실을 꾸려가고 있었다. 그녀는 법정에서 증언하는 대가로 시간당 2백 달러를 받았다. 그녀의 남편 역시 항공기 조종사였으므로 그녀만큼 넉넉한 보수를 받았다. 그들 부부는 교외의 넓은 집에서 살았고 발리나 호주 같은 곳에서 휴가를 보냈으며 저녁도 주로 최고급 식당에서 먹었다. "이곳에 와서 겪은 가장 큰 변화 중 하나가 요리하는 법을 다시 배우는 거예요."

이제 부부는 한때 선창이 있었던 바닷가 작은 마을에서 산다. 남편은 여전히 비행기를 조종하지만 그녀로 말할 것 같으면 규모를 줄인 살림을 꾸려나가느라 애쓰고 있는 중이다. 꿈에도 생각하지 못한 부기 일을 하면서 언젠가는 자신의 소설이 출판될 날을 꿈꾸며 소설을 쓰고 있다.

유명 디자이너의 옷보다 이제는 진바지와 면 셔츠가 더 편하다는 캐롤라인은 스스로 삶의 규모를 줄인 경우이다. 직장을 잃거나 봉급이 줄어서 피치 못하게 선택한 경우와는 다른 것이다. 마음을 비우고 보면 지난날 분홍빛 속옷을 사들일 때보다 단순한 생활이 얼마나 편한지 느낄 것이다. 그러나 현재의 생활 방식을 뿌리째 뒤집고 간소화하는 일은 사실 '많이많이 사들이기'라는 미국식 스타일에 어긋나는 일임은 분명하다.

어떤 이들에게 이런 변화는 단출하게 산다는 것 이상의 의미를 갖는다. 규모 줄이기는 우리가 진정 원하는 게 무엇인지 바라볼 수 있는 기회를 준다. 단지 사치품을 끊는 것이 아니라 더 이상 공감을 불러일으키지 않는 일을 잘 선별하게 해주는 것이다. 모든 것을 갖는다는 것은 '의무들'의 목록에 또 다른 것을 보태는 일일 터이다. 남들한테 밀려 거대한 아수라장에서 헤매다가 결국은 자신이 진정 필요로 하는 것을 알아내고 싶다는 바람이 이러한 변화를 가능하게 해준다.

물질이 더는 삶을 행복하게 해주지 않는다는 것을 깨달은 여성들은 오랫동안 품어 왔던 것들을 과감히 버리고 거기에 묻어 있는 추억에 감사하며 가뿐한 걸음으로 제 갈 길을 간다.

출판업자인 마티는 교외에 있던 집을 내놓았다. 그녀가 기획단계에서부터 참여한 공동주거단지에 입주하기 위해서였다. 이른바 '의도적인 공동체'로 불리는 이런 형태의 주거 양식은 현재 전국적으로 유행하고 있다. 이들은 융자금은 물론이고 땅도 공평하게 나누면서 대부분은 아주 작게 구획된 공간에서 생활한다. "이건 진짜 공동생활체지 뜻이 맞는 사람들끼리 모여 사는 단순한 동호인 마을이 아니랍니다." 이 말은 커다란 차고와 넓은 정원, 수납 공간을 포기하고 두 세대가 함께 사는 집으로 이사한다는 뜻이다. 공동 생활에서는 토종 식물만 키울 수 있다. 마티가 예전에 키우던 수선화 같은 건 키울 수 없다는 얘기다. 마티가 공동체 생활을 하는 데는 개인적인 이유가 있다. "좁은 공간에서 옹기종기 모여 살다 보니 흡사 어항 속 같다는 느낌을 가질 때가 있어요. 그러다 보면 개개인의 나쁜 습관들도 숨기기가 어렵죠." 하지만 그 속에서 그녀는 더 많은 것을 얻는다고 한다. "의도적인 공동 생활에서는 구성원들이 아주 가깝게 지낼 수 있고 각자 갖고 있는 재주라든가 기술을 나눌 수가 있어요. 나는 새로 집을 디자인하는 일을 하고 있는데 이곳 공동체에서도 디자인하는 것을 돕고 있어요."

마티는 결혼을 하지 않았고 아이도 없다. 오십줄에 들어서서 문득 돌아보니 혼자 사는 일이 피곤해졌다고 한다. 공동 주거를 통해 그녀는 많은 가족을 새로 얻었으며 다른 사람들의 아이들을 기르는 일에 참여하게 됐다. 공동 생활은 자녀 양육을 분담한다는 의미에서 어른들에게만 보탬이 되는 것이 아니다. 이는 궁극적으로 베품을 나누는 것이다. "꼭 지난 시절의 동네 모습 같아요. 어른은 물론 그 아이들까지 다 알고 지냈고 그 애들을 내 자식처럼 돌보던 그런 시절 있잖아요?"

새 집의 거실에서는 그녀만의 취미를 즐길 만한 공간이 부족하지만 대신 그녀는 더 넓은 공동 공간을 가질 수 있을 것이었다. 마티는 그 일을 생각하면 가슴이 설렌다고 한다. "비오는 저녁에 퇴근을 하고 집에 와서 저녁을 먹어요. 그리고 나서 같이 사는 사람들을 기웃거려보는 거예요. 누군가 벽난로를 지피겠죠. 그리고 와인을 홀짝거리면서 누군가 연주하는 피아노 소리를 듣는 거예요." 그녀는 잠시 말을 멈추더니 빙그레 미소 지었다. "물론 그건 내 피아노겠지만요." 마티가 새로 짓는 집은 아이를 키울 만한 공간이 없다. 그래서 그녀는 다른 사람들의 아이들을 돌봐주는 데 참여한 것이다.

"일주일에 한 번은 파출부를 불렀어요. 아주 편하게 살았죠. 우리 정도면 중상 류층이라고 부를 수 있었을 거예요." 캐롤라인의 얘기다. "구두는 한 오십 켤레 쯤 가지고 있었나 봐요." 친목 파티와 온갖 공연들과 발레, 음악회로 점철된 생 활이었다. "물론 그 많은 일들이 사업에 도움은 됐죠. 나는 사람들하고 관계 맺 는 데는 소질이 있었어요. 심지어 결혼을 할 때도 향후 좋은 관계를 맺을 수 있을 거라는 계산에서 고른 사람들을 초대했을 정도니까요."

그런 생활은 그녀가 상상했던 성공한 인생과 들어맞는 것이었다. 적어도 일부 는. "어렸을 때 나는 결혼을 하면 아이들을 많이 낳겠다고 생각했죠. 또 돈도 많 이 벌 거라구요. 나는 디트로이트에서 태어났는데 우리집은 아주 가난했어요. 교 육만이 가난에서 벗어나게 하는 길이라는 생각에 우리 남매들은 죽기 살기로 공 부를 했죠. 우린 8남매인데 모두가 대학 졸업 이상의 학력을 갖고 있으니까요."

그녀는 사회복지 분야에 일자리를 얻었다. 물리적 에너지만큼이나 마음을 바 쳐 일을 할 수 있는 곳이었다. 그리고 다시 대학에서 수학과 컴퓨터 분야를 공부 하던 중 뜻하지 않은 사고가 그녀의 진로를 완전히 틀어버렸다. "강간을 당했어 요. 그 일을 겪고 나니 사회복지사업에 몰입하기가 더 쉬워지더라구요. 이 세상 이 얼마나 옳지 못한 일 투성이인지 알게 되었거든요." 그녀는 사회사업학으로 석사를 딴 뒤 결혼을 했다. 그리고 첫 직장으로 덴버시에서 운영하는 매맞는 여 자들을 위한 보호소의 기획담당 자리를 얻었다.

캐롤라인이 선택한 일은 남들이 '어떻게 그런 일을 하는지 모르겠어'라고 얘기 할 만큼 어려운 분야였다. 여성과 어린이에 대한 폭력이 그녀의 주된 관심사였다. 우선 그녀는 여성들을 대상으로 자기를 지키는 법을 알려주는 강좌를 열었고 얼마 지나지 않아 보호소의 소장으로 승진했다. 이윽고 그녀는 다른 상담치료사 한 명과 함께 상담소를 열었다. 그들의 상담소는 그곳을 찾는 고객은 물론이고 법률기관으로부터도 좋은 평을 들었다. 그러자 그녀는 갑자기 바빠졌다. 일주일에 80시간 일하는 게 예사였고 든을 많이 버는 대신 막대한 양의 감정 비용을 치렀다. 그녀는 아이를 낳지 않았지만 다른 사람들의 아이들을 치료하기 위해 혼신의 힘을 쏟아부었다. "그들 중 많은 애들이 말 그대로 구사일생으로 살아 남은 경우였어요. 정말 믿기지 않은 일들을 겪었던 아이들이죠." 아이들이 회복하는 데 큰 도움을 주었지만 알고 보면 그 일은 엄청난 스트레스를 수반했다. "내가 사는 세계는 온통 고통과 폭력이 난무하는 곳이었죠. 어느 날 마사지를 받고 나서 샤워를 하는데 내 안에 꾹꾹 눌러 담아 놓았던 모든 것이 일시에 터져 나와버리더라구요. 그날 샤워를 마치고 거울을 바라보며 그 속에 서 있는 여자한테 말했죠. '넌 더 이상 이 일을 하고 싶지 않은 거구나.' 그러자 이내 마음이 편해지더군요. 남편한테 그 얘길 했더니, 이제야 자기 짝을 돌려받은 것 같다고 하더군요. 늘 일에 치어 있다 보니 아내 노릇도 제대로 못했던 거죠."

착한 여자들은 남을 실망시키기 싫어하는 게 보통인데 캐롤라인은 그 정도가 더 심했던 것이었다. 그녀는 자기만 믿고 있을 여성들과 아이들에 대한 걱정을 쉽게 떨칠 수가 없었다. "그냥 문을 나서면서 잘들 있어요라고 어떻게 말하겠어요? 나한테 분노마저 느낄 사람들이 있을 거라는 걸 알고 있었어요. 가정폭력반대 운동에서 나는 어머니 같은 존재였으니까요."

그녀는 강간법을 개정하는 데 큰 몫을 했으며 피해자들의 권익을 주장하는 운동을 이끌었다. 그녀 덕분에 수많은 사람들이 새 삶을 찾을 수 있었다. 그런데 정작 그녀 자신은 그런 모든 일에 짓눌려서 헉헉거렸던 것이다. 결국 그녀는 자신이 자유롭지 못하면 누구한테도 잘 베풀지 못하리라는 걸 깨닫고 그해를 끝으로 그 일에서 손을 떼겠다고 통보했다. "사실 앞으로 무슨 일을 해야 할지 딱히 확신이 서 있지도 않았어요. 내가 꽃가게를 차리려고 사표를 쓴다는 소문까지 돌 정도였죠. 내 귀에까지 그 얘기가 들어왔는데 듣고 보니 그것도 나쁘진 않겠다 싶더라구요." 사회복지과에서는 그녀를 위해 큰 송별회를 열어줬다. "경찰 헬기까지 떠서 우리 파티장에 조명을 비춰주었을 정도였어요."

그녀는 대중의 지지와 경제적 성공까지 보장받는 성취된 삶을 버렸다. 나중에는 사람들도 그녀의 결정을 이해하고 격려해주었지만 그녀는 그때까지도 무엇을 해야 할지 확신을 가질 수 없었다. "어디로 가야 할지, 무슨 수로 생활을 꾸려나가야 할지 못내 두려웠어요. 하지만 결코 마음을 바꾸진 않았죠. 그 결심이 대단하긴 했는지, 글쎄 나한테 자극받은 사람들까지 생겨날 정도였으니까요. 그날 송별회에서 나처럼 진이 빠진 여성 한 명이 다가오더니 내가 자기한테 과감히 떠날 용기를 주었다더군요."

그래, 이제 무엇이 되고 싶은데?

"늘 무언가 끄적거리는 일을 좋아했어요. 그래, 그걸 하자라는 생각이 퍼뜩 들더군요. 보고서를 작성할 때마다 하나같이 명쾌하고 좋았다고 칭찬을 들은 기억이 있었거든요." 그래서 캐롤라인은 그 지역 여행잡지에 기고를 하기 시작했다. 하지만 그 일은 보수가 변변치 않아서 더 많은 시간을 다른 일에 매달려야 했다. 이제 그녀는 그 지방의 소규모 사업체에서 부기 업무를 보고 있는데 그 역시 큰 돈벌이는 되지 않는다고 한다.

돌아보니 캐롤라인의 주위에는 그녀처럼 자발적으로 삶의 규모를 줄인 사람들이 생각보다 많았다. 그들도 한때는 자신의 가능성을 키울 수 있는 기회를 가졌던 사람들이었다. 그녀처럼 그들은 주로 도시에서 옮겨왔으며 그 중에는 한때 엄청난 고소득을 올렸지만 이제는 조그만 바닷가 마을에 살면서 예전 같으면 생각지도 못했을 일을 하면서 생계를 꾸려가고 있는 사람들도 있었다.

스스로를 '가난뱅이 작가'라고 부르는 캐롤라인은 아직도 자신이 택한 길에 놀랄 때가 많다고 한다. 경제적으로나 사회적으로 안정된 직업을 포기하고 자신이 준비하고 있었던 것과는 판이하게 다른 영역으로 뛰어들었다는 것이 자기의 기질로 봐도 도무지 어울리지 않는 것 같다는 것이다. 착한 여자들은 남이 밀어붙인다면 모를까 절대로 예기치 않은 방향으로는 나서지 않는 법이니까.

늘 덴버나 그만한 대도시에서 살 것 같았죠. 하는 일도 잘 풀렸고 돈도 많이 벌었으니까요. 그 일을 내내 할 줄 알았어요. 지금 생각해보니 남편이 한 번인가 이렇게 물은 것 같기도 하네요. 이런 일을 얼마나 더 오래 할 거냐고. 난 백 살까지라고 대답했죠. 그런데 샌프란시스코에 사는 동생네 집에 가다가 맨도시노 해안을 달린 적이 있었어요. 그때 우리 둘 다 시골로 내려가는 일을 생각했었나 봐요. 그래서 우리는 바다가 내려다보이는 이곳을 찾아냈지요. 참 좋은 냄새가 맴도는 곳이에요. 여기선 마음이 편해요.

캐롤라인은 육지에 자신의 존재를 알리고, 한 시절의 끝맺음과 더불어 새로운 시작을 알리는 의식을 치르고 싶었다. 그녀는 세 개의 초에 불을 붙였다. 검은색 초에는 벗어남을, 흰색 초에는 치유를 그리고 붉은색 초에는 새로 태어남의 의미를 부여했다. 자기만의 의식을 치른 후 그녀는 덴버로 돌아가서 집을 팔려고 내놓았다. 당시 덴버의 부동산 가격은 마구 떨어지고 있었던 터라 그녀는 가격이 회복되는 일 년 후에나 집이 팔리기를 바랐다. 또 그 시간은 그녀가 선택한 변화를 받아들이기에 충분한 시간 같았다. "시간을 벌고 싶었어요. 그런데 2주 후에 집을 사겠다는 사람이 덜컥 나타난 거예요. 그러자 남편과 나는 두려움에 확 사로잡혔어요. 자, 이제 어쩐다?" 그들은 캘리포니아로 이주했다. 전혀 낯선 동네에서 집을 빌리는 일이 좀 꺼림칙했지만 그들은 사흘만에 집 한 채를 빌렸고 새 집이 다 지어질 때까지 그곳에 머물기로 했다.

새로운 곳에서 시작하는 작은 살림은 같은 직종에 있던 사람들만 만나던 시절에 비해 다양한 교류의 기회를 준다. 일을 가진 많은 여성들은 주로 일터에서 사람들을 만난다. 덴버에 있을 때 캐롤라인의 친구들도 대개는 비슷한 일을 하던 여성들이었다. "우리는 대부분 높은 보수를 받는 사람들이었죠. 같은 직장인이라는 점에서 우리는 동질감을 느꼈어요. 매달 말이면 콘도를 빌리고 산을 오르는 일이 참 신났지요."

낯선 동네로 이사온 캐롤라인은 새로운 친구를 사귈 기대에 부풀었다. "무슨 일이 있어도 친구 한 명쯤은 사귀어두자고 다짐했죠. 내 속내를 다 털어놓을 수도 있고 또 가끔은 티격태격하더라도 이내 풀어질 수 있는 그런 사람 말예요." 그녀는 춤 교습을 받았는데 지금 그녀의 가장 좋은 친구는 바로 그녀에게 춤을 가르친 선생이다. 언뜻 보면 어울리지 않을 성싶은데 그녀의 새로운 삶 속에서는 별문제가 없다고 한다. "사실 데보라하고 나는 많이 다른 편인데도 단단히 맺어져 있어요. 그이는 로스앤젤레스에서 살다 왔는데요, 대단히 정열적인 성격이죠."

이제 캐롤라인은 예전의 캐롤라인이 아니다. 새로 얻은 우정과 새 보금자리는 캐롤라인으로 하여금 보다 새로운 방법으로 자신을 표현하게 해준다. 물론 그녀의 글쓰기도 그렇다. "덴버에 살 때는 공연 보러 다니기를 좋아했고 어딜 나가더라도 잘 차려입어야 했죠. 이곳에 와서 보니까 내 옷장에 요란한 옷이 생각보다 많이 남아 있더라구요." 그래서 그녀는 〈드래그 퀸으로서〉라는 퍼포먼스를 시작했다.

"어쩌면 황당하게 보일지 모르겠네요. 덴버에서는 무엇을 하건 어디를 가건 내자신에 세심한 주의를 기울여야 했어요. 다시 말해 늘 격에 맞는 모습을 유지하는 데 신경 써야 했던 거죠. 그런데 여기서는 그런 것들 전혀 개의치 않아도 돼요. 퍼포먼스가 얼마나 재밌는데요." 그런데 하필이면 드래그 퀸(여성처럼 입기를 즐기는 남자들을 부르는 말로 긴 속눈썹이나 요란한 가발 등 극히 과장된 차림을 한다. ─옮긴이)일까? "그거야 이 동네에서 드래그 쇼에 참가하고 싶어하는 남자들이 많기 때문이죠. 그리고 나는 화려한 드레스를 많이 갖고 있으니까요.” 그녀의 설명이다. “게다가 그들은 백댄서를 찾고 있었거든요.”

그녀는 쉰번째 생일날, 그 지역 클럽에서 열린 파티에서 드래그 쇼를 연출했다. “우리 모두 엄청나게 큰 가발을 쓰고 요란한 신발을 신었더랬죠.”

첫해에는 좀 아쉬웠어요. 도시의 시끌벅적함과 친구들이 그립더군요. 하지만 곧 이곳에 사는 일에 재미를 붙여가기 시작했어요. 도시에서처럼 세련된 점심을 먹진 않지만 대신 바다를 보면서 식사를 할 수 있죠. 남의 주목을 한몸에 받는 것도 싫었고 내가 가는 곳마다 남들의 시선이 따라다니는 것도 싫었어요. 주목을 받는다는 게 그리 재밌는 일만은 아니잖아요? 만약 덴버에서 지금처럼 친구들하고 춤을 췄다가는 그날로 당장 짐을 싸야 했을 걸요? 하지만 지금 우리 동네에서는 내가 미쳐 날뛰더라도 뭐라는 사람이 없어요. 우리는 요란한 화장과 가발, 번쩍거리는 의상을 걸치고 무대 위로 올라가요. 밝은 조명과 사람들의 환호를 받다 보면 슈프림스(다이애너 로스가 젊은 시절 결성했던 3인조 그룹—옮긴이)도 이 맛 때문에 그랬겠구나 하는 생각이 들더라구요.

그녀의 남편 역시 일을 줄이기로 했다. 그는 비행기 기장이었지만 자발적으로 1등 비행사로 물러났다. “경제적으로 큰 어려움은 없어요. 다만 내가 돈을 전처럼 벌지 못하니까 그게 좀 불편하더라구요. 남편이 아니라 내가요.”

그녀는 도시에서의 생활이 또 트럭하고 바꿔버린 스포츠 카가 그립지는 않지만 지출을 스스로 조절할 수 있었던 여유는 못내 그립다고 했다.

"우리 부부는 늘 자기가 번 돈은 따로 관리해왔거든요. 그건 지금도 마찬가지구요. 그런데 요즘 내 주머니 사정이 예전같지 않잖아요? 난 열네 살 때부터 내 옷하고 책은 스스로 벌어서 해결했어요. 결혼을 했어도 우리 부부는 각자 통장을 가지고 있었고 융자금도 공평하게 나눠서 갚았죠. 날 성가시게 하는 유일한 부분이죠. 늘 내 방식대로 돈을 쓰고 살다 보니 말예요."

어쨌거나 그들 부부는 보다 느긋해진 캐롤라인의 새로운 모습에 만족한다. "남편이 그러는데 내가 달라졌대요. 전보다 훨씬 당당해 보인다나요?"

그녀는 또 별것도 아닌 이야기로 시간을 보내면서 느끼던 초조감을 떨쳐버릴 수 있어서 좋았다. "이른바 사교계의 부나비 같았죠. 어쩜 그리 시시껄렁한 얘기들을 잘 참아냈는지. 이 모임 저 모임 옮겨다니며 무슨 소린지도 모르고 내내 지껄였지요. 하지만 이제 더는 그런 일 못하겠어요. 아무것도 아닌 얘기를 더 이상 떠들어대지 못하겠다는 거죠."

작은 곳에서 커가는 일들

생활 규모를 줄이는 형태가 여러가지인 만큼 그 사연 역시 가지가지다. 클로드 부부는 사과나무가 자라는 시골의 벽토를 바른 작은 집에서 산다. 큰 집에 살던 그들이 고른 집치고는 상당히 조촐한 편이었지만 그들은 이 집을 프랑스의 시골 집처럼 안락하게 꾸며놓았다. 부엌으로 통하는 길에 가꿔진 아기자기한 프랑스식 정원하며 커다란 나무창을 통해 내다보이는 꽃밭은 꼭 모네의 그림을 보는 것 같았다. 화려한 과테말라 그림에서부터 프랑스식 구리 냄비까지 집안 장식은 모두 벼룩시장에서 발견한 것들이었다.

몇 년 전부터 클로드 부부는 의식적으로 씀씀이를 줄이기 시작했다. "손주들이 태어나자 우리는 우리 자신을 위해 돈을 쓰는 것보다는 손주들의 학자금을 위해 돈을 모아두는 게 낫겠다는 데 의견 일치를 봤지요." 2차대전 때 나치가 점령한 프랑스에서 소녀 시절을 보내면서 필요와 욕구에 대한 깨달음을 일찌감치 터득한 클로드의 얘기다. "나한테 할당된 식량은 한 달에 계란 한 개와 일주일에 우유 한 컵이었지요. 그걸 동시에 타는 날엔 우리 어머니가 과자를 만드셨어요. 그러다 보니 난 뭐든 허투루 쓰는 건 견딜 수 없어요. 사과를 반만 먹고 버리는 사람을 보는 건 정말 고문이라니까."

생활을 간소화하기로 결심이 서자 클로드 부부는 뉴욕에서 시골로 이사를 했다. 이사하기 전에 클로드는 병원 연구실에서 근무했다. 그녀의 남편은 전국적으로 발행되는 한 잡지의 미술 담당자였다. "재밌는 건 사람들이 우리가 갖고 있던 큰 집보다도 우리가 누리는 자유를 부러워한다는 사실이었어요 ."

두 사람이 이사를 결심했을 때는 결혼한 지 고작 6년밖에 되지 않았을 때였다. 하지만 이들 부부는 각자 직장 사정 때문에 주말에 되어서야 서로 얼굴을 볼 수 있었다. "외식도 많이 했고 공연도 참 많이 보러 다녔더랬지요. 그래도 못내 아쉬운 게 있더라구요." 그들의 도피를 더욱 낭만적으로 보이게 했던 건 여전히 남아 있는 클로드의 프랑스식 억양 때문이었을까. 어쨌거나 그들은 캠핑카를 한 대 구입해서 그 안에 실을 수 있는 것은 싣고 나머지는 팔거나 필요한 사람들에게 주었다. 그들은 남편의 연금과 얼마 안 되는 빠듯한 돈으로 생활했다. 클로드는 아직도 몸소 옷을 지어 입는 일이 많다. "이렇게 살다 보니 둘이 같이 있을 수가 있더라구요." 클로드가 말했다. "비록 형편은 빠듯했지만 한 번도 후회해본 적 없어요."

클로드가 얼마간의 유산을 물려받아서 시골집을 구하고 새 가구를 들여놓을 수 있었지만 이들 부부는 그마저도 최대한 간소하게 꾸몄다. "살아오면서 더 많이 원했던 적이 한 번도 없었어요. 물론 이 집을 꾸미고 있는 물건들을 무척 아끼지만 사실 무얼 갖고 있는지는 그리 큰 문제가 아니지요. 혹시 지진이 나서 그것들을 몽땅 잃는다면 다시 벼룩시장엘 나가보면 될 거 아니겠어요?"

자기만의 방

막내아들이 고등학교를 졸업하자 루스는 선언했다. "엄만 이제 주부노릇 그만 둘란다." 그리고 그녀는 편집장 조수로 신문사에 다시 취직을 했고 지금은 조사 연구 기자에다 책을 쓰는 작가가 되었다. 그녀는 한때 가족을 돌봤던 것처럼 저널리즘에 자신을 온전히 투자했다.

아들들이 대학에 가고 취직을 하느라 하나 둘씩 떠나자 루스는 넓은 공간 위에 지어진 침실 네 개짜리 집을 떠나기로 했다. 남편이 죽고 난 뒤부터는 별로 필요가 없어진 터였다. 마침 아들 하나가 결혼을 해서 그 집으로 들어오겠다고 하자 루스는 아들 부부에게 그 집을 내주고 조그만 집을 빌리기로 했다. "그 애들이 내 뜻을 받아들일 리가 없었죠. 할 수없이 신혼인 애들하고 한 집에 있을 수밖에 없었어요." 이제 그녀는 빨간색 작은 집에서 산다. 침실이 한 개밖에 없는 데다 화장실이 건물 귀퉁이에 붙어 있는 말 그대로 작은 집이다. "본디 고독을 즐기는 체질에다 조촐하게 사는 걸 좋아하다 보니 결국은 이렇게 살게 될 줄 알았어요. 한 동안은 배 위나 통나무집에서 사는 일도 생각해봤지요. 하지만 이젠 이 집을 절대로 떠나지 않을 참이에요. 나한테 아주 잘 맞거든요."

그녀가 예전 집에서 가져온 것이라고는 식탁과 의자 몇 개가 전부였다. "내가 결혼하고 나서 맨 처음 장만한 가구라서." 그녀의 방에는 그녀가 아끼는 기타와 가족 앨범들과 스크랩북을 넣어두는 궤짝이 놓여 있다. 그녀가 이른바 '감성적인 물건들'이라고 부르는 나머지는 아들 가족이 사는 '큰 집'에나 어울릴 것들이었다. 루스는 음식도 극히 적은 양만 만들어 먹는데 최근에 스스로에게 다짐한 약속을 지키기 위해서란다. "이십 년 동안 한결같이 하루 세끼 식사를 만들어 왔더라니까. 이젠 더는 그러고 싶지 않아요." 그녀는 간소한 생활만큼이나 철저한 식이요법을 실천하고 있다. "종종 야채들을 슬쩍 튀겨 먹고 싶다는 생각이 들기도 하고, 얼린 요구르트로 배를 불려볼까 하는 생각이 안 드는 건 아니에요." 그녀는 베란다에 서서 별을 바라보는 일을 좋아한다. 또 숲속으로 이어진 오솔길이란 오솔길은 훤히 꿰고 있다. "나만의 오두막에 오롯이 앉아 있다 보면 꼭 내가 소로우나 존 뮈르가 된 듯한 느낌이에요."

11장

돌봐주기 좋아하는 여자는
누가 돌보지?

종종 내 직업도 직업인데다 친구 노릇까지도 분노와 상처, 회한 같은 것을 모조리 떠안아야 되나 하는 생각이 들데요. 친구들한테 말할 참이에요. 내가 니네들을 꾸짖은 사장이나 선생이라도 되니? 고속도로에서 차를 밀리게 한 장본인도 아니고 너희들한테 무례하게 군 웨이트리스도 아니잖아. 밖에 쏘다니면서 전화 한 통 없는 니네 자식들도 아니고, 또 내가 너희를 임신시켰니? 대학에서 떨어뜨린 게 나야? 대체 왜 나한테 이 야단들이야? 아마 내가 다 받아주니까 그러겠죠. 내가 마치 자, 이리 와서 붙어요, 당신의 고민과 분노를 다 빨아들여줄 테니라고 쓴 광고판이라도 들고 있다고들 생각하는 것 같다니까요. 그렇다고 또 어떻게 매몰차게 외면해버리겠어요? 그럼 실망할 텐데.

보다 젊고 행복한 세대는 그녀의 이야기를 들어보지 못했을 것이다. 내가 얘기하는 '집안의 천사'라는 말 뜻도 이해하지 못할 것이다. 할 수 있는 한 간략하게 그녀를 묘사해보겠다. 그녀는 매력이 철철 넘치는 여자였다. 한없는 이타심의 소유자였다. 그녀는 집안일에 자신의 모든 것을 쏟아부었다. 그녀는 날마다 자신을 희생했다. 닭고기를 먹을 때 그녀는 늘 다리차지였다. 혹시 바람 새는 곳이 있다면 그녀는 기꺼이 그리로 가 앉을 것이었다. 그녀는 지나치게 헌신적이어서 자기만의 열망이나 생각을 갖지 못했다. 대신 남들의 소망과 생각에 찬성하는 것을 더 좋아했다. 모든 가정에는 이런 천사가 한 명씩은 있다. 버지니아 울프, 〈여성들을 위한 선언〉

다른 시대였다면 아델은 종군 간호사가 딱 어울리는 사람이었다. 지치는 법 없이 묵묵하게 병사들을 돌보며, 끼니를 거르고 잠을 못 자더라도 도움의 손길을 필요로 하는 사람들과 늘 함께 하겠다는 서약에 충실한 그런 사람. 20세기가 저물어가는 지금, 도시라는 전쟁터가 새로운 종류의 사상자를 배출하고 있다면 아델은 자선을 베푸는 또 다른 적십자 요원의 상—목적지도 모르고 사용법도 모르는 규칙서를 들고 정처없이 헤매는 사람들을 돌보는—을 보여주었다. 그녀는 캘리포니아주가 주립 정신질환자 보호시설을 여러 곳 폐쇄한 뒤 무작정 거리로 내몰린 많은 정신질환자들을 돌보는 상담소를 운영했다. 그녀는 그들 한 사람 한 사람에 대해 진정으로 책임감을 느끼고 있었다.

아델은 언제나 최선을 다하는 모습으로 사람들에게 감명을 주었다. 어려운 상황에 처한 사람들이 쉽게 의지할 수 있는 유일한 사람이었다. 그녀의 말에는 늘 진지함이 배여 있었으며 그녀 또한 그에 걸맞게 행동했다. 한마디로 그녀는 살아 있는 여신이었다. 그녀는 자신이 세운 원칙에 충실하게 세상을 살았다. 세상 사람 모두가 아델 같다면 세상은 보다 안전하고 살맛 나는 곳이 됐을 것이다.

그녀는 열성적인 자원봉사요원 모임의 전형적인 리더였다. 이 모임의 구성원들은 한결같이 서로를 신뢰하고 있다. 이들은 음식을 만들어오고 수건과 붕대 등 이런저런 대여물품들을 날라오고 비탄에 잠긴 사람들이 기대어 울 수 있는 어깨를 제공한다. 이곳 사무실을 가득 채운 봉사자들은 누구도 앉아서 기다리지 않는다. 이들은 부르기만 하면 곧장 달려갈 준비가 되어 있다. 지구상에서 행복을 만들어낸다는 책임감이 가장 강한 이들은 다치거나 몸이 아플 때는 물론이고 아기를 낳고 난 직후에도, 더러 매우 열성적인 경우에는 자신의 생일마저 바칠 준비가 되어 있다. 도움을 주는 사람들은 자신의 생일케이크를 굽는 대신 자신을 무쇠처럼 단련하고 있어야 한다. 다른 사람들이 열심히 일하고 있는데 어찌 자기만 생일을 즐길 수 있단 말인가.

하지만 아델은 그런 상황에서도 자신을 돌보는 법을 얼마간 배웠으며 이제는 친구들한테 그 비법을 전수해주려 하고 있다. 요즈음 그녀는 마음씨 고운 사람의 본보기로서만이 아니라 무너지기 일보직전의 사람들한테도 좋은 본보기가 되고 있다. 일종의 균형잡힌 삶이라 할 수 있는 이런 단계까지 그녀가 도달하는 데에는 적잖은 시간이 걸렸다. 살아오면서 깨달은 해답을 얘기하던 그녀가 맨 첫 단계로 제시한 것은 바로 질문을 해보라는 것이었다. 과연 나의 한계는 어디까지인가?

노블리스 오블리제 말고

남들을 돌보는 일에 헌신하는 사람들 대부분은 시간이 됐건 돈이 됐건 명분에 헌신하기로 한 약속이 됐건 누군가에게 도움을 주고 싶어한다. 이런 생각은 흡사 '돌로 만든 수프' 이야기처럼 작동한다. 즉 끓는 물에 넣을 게 돌맹이밖에 없지만 모든 사람들에게 좋은 음식이라고 믿게 했으며 모두에게 돌아갈 만큼 넉넉하게 죽을 쑤었다는 이야기다.

이런 일을 대단히 떠들썩하게 해내는 사람들도 있다. 그 한 예가 다이애너 황태자비일 것이다. 그녀는 자기만의 신비로운 매력과 왕족으로서의 책임감으로 많은 기금을 모았고 에이즈부터 대인지뢰에 이르는 다양한 문제들을 전세계에 알렸다.

그보다는 좀더 조용한 방식으로 행하는 사람들도 있다. 이를테면 수입의 일부를 기부하거나 일주일에 몇 시간은 비영리단체에서 자원봉사를 하는 사람들이다. 그러나 우리가 할 수 있는 것보다 감정적으로나 재정적, 시간적으로 더 적게 행하는 사람들이 늘 있다. 크건 작건 우리는 거의 매일 도움을 요청 받는데 우리는 얼마만큼 주어야 할지 끊임없이 그 몫을 매겨볼 수밖에 없다.

해가 바뀔 때마다 걸스카우트 아이들이 파는 과자를 얼마나 사줬던가? 길모퉁이에 쭈그리고 앉아 있는 노숙자들에게 돈을 줘본 적이 있는가? 우리 가족들한테 투자할 시간의 얼마를 어려운 지경에 빠진 친구들한테 할애해봤는가? 직장생활을 하는 사람으로서 부당하게 희생된 동료를 위해 자신의 안정된 지위를 얼마나 희생할 수 있는가? 관리직에 있는 당신은 자신에게 할당된 일을 다하지 못한 직원이 가족문제에 매달릴 때 그의 편의를 얼마만큼 봐줄 수 있는가? 아이들이 다툴 때 단지 아이들과 함께 앉아보는 시간을 내기 위해 다른 욕구들을 얼마만큼 버릴 수 있는가? 가정에서 제 역할을 못하고 업무에서 압박을 많이 받고 있는 동료가 있다고 치자. 내가 희생한다고 생각하기에 앞서 그 동료를 위해 얼마만큼 노력할 수 있는가?

세상을 보는 관점이 전혀 다른 사람들은 이렇게 한마디로 끊어버릴 수 있다. "안 돼. 난 지금 아주 바빠." "그건 네 문제지 내 문제가 아냐." "길바닥에 나앉게 됐다니 안됐다만 나도 형편이 그리 좋지 않거든." "자기 몫을 못할 바엔 차라리 관둬"라고. 하지만 본능적으로 남을 도와야 직성이 풀리는 여성들이 보기에 이런 식의 얘기는 끔찍한 저주나 다름없을 것이다. 사실 우리 대부분은 감정 이입과 자기 방어 사이에 걸쳐진 줄타기를 위태롭게 하고 있는 셈이다.

단지 본능만 그런 게 아니라 실제 생활도 황금률(마태복음 7장 12절에 나오는 말, '그러므로 무엇이든지 남에게 대접을 받고자 하는 대로 너희도 남을 대접하라.'—옮긴이)이 지배하고 있는 아델 같은 여성에게 측은지심은 일종의 강제적 요소가 되어버리는 것이다.

1970년대 초반 캘리포니아 주정부가 정신질환자 요양시설 여러 곳을 폐쇄하면서 아델에게는 큰 도전이 찾아왔다. 그 일이 있기 2년 전부터 아델은 캘리포니아주 버클리시 적십자사에서 노숙자들을 돕는 사업을 담당하고 있었다. 그런데 갑자기 도움을 필요로 하는 수많은 사람들이 길거리로 쏟아져나오게 되었을 뿐 아니라 많은 정신질환자들이 그들을 받아들일 준비가 채 되어 있지 않은 도시로 밀려들기 시작한 것이다.

아무런 지원도 없이 공공 시설로 그 사람들을 떼밀어버린 거예요. 식사를 제공하는 곳이나 보호소 같은 곳이야 있었지만 대부분은 제대로 돌봐주는 게 아니라 식사 정도만을 지원하는 식이었죠. 내가 일하던 버클리 적십자사가 그나마 뭔가를 할 수 있다고 얘기되던 곳이었어요. 우리는 자원자들을 모집했고 이들을 확실하게 훈련시켰죠. 그런 다음 시설에서 풀려난 사람들을 담당하도록 했어요. 먼저 시내로 나가서, 혹시 여러분과 친구하고 싶은 사람이 일주일에 한 번 정도 찾아와도 될까요 하는 말로 이들과 얘기를 터보려 했어요.

자원봉사자들은 얼마 못가 나가떨어졌어요. 이들은 우리를 찾아와서 자기들이 투자한 만큼의 시간을 내달라더군요.

구원의 손길을 기다리는 사람들을 돌볼 만한 봉사자들이 부족했을 뿐만 아니라 이 봉사자들을 관리할 적십자 요원들 또한 부족했다. 빈약한 지원으로 무언가를 해야 하는 상황에 직면한 아델과 동료들로서는 무슨 수를 써서라도 해결책을 강구해야 할 판이었다. 마침내 이들은 정신질환자들이 서로를 보살피도록 훈련을 시키자는 생각을 하게 됐다. 그래서 만든 조직이 바로 재활센터였다. 그 일을 위해 아델이 헌신한 것과 거기에 쏟아부은 노력을 보면 그녀는 정말 몽상가라 할 만했다. 그녀는 그 조직을 구성하는 모든 단계에 죄다 참여했고 구성원들 한 사람 한 사람과 개인적인 관계를 맺었으며 자원봉사자들이 그들의 의무에 충실하도록 북돋워주는 한편 갓 태어난 비영리조직에 필요한 실제적인 업무를 처리하는 일까지 맡았다. 한마디로 그녀의 손길이 미치지 않은 곳이 없었다.

지난 시절의 종군간호사와 아델이 다른 점이라면 밤새 돌아다니면서 부상병들을 보살필 필요는 없다는 것이었다. 그녀에게도 퇴근이라는 것이 있었지만 따지고 보면 이 또한 그녀의 손길을 필요로 하는 또 다른 곳, 바로 가정으로 돌아가야 한다는 뜻이었다.

십대 아이들 넷의 엄마면서 목사의 아내이기도 한 아델은 가족에 대한 자신의 의무를 굳게 믿고 있던 사람이었다. 그들의 가정은 음악과 웃음이 넘쳐흐르는 포근한 보금자리였다. 오래 전부터 그들의 집은 그들 부부의 친구들뿐 아니라 교구 신도들, 아이들의 친구들까지 스스럼없이 드나드는 곳이 되었다. 집안에 문제가 있어 머물 곳이 없다면 아델은 이들을 기꺼이 받아주었다. 그녀는 여섯 명의 아이들이 먹을 만큼 넉넉한 음식을 만드는 일이 당연하다고 여겼다. 집안 형편이 썩 좋지 않을 때조차도 그랬다. 식사 후에 거의 찌꺼기라 부를 만한 것만 남아도 아델은 늘 조심히 모아두었다. 그녀의 딸의 얘기다. "우리 엄마는 브로콜리 꽁지를 가볍게 볶는 요리를 개발해내셨죠. 그게 유행하기 한참 전부터요." 아델이 그렇게 한 건 비단 경제적인 사정 때문만은 아니었다. 그녀는 그 일을 통해 도시의 거리나 전세계 어딘가에서 굶어 죽어가고 있는 사람들에 비한다면 얼마나 감사한 일인지 가족들이 깨닫도록 하고 싶었다. 그녀의 식구들은 누구나 수입의 10퍼센트를 기부하는 것을 당연히 여겼다.

아델과 그녀의 가족들에게 영성spirituality은 명사가 아니라 동사였다. 즉 자신
의 욕구를 제쳐두고 무언가를 실천하는 일이었다. 적어도 그녀가 친구들한테 찾
아가서 울음을 터뜨리기 전까지는 그랬다.

　아마 집에 손볼 일들이 쌓여가면서 문제가 생겼던 것 같아요. 그때까지 몇 달 동안
이나 은으로 된 냅킨링을 닦을 시간도 내지 못하고 있었죠. 또 우리가 돌봐주던 환자
를 바닷가로 데리고 갔었는데 이 여자가 어디론가 사라져버린 거예요. 그런데 그이를
찾으러 나서야 할지 아니면 나머지 사람들 모두 집으로 돌아가야 할지 쩔쩔맸죠.
　테이블에 앉아서 그 자리에 있던 사람들한테 이렇게 말했던 기억이 나네요. 양팔을
활짝 벌리고 손을 좍 편 채 이렇게 말했죠. "자, 이게 나라는 사람의 모습이에요. 한계
라는 걸 모르죠."

전신갑주를 취하라

자기 희생을 받아들이는 여성의 모습은 전통적인 여성상의 한 단면이면서 그
녀의 덕을 가장 많이 본 사람들이 오랫동안 떠받들어온 모습이다. 그건 어머니날
카드에 새겨진 그런 모습이다. 사람으로 사는 일의 최고 멋진 부분으로 보여질
만 하다. 달리 보자면 일방적인 관계의 전형으로 여겨질 수도 있는 노릇이지만.
　아델을 끊임없이 주는 사람의 원형으로 바라보고 있던 사람들에게 아델이 보
인 눈물은 충격 그 자체였다. 그녀가 타인에게 행한 헌신은 영적인 믿음의 산물

이었던 만큼 이제는 그녀가 그런 도움을 받아야 할 차례였다. 그때 한 친구가 읽어준 성경의 한 구절이 그녀가 자유를 얻게 하는 힘이 되었다.

내가 그런 일들을 다 해내지 못한다는 걸 깨달았다고 하자 그 모임에 있던 한 친구가 나한테 그 구절을 읽어줬어요. 에베소서의 한 구절인데 이런 말이었죠. '그러므로 하나님의 전신갑주를 취하라. 이는 악한 날에 너희가 능히 대적하고 모든 일을 행한 후에 서기 위함이라. …… 진리로 너희 허리띠를 띠고 의의 흉배를 붙이고…….' 나도 그렇게 해야겠다고 마음을 다졌죠. 그래, 갑옷이라, 내 마음을 보호할 수 있는 그 갑주를 취하겠노라고.

타인을 보살피는 마음을 완전히 버리라는 말이 아니다. 다만 새로운 정의가 필요하다는 말이다. 즉 다른 누군가의 기분을 맞춰주는 일과 구별하라는 얘기다. 자신이 이용당하고 있다거나 착취당하고 있다는 느낌, 흡사 남에게 마구 휘둘려도 마냥 당하기만 하는 동네북 같은 취급을 받고 있다면 어떻게 하겠는가? 착한 여자들은 무슨 부탁을 받더라도 저절로 대답하는 데 길들여져 있다. 자신의 한계를 자각하고 있는 여성들은 자신들이 베푸는 자선이 가장 큰 영향을 발휘할 수 있는 곳을—아니면 자신을 고갈시키는 곳이 어딘지—고를 줄 알아야 한다.

이를테면 의식적으로 자선을 베풀더라도 누구에게 베풀 것인지 결정해야 하며 그리하여 주는 사람과 받는 사람 모두에게 도움이 돼야 한다. 그런 의미에서 린이 보여주는 행동은 바람직하다고 볼 수 있다. 그녀는 여든한 살 된 노모에게 종종 전화를 걸어 장을 보러 갈 때 차를 태워 달라고 한다. "그 나이의 노인네한테 어떻게 운전을 시키냐고요? 우리 둘 다 편하고 재밌으면 되는 거 아닌가요?"

때로는 내가 하는 일의 진정한 동기가 무엇인지 자문해볼 필요가 있다. 혹시 착한 여자인 당신이 좋은 일을 하고 싶다는 이유가 좋은 평을 얻고 싶어서이거나 '싫어요'라고 말해서 누군가를 실망시킬 수 없다거나 그들이 당신을 덜 좋아할지 모른다는 우려에서 나온 건 아닌지. "지나치게 요구만 하는 친구를 뒀다면 그런 식으로 요구를 해도 된다고 느끼게 만든 게 아닐까요?" 사업체를 경영하면서 두 아이를 키우고 있는 지니의 말이다. "자기한테 의지하는 사람들이 그만큼 많다 보면 남들이 내칠 일도 없을 거고 외톨이가 될 일도 없을 테니까."

이러한 베풀기 신드롬을 잘 믈리치는 사람들도 없지는 않다. 변호사인 저스틴이 그렇다. "나는 특별히 사람들한테 베푸는 스타일은 아닌 것 같아요. 차라리 내 사생활에 더 신경을 쓰는 편이죠. 친구가 어려운 문제를 갖고 나한테 왔는데 그때 나도 처리해야 할 일이 많았다고 쳐요, 그럼 난 바로 이렇게 말할 수 있어요. '지금은 네 얘기 들을 시간이 없거든.'"

하지만 아델처럼 남들을 돌보는 데 혼신의 힘을 다하는 사람이 그처럼 변하기란 쉬운 일은 아니다. 그러고 싶어하지도 않겠지만. 하지만 최근 몇 년 동안 그녀도 나름대로 배운 바가 있었다. 자신이 줄 수 있는 양만큼만 주자는 것이다. 그녀의 변화된 모습은 퇴근하고 집에 와서도 계속되었다. 저녁식사 시간에 그녀는 예전처럼 은제 고리를 끼운 냅킨이 아니라 화장실 휴지를 식탁 위에 깔아놓았다. "지금 생각해도 정말 대담한 행동이었지요." 그녀는 깔깔 웃으며 말했다. "하지만 그게 식구들의 주의를 끌었나봐요." 그녀는 다른 가족들도 집안일에 좀더 신경 써줄 것을 요구했다. 가족들은 그녀가 직장일로 얼마나 시간을 뺏기는지 이해하게 되었다. 이윽고 그녀는 일주일에 한 번씩 갖는 영성 모임에서도 자기가 얼마나 스트레스를 받고 사는지 솔직하게 얘기하기 시작했다. "정말이지 거의 한탄처럼 중얼거리고 질질 짜기까지 했었다니까요. 하지만 그게 돌파구가 되었던 것 같아요."

그녀도 인정하듯 발전은 대단히 더디게 이뤄졌다. 차츰차츰 그녀는 온 세계를 구해보겠다는 욕심을 버리게 되었다. 그리고 자신을 위해 좀더 많은 시간을 내기 시작했다. 휴가도 얻고 여행도 다니고 느긋하게 책도 읽었다. 어떤 면에서는 자신이 완전히 망가지기 전에 의미 있는 싸움을 계속 하기 위해 에너지를 충전하는 기회이기도 했다. 그녀의 갑옷은 제 몫을 톡톡히 해냈다. 그녀는 남들에게 베풀 부분을 여전히 떼어놓고 있지만 그녀의 됨됨이에서 나오는 빛은 여전히 밝게 빛나고 있다.

그녀가 은퇴했을 때 버클리시 당국은 그녀의 업적을 기리고자 했다. 그리하여 1993년 그녀의 생일에 시 관계자들은 이날을 공식적으로 '아델 레몬의 날'로 지정했다.

이제 아델은 은퇴한 몸이지만 여전히 동료들로부터 도와 달라는 요청을 받고 있다. 하지만 그녀는 예전처럼 당장이라도 팔을 걷어붙이고 나서지는 않는다. 대신 자신이 낼 수 있는 시간을 짜본다. 예전에 그녀의 도움을 받았던 사람들도 여전히 전화를 걸어온다. 그녀는 그들한테는 되도록 신경을 써주고 싶어한다.

"자기 이야기만 들어 달라고 전화하는 사람들이 있어요. 사실 그건 상호적인 관계라고는 할 수 없겠죠. 아침 나절에 두 번씩이나 전화를 걸어오는 사람들이 있는데요, 더러는 아주 피곤한 경우도 있거든요. 그럴 땐 아예 대꾸를 않기로 했어요." 그녀는 거리로 나섰을 때 자신이 실천할 행동 수칙까지 세워놓았다. 때로 그녀에게 다가와서 잔돈 있으면 좀 달라는 사람들이 있다. 그들 중엔 그녀가 예전에 돌봐주었던 사람들도 있다. 사실 이들에게 돈을 주지 않거나 신세 한탄을 들어주지 않을 재간이 그녀한테는 없다. "그래서 나는 봉사단체 주소록을 아예 챙겨 갖고 다니죠. 그네들한테 여기 가서 도움을 청하는 게 더 확실하다는 걸 알려주려고요."

마음이 여린 여성일수록 선택을 분명히 해야 한다. 법률 사무소에 다니는 변호사 메리는 남들한테 이용당한다는 느낌을 받지 않으면서 어떻게 호의를 베풀어야 하는지 아직도 감이 서지 않는다고 한다. 놀라운 것은 그녀를 가장 곤란하게 하는 일이 직장문제가 아니라 친구들과의 관계라는 것이다.

종종 내 직업도 직업인데다 친구 노릇까지도 분노와 상처, 회한 같은 것을 모조리 떠안아야 되나 하는 생각이 들데요. 친구들한테 말할 참이예요. 내가 니네들을 꾸짖은 사장이나 선생이라도 되니? 고속도로에서 차를 밀리게 한 장본인도 아니고 너희들한테 무례하게 군 웨이트리스도 아니잖아. 밖에 쏘다니면서 전화 한 통 없는 니네 자식들도 아니고, 또 내가 너희를 임신시켰니? 대학에서 떨어뜨린 게 나야? 대체 왜 나한테 이 야단들이야?

아마 내가 다 받아주니까 그러겠죠. 내가 마치 자, 이리 와서 붙어요, 당신의 고민과 분노를 다 빨아들여줄 테니라고 쓴 광고판이라도 들고 있다고들 생각하는 것 같다니까요. 그렇다고 또 어떻게 매몰차게 외면해버리겠어요? 그럼 실망할텐데.

메리의 이야기에 공감하는 여성들이 많을 것이다. 남들의 어려운 사정은 다 들어주면서도, 자신이 가슴을 쥐어뜯고 바닥에 쓰러지더라도 친구는 몸을 굽히고 여전히 자기 얘기만 지껄이지 않을까 하는 의심을 슬그머니 품어보는 것 말이다. 메리는 세상을 향해 보란 듯이 외치고 싶을 때가 한두 번이 아니라고 했다. "나도 힘들단 말야. 너희들 그걸 알기나 해?"

물론 대부분의 여성들은 남들을 돌봐주도록 사회화—아마도 그들의 성적역할 속에서—되어 있다. 혹시 성 구별 없이 똑같이 주어진 성격이라면 '예민한' 남자들을 지금처럼 돌보지 않아도 될 터인데 말이다. 하지만 대부분의 경우 우리는 여성한테 해당되는 형용사의 성격을 따져볼 생각조차 하지 않는다. 이런 조건은 대개 한꺼번에 주어지기 때문이다. 부주의한 여자는 일상 궤도에서 벗어난 사람처럼 취급되고 우리는 매정한 '바깥양반'에게 베풀다 베풀다 마침내는 지쳐버린 여성에게 박수를 보낸다. 전통적인 장면은 주로 밥상 머리에서 수도 없이 인상을 쓰는 남편이었지만 지금은 그 음식을 쓰레기통에 보란 듯 처넣어버리는 여성을 본다. 도나 리드(홀리우드 흑백영화시절에 현모양처상을 연기한 대표적 배우—옮긴이)가 제나(신화시대를 배경으로 만든 텔레비전 시리즈물의 주인공으로 헤라클레스에 버금가는 강한 여성 투사의 모습을 보여준다.—옮긴이)로 바뀐 것이다.

대신 뭘 줄 건데?

부기 계원이자 개명(開明)한 착한 여자, 바바라는 굳이 이유를 설명하지 않고서도 '싫어요'라고 말할 수 있는 좋은 방법을 깨우쳤다고 한다. "이젠 이렇게 말해요. '나한텐 별로인 걸요.' 옛날 남자 친구한테 배운 거죠. '너한텐 바로 그 말 한마디가 필요한 거야. 그 이유를 설명하지 않으면 또 어때?' 대단하지 않아요?"

하지만 도저히 '싫어요'라고 말 할 수 없는 때도 있다. 스물일곱 살의 이지는 다섯 살 난 아이를 키우면서 장애인들의 재활 교육을 담당하고 있는 교사이다. 그녀는 당장 그 자리에서 가부를 결정하지는 않지만 마라톤에 버금가는 기나긴 하루를 자신의 유머감각과 기력으로 버티고 있다. "내 일과는 아침 6시 30분에 시작해서 밤 11시나 돼야 끝이 나요. 너를 위해 하는 일이 있기는 한 거냐 하고 혹시 누가 묻는다면 난 이렇게 대답할 거 같네요. 밥 먹는 일을 한다고요. 아 참, 매일 밤 잠들기 전에 적어도 10분 정도 책 읽는 시간을 할애하는 것도 있구나."

어린 아이들과 나이 든 부모 사이를 정신없이 뛰어다니는 여성들도 있다. 이건 비단 우리 세대의 경우만은 아닐 터인데 이러지도 저러지도 못하는 형편을 두고 누군가는 '낀 세대'라고 했다.

마흔 살의 나탈리는 두 살짜리 꼬마를 키우면서 300마일이나 떨어져 살고 있는 병든 부모도 챙기고 있다. "엄마가 지금 죽으려나 보다고 숨 넘어가는 아버지의 전화를 받고 있는데 아들 녀석은 저만치서 잔디 깎는 기계를 만지면서 노는 거예요. 대체 누굴 상대해야 할지 막막하죠. 난 집도 갖고, 결혼을 해서 아이까지 가졌어요. 모든 걸 다 가진 셈이죠. 하지만 때로는 이런 일들에 너무 치이는 것 같고 그저 혼자 있고 싶다는 생각이 간절할 때가 있어요."

책임감이라는 스펙트럼에는 양끝이 있다. 쉐아는 얼마나 정신없이 종종거리고 사는지를 얘기했다. "축구하러 가는 아이들 양말을 말려 신겨야 되는데 벌써 5분은 늦었지, 그럴 때 내 모터는 한마디로 과부하에 걸리는 거예요. 그 와중에 창문너머로 시어머니를 힐끗 봤죠. 정원에서 친구들하고 곰팡이 타령이나 하면서 책을 보고 계시더라구요. 나는 이 난린데 버섯이나 쳐다보고 계시는구나라는 생각이 한순간 밀려오데요."

아이들한테 젖은 양말을 신겨서 공을 차게 내보낼 것인가, 아니면 한가하게 버섯이나 들여다보고 있을 것인가? 당신 같으면 어느 쪽을 택하겠는가? 대답은 당신이 삶의 어떤 지점에 와 있느냐에 달려 있다. 쉐아는 나중에 시어머니와 그 얘길 나눌 기회가 있었는데 놀랍게도 그녀의 시어머니는 며느리한테 주어진 그 책임감을 오히려 부러워하더라는 것이다. "바퀴로 말한다면 넌 중심축인 게야"라고 그녀의 시어머니는 말했다. 그러므로 당신의 마음이 우선적으로 끌리는 일에 신경을 쓸 일이다. 지나치게 적은 책임 역시 지나치게 많은 스케줄만큼이나 기운 빠지는 일이니까.

네가 그럴 수 있나 어디 보자

네바는 일 년 사이에 남편을 심장마비로 잃을 뻔했으며 아들 역시 골프공에 맞아 혼수상태에 빠진 일을 겪었다. 그녀가 세상에서 가장 사랑하는 두 사람을 동시에 잃을 뻔한 경험은 덤으로 주어진 삶뿐 아니라 자기 자신의 삶 역시 소중히 해야겠다는 가르침을 주었다. "세상이 그런 식으로 한순간에 끝날 수도 있더군요. 나까지 포함해서 우리 모두요. 그러고 보니까 너무 오랫동안 손을 놓았던 일들이 새록새록 떠오르데요."

남편이 어느 정도 건강을 회복하면서 식이요법으로 조절할 수 있게 되고, 아들도 치료가 잘 되어 다시 학교를 다닐 수 있게 되자 네바는 자신의 옛 사랑을 되찾겠노라고 선언했다. 그녀의 옛사랑은 그림이었다. 그녀는 오랫동안 묻어두었던 자신의 재능을 다시 발휘하기로 했다. 그녀는 미술학과에 등록했고 집에 마련한 화실에서 시간만 나면 그림에 몰두하기 시작했다. 가족들이 휴가를 가자고 하면 그녀는 '그림 그리러 숲으로 갈래요' 하고 우겼다.

그림도 그렇지만 그녀는 어린 시절부터 자기 삶의 많은 부분을 포기하도록 훈련받았다. "여자는 그저 아이들과 남편만 잘 돌보면 된다고 배우면서 컸어요."

여러 해 동안 나는 선거운동 사무실에서 일한 적이 있었어요. 나는 한결같은 얼굴들 중 하나였어요. 거 있잖아요, 성실하고 착한 네바. 하지만 이제 나는 내가 진정으로 믿는 일에만 시간을 투자할 거예요. 진짜 날 감동시키지 않는 후보라면 밀어주지 않을 작정이죠. 기부 정도야 하겠지만 그들처럼 모금을 하거나 선거구를 돌아다니는 일 따위는 하지 않을 거예요. 이건 내 시간이고 내 인생이며 이 일을 우선으로 하고 싶기 때문이라고 말해야겠죠. 당신네를 위해서 일을 하는 것도 좋지만 내 할 일도 있어서요라고 말할 수도 있겠네요. 다만 그들이 이기적인 여편네라고 생각하지 않았으면 좋겠지만. 사실 늘 이런 잔소리에 익숙해 있었지요. '네가 그럴 수 있나 어디 보자.' 하지만 이제 그런 목소리는 싹 무시해버릴 거예요.

아델의 경우처럼 자기 집이야말로 순교자 신드롬을 극복하는 연습을 하기에 최상의 장소다. 창의적으로 의무를 나눌 수 있는 길은 많다. 일례로 명절은 그 연습을 해보기에 딱 좋은 기회이다. 안주인으로서 더는 부엌데기 노릇을 하지 않겠다고 손을 놔버리는 거다.

글로 쓰여지지 않았다 뿐이지 명절을 준비하는 여자들한테 공통적으로 요구되는 규칙이 있다. 날밤을 새며 지지고 볶지만 자기가 만든 음식은 가장 나중에나 맛볼 수 있으며 남들이 다 일어서고 난 뒤에는 맨 나중까지 남아서 뒤치다꺼리를 해야 한다는 것이다. 버지니아 울프가 '집안의 천사'라고 불렀던 '그녀처럼 이타심이 철철 넘치는 사람도 드물 것이다. 그녀는 날마다 자신을 희생했다. 닭고기를 먹을 때 그녀는 늘 다리차지였다. 바람 새는 곳이 있다면 그녀는 기꺼이 그리로 가 앉을 것이다'가 딱 그런 경우이다. 그녀는 흡사 식당의 유령이나 되는 것처럼 빈 접시들을 다시 채우느라 종종거리면서 남들을 더 많이 못 먹여 안달이다. 그리고 맨 나중에야 자리에 앉는다. 필요한 것을 가지러 가는 일은 맨 먼저다. 남들이 다들 먹고 있는데 그녀가 씹을 만한 것은 자신의 입술밖에 없을 때가 많다.

1970년대에는 이런 식의 압력에 저항하는 시도들이 극히 부분적이었다. 하지만 이제 남들을 위해 항상 대기하는 일을 거부하면서 전통에 저항하는 여성들이 있다. 용감한 아내나 엄마들은 샐러리 줄기를 와삭와삭 베어먹거나 샐러드에서 땅콩을 집어먹으면서 의자에서 엉덩이를 뗄 생각을 하지 않는다. 감자 색깔이 탁해져가는 것을 보면서도 아예 본격적으로 수다꽃을 피울 태세다. 때로는 다른 여자 손님들이 이런 공모에 가담하기도 한다. '결국은 니들이 의자를 밀치고 일어나서 설거지통에 손을 안 담그고 베기겠니?' 하는 식으로 여주인과 함께 밍기적거리는 것이다.

'엄마가 할게'라는 전통을 전 시대의 문화로 밀어내기까지 거의 삼십여 년이 걸렸다. 그럼에도 명절에 가족을 위해 겪는 고통의 양으로 자신들의 가치를 매기는 집안의 천사들이 여전히 있다.

생각이 깨인 안주인 바바라는 추수감사절에서 자기가 가장 좋아하는 시간은 식사가 끝난 뒤에도 마냥 앉아 있을 때란다. "우리 엄마하고 동생들은 치우는 일이라면 물불을 가리지 않고 달려드는 사람들이라 식사가 끝나기가 무섭게 접시들을 쓸어가버리거든요. 그럼 난 신경 딱 끊고 다른 이들하고 수다를 떨어요. 부엌에서 그릇들 딸깍거리는 소리가 들리면 어때요? 모른 체하면 되는 걸."

"다음 번 추수감사절에는 아예 아프다고 말할 참이에요." 메리의 말이다. "친구 하나가 그러는데 음식을 치우기 전까지 자기가 만든 음식을 맛보지도 못했다는 거예요. 혹시 내가 그런 말을 하게 된다면 내 성을 갈아버리겠어요."

12장

나를 위한 일주일

스트레스가 극에 달해 있었어요. 할 일이 너무 많았던 탓이겠죠. 마치 내 수첩이 네 것보다 빽빽하다는 걸 자랑하듯 말예요. 할 일이 많으면 많을수록 자기가 왠지 더 중요한 사람이라고 생각했던 것 같아요. 그래서 나는 수첩을 나한테 도움이 되는 일에만 쓰기로 했어요. 새로 암호를 하나 만들었죠, D. N 이라고. 내 주간계획표에서 군데군데 눈에 띄는 이 이니셜을 누가 본다면 혹시 내가 남몰래 애인이라도 숨겨두고 있나 생각할지 모르겠네요. 사실 이 이니셜은 '아무것도 하지 않기 Do Nothing' 의 줄임말이에요. 나 자신한테만 몰두하기 위해 정기적으로 남 앞에서 사라져버리는 시간을 표시해놓은 거죠.

그녀는 자신이 누리는 고독을 무엇과도 바꾸지 않을 참이었다. 다시는 남들의 리듬에 따라 움직이고 싶지 않았다. 틸리 올젠

접시도 닦지 말고 그대로 두고 당신의 시간을 내 달라는 부탁에도 대답하지 마라. 퉁명스럽게 굴면서 남들의 부탁을 거절하라. 린 샤론 슈바르츠

당신이 어떤 식의 여행을 하더라도 거기에는 새로운 신들이 기다리고 있을 것이다. 거룩한 인내와 웃음이. 수잔 왓킨스

원을 지은 배들이 느릿느릿 떠가고 있었다. 배들은 천천히 흐르는 남부 오레곤 주의 로게 강이 넓어지는 곳에 다다르자 멈췄다. 외륜선 위에는 여자들이 여러 명 타고 있었다. 무릎 위에 노가 놓여 있었고 그들 뒤에서는 흰 물보라가 일고 있었다. 그 순간에는 힘들여 노를 저을 필요가 없었다. 물을 잘 타서 그랬는지 거의 젖지도 않았다. 곁에 따라오는 배 두 대에서도 이 여행의 안내자들만이 열심히 노를 저을 뿐 여자들은 몸을 뒤로 기대고 있었다. 아무것도 하치 않고 있는 것에 내심 미안해 하면서. 팔베개를 하고서 하늘을 올려다보는 사람이 있는가 하면 일기장을 꺼내든 사람도 있고 한가로이 물에 발을 담그고 물장구를 치는 사람도 있었다.

빡빡한 생활을 뒤로하고 기습적으로 일주일을 훔쳐내어 자연 속에 흠뻑 빠져 지낸 것이 그날로 사흘째였다. 누군가를 위해 해야 했던 요리도, 친밀한 수다도,

텔레비전도, 전화도 여기엔 없다. 단지 축복받은 시간만이, 그들 자신이 진정으로 기쁠 수 있는 흔치 않은 기회만이 그들을 기다리고 있었다.

사실 그 여행에 참가한 열한 명의 여성들은 거의 공통점이 없었다. 다만 너무 많은 약속들과 자극이 없는 삶에 지쳐가고 있었다. 그리고 이제 기꺼이 보살핌을 받을 준비를 하고 있었다. 그러나 과연 자신들이 현실로부터 도피할 만한 자격이 있는지를 따져보기를 그만두는 데는 채 24시간도 걸리지 않았다. 한 주일을 떠나 있지 못할 이유가 어딨단 말인가? 그들은 스스로를 위로하고 자신들이 맡고 있던 책임을 일시적으로 남들에게 넘기기 시작했다.

전적으로 자유로움을 느끼기까지는 시간이 걸렸다. 첫날 밤, 그들은 혹시 텐트에다 열쇠를 두고 온 건 아닌지 호주머니를 뒤져보는가 하면 집이나 회사에서 마무리짓지 못하고 빠뜨리고 온 건 없는지 떠올려보았다. 하지만 이제 그들은 크게 웃어넘긴다. 그런 근심들이 얼마나 시시한 것인지 알기 때문이다. 강으로 점점 깊숙이 들어가면 휴대전화도 터지지 않을 것이다. 이런 식으로 로게 강의 물길을 따라가다 보면 배를 뒤로 돌리기는 쉽지 않은 일이며 마음을 바꿔서 문명 세계로 나갈 배편을 얻어타는 일 또한 더욱 어려울 것이다.

일 년에 한 차례, 여성들만이 모여 로게 강을 탐험하는 이 여행의 정신적 지도자는 레이첼이었다. 해마다 레이첼은 질 좋은 와인과 별빛 아래서 잠잘 때 입을 멋진 실크 속옷을 잊지 않고 준비한다. 그리고 안내자들이 별식을 대접할 때 거들겠다고 벌떡 일어나지 말 것을 참가자들에게 다짐시킨다.

이 여행을 성사시킨 사람은 레이첼이었지만 그녀는 이들의 지도자로 불리는 걸 거부한다. 대신에 그녀는 저쪽에서 묵묵히 강을 바라보고 있는 크리스털을 가리켰다. 그녀는 음식에서부터 물살까지 관장하는 이 여행의 가이드였다. 크리스털도 나름대로 사연을 가지고 있었다. 여행의 마지막 날 그녀는 참가자들과 함께 스스럼없이 자기 이야기를 하면서 회포를 푼다고 했다. 그녀는 모두를 편하게 해줄 책임을 지고 있으며 단 일주일이라도 이 사람들이 이기적으로 되는 것을 허락해주는 이 여행을 이끄는 천사였다.

레이첼의 여관

그녀는 캘리포니아 해안가에 '레이첼의 여관 Rachel's Inn'이라는 아침식사를 제공하는 여관을 운영하고 있었다. 일 년에 51주는 일상에서 벗어나 바다를 찾는 사람들의 시중을 들어주고 있는 셈이었다. 하지만 레이첼의 생활이 그게 전부는 아니었다. 그녀는 캘리포니아의 해안을 꽉 잡고 있는 터줏대감이었을 뿐 아니라 캘리포니아 앞바다에서 행해지는 석유 시추를 감시하는 운동에도 관여하고 있었다. 그래서 친구들 사이에는 아예 '레이첼이 있는 곳 Rachel's In'이라고 불러야 한다는 농담이 통한다고 한다. 그만큼 그녀는 '늘 거기에 있었던' 것이다. 그녀는 전화기 옆에 꼭 붙어서 소소한 개인사에서부터 최근의 정치적 혼란 상태까지 답해줄 준비를 하고 있었다. 그녀는 자신이 그 모든 일의 중심에 있음을 자각하고 있었다. 그만큼 그녀는 활력과 지성, 그 모든 일과 그에 따르는 주목까지도 충분히 소화할 배짱을 가지고 있었다.

민주당에서도 영향력 있는 인사인 그녀는 워싱턴 D. C로 가서 부통령인 앨 고어와 악수를 나누면서 카메라를 향해 보란 듯이 미소를 지어보인다. 하지만 부통령과 눈이 마주치자 작은 목소리로 소곤댄다. "근해에서 석유 시추 하는 것을 영구적으로 금지하는 법에 서명하지 않는다면 이 자리에서 한 발짝도 물러나지 않을 거예요." 그녀의 낯두꺼움은 이 방면에서 이미 전설이 됐다. 자기가 보아서 옳고 당연히 그래야 한다고 믿는 일을 성사시키기 위해서는 물불을 안 가릴 만큼 밀어붙이기 때문이다. 그런 그녀를 사람들은 믿고 따랐다. 그녀 역시 정당하다고 믿는 명분으로부터는 눈을 돌릴 수가 없다고 한다.

레이첼은 자신의 노부모를 동부에서 모시고 왔다. 그녀의 아버지는 알츠하이머병을 앓고 있었고 어머니는 심장병을 앓고 있었다. 그녀의 어머니는 남편의 병수발을 제대로 할 수 없는 형편이었지만 지방 노인복지센터에서는 이들을 위한 낮 시간 동안의 프로그램을 운영할 수 없었다. 복지센터에 대한 지원이 삭감되자 레이첼은 센터를 돕기 위해 모금운동을 자원하고 나섰다. 하지만 티켓을 팔아주는 사람들이 그리 많지 않았다. 그래서 그녀는 동네 수퍼마켓에 가판대를 설치하고 직접 팔기 시작했다. 그러면서도 그녀는 이런 일이 특별하다고 생각해본 적이 한 번도 없었다고 한다. "누군가는 해야 할 일 아닌가요?" 베푸는 것을 멈추지 않는 이들의 입에서 마지막으로 듣게 되는 바로 그 말이다.

그러다가 7년 전, 그녀는 강을 따라가는 여행을 시작했다. 이 여행을 위해서는 무슨 일이 생겨도 상관하지 않을 참이었다. 곧죽어가는 사람이 찾아오거나 석유회사들이 해안에 대한 소유권을 주장하고 나서지만 않는다면 그 여행을 계속하겠다고 마음먹었다.

그리고 여느 때와 다름없이 그녀는 이맘 때쯤이면 자신을 기다리고 있는 온갖 일들을 뒤로하고 여행지로 출발한다. 사실 노인복지센터 기금도 더 모아야 했다. 또 내무부 장관에게 팩스를 보냈지만 아직 답을 듣지 못한 상태였다. 게다가 여관에서 일하는 직원 한 명이 그만두겠다고 으름장을 놓던 중이었다. 하지만 그녀는 자기네 직원이 그만둘 때를 대비해서 이웃 식당 주인에게 여관 손님들의 식사를 부탁해놓았다. 그녀는 새로 장만한 분홍색 텐트와 검정색과 빨간색 속옷 두 벌과 열한 명의 여성들이 일주일간 마실 캘리포니아산 와인을 챙겨서 오레곤으로 출발했다.

이 여행은 무엇보다 나 자신을 위해서 하는 일이에요. 어떤 것에도 구애받지 않고 생각을 할 시간과 장소가 필요하거든요. 우리는 누구든지 그럴 수 있구요. 우리 생활에는 너무 많은 판단들이 개입되는 것 같아요. '이걸 하지 마라.' '그런 말하면 못 쓴다.' 우리는 이 여행에서 우리 자신들을, 그러니까…… 사랑과 응원이라고나 할까요? 여기엔 경쟁이나 의무 같은 건 없지요. 혹시 누가 물 속으로 텀벙 뛰어들더라도 아주 잘했다고 모두들 박수쳐줘요.

탈출 환상곡

남편, 상사, 자녀들, 친구들 또는 살면서 만나는 모든 이들의 비위를 맞추는 데

고심하는 착한 여자들한테 자신의 차례는 늘 맨 나중에 온다. 그런 모든 것으로 부터 도망치고픈 은밀한 꿈을 나누는 일은 흡사 금지된 사랑 얘기를 털어놓을 만큼 깊은 신뢰를 요구하는 일이다.

'책임'이라는 단어를 풀이해보면 부응할 수 있는 능력이라는 의미를 갖고 있다. 하지만 자신의 요구에 부응하는 능력은 안 된단 말인가? 이제는 그 황금률을 180도 바꿔보라고 할 때가 온 듯싶다. 우리는 '남에게 대접받고자 하는 만큼 남을 대접하라'고 배웠다. 이제는 '남을 대접하는 만큼 자신을 대접하라'고 바꿀 때이다. 이제는 자기들이 남한테 베푸는 것만큼이나 그것을 받을 가치가 있다는 것을 자각해가는 여성들이 많아졌다.

한 예로 로잔느를 들어보겠다. 대학원에 다니면서 아이를 키우는 주부인 그녀는 병든 어머니까지 돌봐야 한다. 그녀의 유일한 낙은 여행이었다. 그녀는 가족과 함께 좋은 곳엘 가기도 하지만, 여행에서 돌아오면 자신을 위해 적어도 일주일은 시간을 내겠다고 주장한다. 아무도 자기를 모르는 어딘가로 훌쩍 떠나서 원기를 회복하고 오는 것이다. 그녀는 굶어 죽어가는 사람이 빵조각에 매달리듯 이 날을 손꼽아 기다린다고 한다. 이런 여행을 통해 자기 자신이 되는 일—다른 누구도 책임지지 않고 오롯이 자신만을 생각하는—이 어떤 것인지를 말해주는 생생한 추억을 가지고 돌아온다. 그녀는 감옥에 갇힌 사람이 자유를 갈구하듯 이런 느낌을 줄곧 되새기면서 다음 탈출 계획을 세운다. 언젠가는 자신이 자유롭게 비상할 수 있기를 바라면서. 그녀는 이렇게 해서 일로부터, 가족으로부터 벗어나는 기회를 얻는다. 그런데 아무리 오랫동안 품어 왔던 목표라 해도 막상 자신의 책임들로부터 벗어날 생각을 하면 죄책감으로 가슴이 미어진다고 한다. 그러다가 그 계획을 거의 포기할 지점에 이르기도 한다. 하지만 그녀의 마음 한켠에서는 만약 그런다면 자신의 일부를 영원히 잃어버릴 거라는 목소리를 듣는다. 탈출하고픈 열망으로 시름시름 앓아가기 시작할 때 자기 삶에서 어떤 식으로든 변화를 주어야 한다는 것을 깨닫게 된다는 것이다.

　차라리 병에라도 걸리고 싶은 지경이었어요. 병원에 며칠 정도 입원할 수 있을 만큼 아프거나 아니면 수술을 받아야 할 정도. 그러면 좀 쉴 수 있잖아요.
　한번은 이 얘기를 친구한테 했더니 그이도 글쎄, 똑같은 생각을 하고 산대요. 그 순간 아, 우리는 이미 병에 걸려 있구나 하는 생각이 퍼뜩 들데요. 온갖 근심걱정을 다 품고서 할 일만 잔뜩 짊어지고 살고 있으니……. 게다가 이 병은 금방 퍼지거든요.

로잔느와 비슷한 처지의 여성이라면 친구와 터놓고 얘기하면서 '내가 맨 나중'이라는 신드롬의 정체를 따져보고 변화를 실행할 만한 자금을 모아보는 것도 좋은 방법이 된다. 10분이 걸리든 일주일이 걸리든 '탈출' 계획을 세울 수도 있다. 우리들이 돌봐왔던 사람들한테 이제는 스스로 챙겨보라고 주장해보는 것이다. 로게 강 여행에 참가한 여성들이 무슨 일이 벌어지든 상관 않고 떠나온 것은 엄청난 서약의 실천이었다.

　하지만 이보다 좀더 쉬운 방법도 적지 않다. 주말을 이용해 캠핑을 한다든가, 룸서비스와 풀장이 딸린 모텔방을 하나 빌려서 뜻이 맞는 사람들하고 파자마 파티를 열어볼 수도 있겠다. 아니면 한낮에 영화를 보러 가도 괜찮고. 우리가 속해 있는 공간에서도 눈만 돌리면 얼마든지 방법은 찾을 수 있다.

제인 스트레스가 극에 달해 있었어요. 할 일들이 너무 많았던 탓이겠죠. 마치 내 수첩이 네 것보다 빽빽하다는 걸 자랑하듯 말예요. 할 일이 많으면 많을수록 자기가 왠지 더 중요한 사람이라고 생각했던 것 같아요. 그래서 나는 수첩을 나한테 도움이 되는 일에만 쓰기로 했어요. 새로 암호를 하나 만들었죠, D. N이라고. 내 주간계획표에서 군데군데 눈에 띄는 이 이니셜을 누가 본다면 혹시 내가 남몰래 애인이라도 숨겨두고 있나 생각할지 모르겠네요. 사실 이 이니셜은 '아무것도 하지 않기 Do Nothing'의 줄임말이에요. 나 자신한테만 몰두하기 위해 정기적으로 남 앞에서 사라져버리는 시간을 표시해놓은 거죠.

캐시 어머니날이었어요. 식구들이 나한테 아침밥을 가져다주겠다, 나가서 점심을 사주겠다 야단이더라구요. 그래 난 딱 한 가지만 부탁했어요. 오붓하게 침대에 앉아 하루 종일 책을 읽는 게 소원이니 그냥 모두 차에 타고 어디든지 알아서 가 달라고. 그날 식구들도 좋아했고 나 역시 즐거웠어요. 그래서 아예 한 달에 한 번씩은 그러자고 제안했지요.

에일린 내 친구 도나는요, 여성 참정권 획득을 기념하는 여성평등의 날에 잔치를 벌여요. 물론 음식을 따로 준비하는 않아요. 거기에 모이는 여자들이 가져올 수 있는 건 알아서 가져오죠. 그날은 도나가 준비한 다랑어 바베큐가 꼭 곁들여져요. 그렇다고 이 모임이 대단한 목적이 있냐 하면 그건 아녜요. 남들을 돌봐주느라 얻은 근심걱정은 다 잊고 단지 함께 모이자는 것뿐이지요. 각양각색의 여자들이 모이는데요, 주최자인 도나조차도 그 사람들을 다 몰라요. 우린 그저 하고 싶은 얘기를 하고 먹고 마셔요. 그러다가 점점 무리를 만들어서 작년에 했던 일들 중에 가장 행복했던 일을 서로 얘기해요. 한 사람씩 얘기할 때마다 진심으로 격려를 해주죠. 개중에는 도나네 뜰에서 자고 가겠다며 침낭까지 준비해온 사람들도 있어요. 물론 몇몇은 부엌으로 들어가서 웃고 떠들기도 하지요. 얼마나 여유롭고 편한지 몰라요. 꼭 마법에 걸린 것 같죠.

조이 종종 친구하고 머리를 식히느라 재밌는 교환을 해요. 우리 둘은 치과에서 보다 남은 《피플》이나 《스타》 내지는 그와 비슷한 가십용 잡지들을 주고받거든요. 상대편이 재미있는 것을 보내지 못해도 그냥 있는 것을 읽으면 돼요. 참, 우리는 그 안에 초콜릿을 넣어서 보내기도 해요.

나를 위한 것이 있을까?

대탈주극을 특징짓는 중요한 한 단어는 바로 '불필요'일 것이다. 꿈꾸던 탈출에서 실용적인 가치를 찾는 일은 포기해야 한다. 왜냐, 그건 별 볼일 없이 지내자는 일이니까. 물론 자신에게만은 예외지만 말이다. 무거운 문학 작품 대신에 대중 소설을 읽기도 한다. 낮잠 자기 싫으면 수영장 주위를 어슬렁거리기도 한다.

꼭 생산적인 정보가 아니더라도 재미있게 웃으며 대화를 할 수 있다면 좋다. 아침 나절에 샤워를 했어도 따뜻한 물에 몸을 맡기는 게 좋다면 목욕을 해보자. 아니면 로게 강 여행처럼 손하나 까딱 않고 야외 활동을 즐길 수도 있겠다.

사진작가인 애니는 우연히 이 여행에 참가하게 됐다.

알고 지내던 모임에서 여자들만의 여행 계획이 있다며 같이 가보자고 그러더군요. 고생길이 훤하겠구만 하는 생각이 맨 먼저 들었죠. 나중에 이 여행이 내가 생각했던 만큼 고된 일이 아니라는 걸 알고서야 참가하겠다고 했어요. 노를 저을 필요도 없구요, 그냥 배 위에 느긋하게 앉아 있으면 돼요. 질 좋은 커피와 와인까지 구비하고 있으니 말 그대로 물 위를 떠다니는 캐딜락인 셈이죠. 참, 담배를 가져온 여자들까지 있더군요. 혹시 내가 자신을 위해 뭔가를 할 수 있다면 원없이 해보는 것보다 더 뿌듯한 가치는 없다는 말을 확인해보고 싶어요.

로게 강 여행팀은 땅거미가 질 무렵에 제1캠프장에 도착했다. 그들 앞에 놓여 있는 잔에 와인이 철철 넘치게 부어지고 치즈와 야채를 푸짐하게 담은 쟁반이 나왔다. 그때 그들은 작은 카약이 그들 쪽으로 다가오는 것을 보았다. 운수회사 직원인 남자가 크리스털에게 무슨 소식을 전해주러 온 것이었다. 그 사람과 크리스털이 긴밀하게 무슨 말을 주고받는 동안, 여자들은 숨을 죽이고 두 사람을 바라보았다. 나중에 이들이 털어놓기를 그들은 하나같이 자기한테 온 소식이라고 생각했다는 것이다. 한 사람은 혹시 부모의 병세가 더 악화되면 운수회사에 자신의 소재를 알아봐 달라고 부탁하라는 얘기를 남겼다고 했다. 다른 사람들도 위급한 일이 생기면 연락하라며 운수회사 전화번호를 집에다 남겨 놓았다고 했다. 각자 사정만 달랐지 불안함을 떨치지 못하고 있는 것은 똑같았다.

여자들은 저마다 와인잔을 하나씩 든 채 캠핑 의자에 앉아서 초조한 기색을 감추지 못하고 두 사람을 번갈아 바라보았다. 이때쯤이면 책임을 그렇게 내팽개치고 온 것에 대한 죄책감이 스멀스멀 피어오르기 시작하는 것이었다.

캠프장에 앉아 있던 사람들의 불안한 시선을 눈치챈 크리스털이 남자가 떠나자마자 그쪽으로 걸어왔다. 그녀는 알겠다는 듯 빙그레 웃으면서 카약을 저으며 내려가는 남자한테 고갯짓으로 인사를 했다. "저 사람은 카약 스쿨 강사예요. 다음 캠프에서 카약 스쿨 모임이 열린다고 알리러 온 것뿐이죠. 이제 괜찮아요. 다들 긴장 푸세요."

여자들은 가이드인 크리스털을 감탄 반 호기심 반으로 바라보곤 했다. 요란하지 않으면서도 어쩌면 그렇게 사람들을 잘 이끌어가는지 몰랐다. 말을 아끼면서도 침착했고, 그 가냘픈 몸에서 그처럼 배를 유연하게 다루는 힘이 나온다는 게 신기할 정도였다. 자연스런 아름다움이란 이 사람을 두고 하는 말이 아닐까 싶었다. 적당히 근육이 붙은 매끈한 몸, 든든한 발디딤, 폭포나 물수리 둥지의 위치까지도 세심하게 알려주며 이들을 이끄는 크리스털은 이들 그룹의 중심인 것 같으면서도, 한편으로는 저만치 떨어져 있는 사람 같았다.

이 멋진 계곡에서 펼쳐지는 자연의 향연에 어디에 눈길을 줘야 할지 몰랐던 우리들은 그녀 덕분에 우리의 눈을 잘 단련시킬 수 있었다. 우리가 지나가는 나무 아래 대머리독수리의 둥지가 있었다. 나무로 덮힌 산등성이의 우거진 녹음을 자세히 보면 그 빛깔의 미세한 차이를 알아차릴 수 있었다. 한가롭게 바위 위에서 몸을 말리고 있는 거북이가 손에 닿을 만큼 가까이 다가가보기도 했다. 배 세 척이 지나가는데도 워낙 천천히 가다 보니 거북이는 눈 하나 꿈쩍하지 않았다. 강 아래에서는 무슨 일이 벌어지고 있는지 거품이 보글보글 끓어오르고 있었다.

크리스털이 이 여행의 가이드가 된 것은 7년 전이었다. 벌써 여러 해 동안 정기적으로 참가해 크리스털과 함께 여행을 해본 사람들도 있었다. 어쨌거나 우리 모두는 그녀에 대해 더 많이 알고 싶어했다. 그러던 어느 날, 둥둥 떠가는 우리 배들을 밧줄로 한꺼번에 묶으면서 크리스털이 말했다. "하루를 위한 여러분들의 생각을 모으는 시간이에요." 그러면서 그녀는 여전히 배들과 연결된 밧줄을 놓지 않은 채 다른 손으로 책 한 권을 집어들었다. 이 여행이 시작되면서 매일 아침마다 캠프를 나서기 전에 그녀가 읽어주곤 한 책이었다. 그날 아침에 우리들은 푸른색 방수천 배낭에다 평소에 읽던 책들은 담지 않고 다른 소지품들을 담아서 출발한 터였다. 하지만 크리스털은 잊지 않았던 것이다. 그녀가 꺼내든 작은 책은 앤 윌슨 쉐프가 쓴 《너무 많은 일을 하는 여성들을 위한 단상》이었다. 그때 물살이 우리 배들을 강어귀 쪽으로 밀어내기 시작했다. "또 다른 바위가 이 순간을 방해하는군요!" 그녀는 웃으며 말했다. 그리고서 익숙한 솜씨로 노를 저으면서 자신의 배를 제자리로 잡아놓은 다음, 우리 배들을 묶고 있는 밧줄을 잡아당겨 우리를 위험으로부터 벗어나게 해주었다. 그리고 크게 심호흡을 하더니 책을 펴고 그날의 메시지를 읽어내려가기 시작했다.

'나 자신에 대한 의무'라는 말을 낯설어하는 사람들이 있다. 착하게 살기 위해서는 우리 자신을 희생하라는 가르침을 받고 자랐기 때문이다. 그러나 자기 희생이라는 여성적인 제의에 반발하고 이기적이 될 필요성을 느끼며 자기 자신에게 몰두해야겠다고 결심한 여자들도 있다. 우리는 이 두 가지 선택의 기로에서 오락가락하는 일이 많다. 불행하게도 그 어떤 것도 만족을 가져다주지 않는다. 어느 길을 가든 우리는 외로워하고, 갈팡질팡하며, 허전해한다.

세번째 선택은 우리 자신을 존중하는 것이다. 우리가 스스로를 귀하게 여기며 그 존중감을 다른 이들에게 나눠줄 수 있다면 그 베풂은 대단히 명쾌한 것이 된다. 자신을 존경하지 않으면서 베푸는 것은 속임수일 뿐이며 주는 사람이나 받는 사람 모두를 불편하게 만든다.

'너무 많은 것을 하는'이라는 제목과 관련해서 본다면 크리스털의 선택이야말로 이곳에 모인 여성들에게 딱 들어맞는 것이었다.

자기한테 집중하라고? 만세!

그 일주일 동안 우리는 그날 그날 생활이 요구하는 것만을 따르면서 매우 친밀한 관계를 맺어갔다. 그리고 자신을 위해 시간을 낼 수 없었던 이유가 어떤 것이든 간에 그 이유들을 서로 터놓고 얘기할 필요가 있다는 데 생각을 같이 했다.

한 여성은 남편을 무척 사랑했지만 최근에 병을 앓고 있는 남편을 돌보느라 많이 지쳤고, 매번 도움을 요청하는 남편의 요구에 부응하는 생활로부터 잠시 휴식을 가질 필요성을 느꼈다고 한다. 또 초상집에서 만나 친구가 된 한 여성이 단 며칠만이라도 휴가를 얻어보라고 권해서 여행에 참가했다는 기자도 두 명 있었다. 또 한 여성은 옛날 남자 친구와 다시 만나고 있는데 관계를 새롭게 다지는 데 잠깐의 휴식이 좋은 시험이 될 것 같아 참가했다고 한다.

어느 날 밤, 우리는 모닥불을 한가운데 놓고 모두들 서 있었다. 그날도 한 여성이 자신이 이곳에 오게 된 사정을 털어놓던 참이었다. 얘기가 끝나자 우리들 중 한 명이 자신만만한 표정으로 미소 지었다. 그녀는 박탈감 같은 것에 대해서는 얘기하고 싶지 않다고 했다. "난 이 여행을 준비하면서 손톱만큼의 가책도 느끼지 않았어요." 주디스라는 이름을 가진 이 여성이 말했다. "난 나 자신을 우선적으로 생각하는 편이거든요." 그러자 주위는 일순 물을 끼얹은 듯 조용해졌다. 그러나 다음 순간 모두가 열렬히 박수를 쳤다.

생각해보면 아직도 이해가 되지 않는다. 어떻게 이 사람들 속에서, 그 강물 위에서, 또 그 가이드와 더불어 그런 식으로 생각하고, 그런 사람이 되어보고, 아무것이나 얘기해도 괜찮다고 여길 수 있었는지 말이다. 레이첼도 이 여행에서 벌어지는 현상에 곧잘 놀란다고 한다.

처음에는 여기에 참가한 사람들 중 특별한 그룹한테만 일어나는 일이려니 하고 생각했지요. 그런데 서로 얘기를 나누고, 배를 타고 흘러가다 보면 누구든지 이 안에 들어올 수 있는 거예요. 아주 편하고 든든하죠. 서로 배우기도 하구요. 이건 틀에 박힌 얘기가 아녜요. 처음엔 여자들끼리니까 그런 거겠지라는 생각도 했어요. 그런데 그게 그렇지 않더라구요. 다른 팀이 와도 마찬가지였어요. 매번 다른 사람들이 오는데도 같은 현상이 벌어지는 거죠. 서로를 아주 쉽게 받아들여요. 여지껏 한 번도 그래본 적이 없는 것처럼 행복해 해요. 나 역시 얼마나 행복했는지 샐러드를 먹으며 이런 말을 할 정도였어요. "난 실제 삶에서는 아보카도를 먹어본 적조차 없다니까요." 그러자 여자들이 한목소리가 되어서 환기시키는 거 있죠? "레이첼, 이게 당신의 실제 삶이라구요!"

이 일을 시작하고 몇 년이 지나지 않아 크리스털은 자신이 로게 강 여행의 가이드 노릇을 참 재밌게 여긴다는 사실을 확인했다. 해가 지나면서 그 생각이 점점 굳어지자 그녀는 자기와 뜻이 맞는 동료들을 한 팀으로 끌어들였다. 레이첼은 처음엔 크리스털이 이끄는 그룹과는 좀 떨어져 있었다고 했다. 준비할 일이 한두 가지가 아니었기 때문이다. 배의 상태도 확인해야 했고, 캠프장도 점검해야 했으며, 만만치 않은 분량의 진기한 음식들까지 준비해야 했으니 말이다. 식초에 절인 백화채 꽃으로 양념한 연어, 초콜릿에 담근 과일들, 테리야키 치킨, 복숭아를 거꾸로 뒤집은 케이크, 고기와 양상추를 넣고 튀긴 산타페식 옥수수빵 등등. 커다란 냉장고에서 재료들이 튀어나와서 휴대용 버너 위에서 익혀질 때의 모습은 한마디로 마술 같았다. 크리스털이 가이드 팀장으로 처음 여행을 이끌던 그해부터 그녀는 《그날의 생각》을 읽어주기 시작했다.

어느 포근한 오후, 캠프장부터 폭포에 이르는 하이킹을 가던 중 참가자들 가운데 한 명은 크리스털이 그해로 마흔다섯 살이라는 것을 알게 됐다. 물의 요정처럼 허리까지 오는 긴 머리, 체즈 선수처럼 매끈한 근육, 섬세한 얼굴로 보자면 족히 십 년은 젊게 보이는 그 모습이 그녀가 내뿜는 신비스러움을 더 도드라지게 했다. 그날부터 그녀에 대해 더 알고 싶다는 욕심이 강해졌다. 그런데 그 이튿날 아침, 그녀가 여느 때와 다름없이 정직과 의무들 그리고 자기 존중에 대해 세심하게 고른 글들을 읽어주자 마침내 참았던 질문을 내뱉고야 말았다. "크리스털, 당신에 대해 얘기해줄 수 있어요? 이곳에 어떻게 오게 됐는지, 또 강에서 일을 하게 된 이유도요." 그러자 그녀가 자신의 얘기를 하기 시작했다.

스물다섯 살 때 그녀는 세 살짜리 딸을 키우는 평범한 주부였다. 그러나 결혼생활은 행복하지 못했고 그로 인해 단절감과 위기감은 점점 커져갔다. 그녀의 남편은 그녀의 대인관계를 질투했고, 가정 밖에서 그녀가 누리는 어떤 행복도 의심했다. "남들이 날 초대하면 남편한테 또 의심받을 생각에 지레 거절해버리곤 했어요. 그러자 친구들도 하나 둘씩 떨어져나가더군요. 그러면 그럴수록 이 세상에 나 혼자뿐이라는 외로움만 커져갔죠." 크리스털은 용기를 내서, 결혼생활을 계속해나가려면 변화가 있어야 된다고 남편에게 말했다. 그러나 달라진 건 없었다. 그녀는 무섭기도 했고 또 대화를 통해 자신의 열망을 털어놓고 스스로에게 확신을 얻는 길을 찾기 위해서라도 그 생활을 계속할 수밖에 없었다. "그 사람이 그러데요, 만약 내가 자기를 떠난다면 우리 딸을 나한테서 뺏아버릴 거라고."

어느 날 크리스털의 친정 아버지가 전화를 했다. 그랜드캐니언을 통과해서 콜로라도 강을 따라가는 래프팅에 참가해보지 않겠냐는 것이었다. 사실 그건 아버지의 꿈이었지 그녀의 꿈은 아니었다. 하지만 강압적인 남편에게서 잠시라도 벗어나고 싶다는 생각이 그녀를 사로잡았다. 한 발짝만 자기로부터 벗어나면 딸을 다시는 보지 못할 거라는 남편의 협박에도 불구하고 그녀는 그 짧은 여행을 위해 짐을 꾸렸다.

"나는 단단히 마음먹었어요. 2주간만 멀리 떠나보자고." 막상 애리조나에 도착했을 때 그녀는 불안했고 자신에 대한 확신이 없었다. "나이 많은 사람들하고 어떻게 말문을 터야 할지도 모르겠더군요." 하지만 모두들 그녀를 따뜻이 맞아주었다. 어떠한 편견도 없는 환영이었다. 그녀는 다른 사람들의 기대로부터 자유로워짐을 느꼈다. 아무것도 하지 않아도 괜찮았다. 그녀는 한때 육상선수였기 때문에 노젓기는 그리 어렵지 않았다. 그러자 자연의 아름다움이 새삼 눈에 들어왔다. 붉은 바위들, 힘차게 흘러가는 물줄기, 푸르디 푸른 하늘. 그야말로 헤어나기 어려운 중독 같았다. "눈물을 흘리고 있었어요." 그 눈물은 그녀가 잊고 있었던 진정한 자신의 깊은 곳에서 우러나오는 무엇과 다시 만나면서 느끼는 행복의 눈물이었다. 그리고 슬픔의 눈물이기도 했다. 결혼 전의 자신으로부터 왜 그토록 멀리 오도록 놔두었던가를 새삼 깨달으면서 느끼는 슬픔의 눈물. "확신을 얻었어요." 그녀는 여행 가이드에게 다시 돌아오겠으니 그땐 꼭 그들의 일원으로 받아 달라고 말했다.

콜로라도 강 탐험은 다시없는 소중한 경험이었다. 그녀는 용기를 되찾았다. 집으로 돌아와서 남편에게 떠나겠다는 결심을 알렸다. 딸을 위해서라면 싸울 셈이었다. 그녀 안에 갇혀 있던 뭔가가 자유롭게 분출했다. 그리고 나자 여러 해 동안 그녀의 삶을 구속했던 새장으로 다시 돌아갈 일이 없었다.

물론 그녀의 내면 어딘가에서는 결혼생활을 깨서는 안 된다는 목소리가 들려왔다. 자신이 치를 대가는 무시하라는 것이었다. "내가 너무 이기적일지도 모른다는 생각을 했죠." 늘 그랬듯 그녀에게 참으라는 것이었다. 하지만 그녀는 자신의 불행과 절망감을 더는 모른 체할 수 없었다. 마침내 그녀는 남편을 떠났고 딸에 대한 공동양육권을 신청했다. 그리하여 그녀는 일 년 중 여덟 달을 딸과 함께 지낼 수 있게 됐다. 나머지 네 달 동안 그녀는 강 탐사여행의 가이드로 일했다. 콜로라도 강의 가이드들이 그녀를 받아준 것이다. 그녀는 노를 젓는 법을 터득했고 부드러우면서도 힘차게 외륜선을 조종할 수 있게 됐다. 그런데 얼마 지나지 않아 일 년 중 네 달을 딸과 떨어져서 지내는 것도 너무 길다 싶어 그녀는 집에서 좀더 가까운 로게 강을 택했다.

그녀는 야생세계에 대한 열정을 키워갔다. 서른 살에 다시 학교를 다니기 시작해 생물학을 공부했다. 여행객이 뜸한 비수기 동안 그녀는 다친 새들을 돌봐주는 야생보호 활동에 참여했다. 그녀는 새들의 상처를 치료하고 다친 날개를 마사지하여 다시 날 수 있게 하는 법을 배웠다. 결국 그녀의 일은 자유를 돌려주는 일—자신이 돌봐주는 새들에게나 자신이 강으로 이끄는 사람들에게—인 셈이었다.

그녀는 자신의 배를 타는 사람들이 변해가는 모습을 보는 것이 참으로 기쁘다고 말했다. "한번은 로스앤젤레스에서 한 가족이 왔어요. 매일 끼고 사는 텔레비전이나 게임기와는 단절된 생활이잖아요? 시간이 지나면서 아이들이 점점 활발해지고 행복해 하는 것을 볼 수 있었지요."

대부분의 사람들은 크리스털이 자신만의 자유를 찾기 위해 행했던 것만큼의 큰 변화를 필요로 하지는 않는다. 그러나 자신의 삶을 되돌아보기 위해서는 얼마간의 떠나 있음도 필요하다는 것을 크리스털은 배웠다고 한다. 진정한 내 모습을 바라보고 자연 속에서 새롭게 성장하여 온전한 자신을 되찾아 일상으로 돌아가는 것이다. "새들이 야생으로 돌아가는 모습을 보는 것과 비슷하다고 할까요? 사람들이 자기 자신을 새롭게 발견하는 모습을 보는 것 말예요. 이런 얘기를 해주고 싶었어요. '여러분도 할 수 있답니다. 나도 했는데 여러분이라고 못하겠어요?'"

자신을 이기적이라고 느꼈다는 크리스털의 얘기는 자신을 우선으로 삼는 게 못된 짓일지 모른다고 걱정하는 사람들한테 남다르게 다가왔다. 그러나 자신을 위해서 뭔가를 하는 것은 결국은 모두를 위해서도 이로운 일이 될 것이다. 불행한 결혼생활에서 벗어난 크리스털의 결정은 그녀 자신과 딸에게는 물론 그녀가 강으로 데리고나선 수백 명의 사람들한테도 그리고 다시 하늘을 날 수 있게 된 새들에게도 고마운 일이었다.

끝과 시작

우리 두 사람이 로게 강 여행에 합류하면서 얻었던 소중한 선물은 예전에 전혀 알지 못했던 사람들과 한 팀이 되어서 스스럼없이 모든 것을 나누면서도 한편으론 고독을 존중해주던 경험이었다. 남들과 떨어져서 바위에 홀로 앉아 있고 싶다면 누구도 얼른 와서 합세하라고 재촉하지 않았다. 또 여성에게 가해지는 차별에 대해 얘기를 나누고 싶다면 주저 않고 텐트 안으로 들어가면 됐다.

우리는 자신들에게 푹 빠져 있었으며 브래지어를 벗어버리고 좀 거칠어졌다. 엉큼한 농담도 주고받았고 지난날에 품었던 열정도 얘기했다. 자신을 온전히 드러내놓고 거울 같은 건 보지도 않았으며 화장으로 자신을 감추지도 않고 모카색 립스틱만 바른 채 돌아다녔다. 우리는 정직했고 자연스러웠다.

로게 강 여행은 물살과 싸우거나 물에 우리를 맡기기도 하면서 동시에 대화를 나눌 수 있는 일을 실천하기에 이상적인 방법이었다.

'물을 다룬다'는 말은 착한 여자들에게 닥치는 도전을 비유하는 적절한 단어가 되었다. '다룬다negotiate'는 말은 라틴어의 '안절부절 못하다'에서 왔다고 한다. 사실 누구라도 피하고 싶은 그런 상황이다. 하지만 평정을 잃을지 모른다는 두려움을 극복한다면 우리는 강이 바로 내 것이 되었노라고 크게 소리칠 수 있는 것이다.

마지막날 밤, 강을 뒤로하고 우리는 진짜 침대와 샤워실 그리고 전화기가 있는 모텔방을 잡았다. 저녁식사 내내 왁자지껄하게 서로를 추켜세우던 우리는 근처 테이블에서 내내 미소 지으며 우리를 바라보고 있는 여성에게 눈길이 갔다. 그녀는 남편과 자녀 셋과 함께 식사를 하는 중이었다. 우리가 어디서 왔는지 얘기하자 그녀는 기나긴 한숨을 내쉬며 자기도 무슨 일이 있더라도 친구들과 일주일을 보내야겠다고 했다. 우리는 또 다른 여성에게 자극을 주었다는 사실이 못내 기뻤다. 이 일이 우리의 책이 갖게 될 성격을 암시해주었다. 즉 여성들이 터놓고 자기 얘기를 하게끔 북돋워주고, 시시한 일에서 벗어나지 못하고 낑낑댈 때 서로가 힘이 되도록 응원하는 것이다. 물론 꼭 강으로 나설 필요는 없다. 여자들이 가득 모인 거실에서도 충분히 할 수 있는 일이다.

우리는 당신이 책장을 덮으면서 나름의 식견을 얻기를 바란다. 우리도 그랬으니까. 다양한 환경에서 '자신이 되기'에 성공한 오십여 명의 다른 여자들과 만나면서 우리는 관용을 얻었다. 남들에게서 우리 자신의 모습을 발견하기 시작하면서 판단은 무의미해졌고 감정이입을 하니 경쟁심이 사라졌다. '맞아, 나도 그랬었지' '그래, 나도 그럴거야'라는 생각에.

혹시 유난히 거칠고, 말 많고, 못되게 구는 여자를 보았는가? 그렇다면 그녀는 십중팔구 나쁜 여자들의 벤치를 찾았음이 분명하다. 내키는 대로 행동하고 재미를 찾고 자신을 위해 한계를 지을 줄 알고 자신만의 길을 만드느라 힘을 모으는 것이다. 한때 우리가 가리기 위해 애를 썼다면 이제는 멋대로 분출하는 일도 허락해야 할 것이다. 혹시 지나치게 공손하게 구는 사람을 보았는가? 그렇다면 그이의 갈비뼈를 콕 찔러주고 나서 등을 한번 쓰다듬어주는 것을 잊지 말기 바란다. '맞아, 나도 그랬으니까' 하면서.

우리가 만난 여성들은 '굿바이 굿 걸'이 무엇을 의미하는지 직관적으로 깨달은 것 같았다. 하지만 우리는 '나빠지기'를 궁극적인 목표로 삼은 게 아니라 전체를 찾아가는 여정의 하나로 여기고 있다는 점을 설명해주자 우리의 친구들은 하나같이 "휴우, 다행이다"라며 안도의 한숨을 내쉬었다.

끝으로 우리는 착한 여자의 모습을 다시 정의해보려 한다. 그는 진실로 협력할 줄 아는, 마지못해 하는 대응이 아니라 자신의 선택을 중히 여기는 의식 있는 여성이다. 우리는 '착하다'는 단어를 제대로 자리매김하기 위해 그 뜻을 좀 뒤틀어야 했다. 우리는 의무에 충실한 사람이 아니라 능히 그럴 만한 의지를 가진 착한 여자를 좋아하기로 했다. 즉 '착함'은 타당함에서 찾아야지 처신을 잘했다는 데서 찾아서는 안 된다. 착함은 견고함이지 흠이 없음이 아니다. 착함은 정직함이지 어리석음이 아니다.

하지만 이쯤에서 멈춰야겠다. 새로운 정의들을 더 만들어내기에 앞서 우리도 그에 걸맞는 삶을 살아야 할테니까.